나는 죽을 때까지 재미있게 살고 싶다

멋지게 나이 들고 싶은 사람들을 위한 인생의 기술 53

나는 죽을 때까지 재미있게 살고 싶다

이근후(이화여대 명예교수) 지음 | 김선경 엮음

갤리온
GALLEON

각자의 자리에서 또 열심히 살아주시기를 부탁드립니다

남녘에 매화가 꽃망울을 터뜨렸다는 소식을 들은 지가 좀 되었는데, 그 사이 서울에도 산수유, 벚꽃, 개나리, 봄꽃들이 한꺼번에 피었다지요? 이상 기온 탓이라고도 하는데, 슬프지만 올해는 봄꽃 구경을 하지 못할 듯합니다. 왼쪽 눈의 시력을 잃은 건 20여 년 전 네팔 히말라야에 갔을 때입니다. 오른쪽 눈도 상태가 좋지 않았으나 그간 잘 버텨주다 지난해부터 급격히 나빠졌습니다. 지금은 두루뭉술한 실루엣으로 움직임과 사물을 구분하는 정도입니다. 아, 그러나 코는 멀쩡합니다. 곁을 지켜주는 요양 보호사 선생의 도움을 받으면, 내가 즐겨 찾던 삼청공원에 만발해 있을 꽃나무 아래로 가서 향기를 즐길 수 있을 것입니다. 그러니 아직 나는 괜찮다고 말해야겠습니다.

10년 전, 우리나라 남성의 평균 수명을 넘긴 78세에 이 책을 펴내면서 "나는 한쪽 눈이 완전히 안 보이고, 당뇨, 고혈압, 통풍, 허리디스크 등 일곱 가지 병과 함께 살아간다"고 밝혔지요. 매일 아침 눈을 뜰 때마다 "와! 눈 떴다!" 하면서 감탄한다고도 했지요. 지금은 몇 가지 병이 추가되어 걸음은 느려지고 말도 어눌해졌습니다. 육체적으로는 쇠약해졌지만, 매일 아침을 맞는 신비로움은 여전히 새롭고 감사할 일은 더 늘었습니다.

몇 년 전 주차장 계단에서 굴러 머리를 다쳤습니다. 목덜미로 흐르는 액체를 손가락으로 짚어보니 두개골이 깨졌구나 싶더군요, '하, 이근후 인생도 여기서 끝이구나.' 구급차에 누워 아득해지는 사이렌 소리를 들으며 죽음을 예감하던 중, 불쑥 열흘 뒤 마감인 원고가 생각났습니다. '이왕지사 열흘 뒤에나 굴러떨어지면 좋았을 것을…….' 설핏 웃음도 났습니다. 과다출혈로 죽을 위기를 넘기고 40일 만에 회복했습니다. 그 뒤로도 몇 번의 사고가 있었고 그때마다 나는 다시 태어난 기분이 들었습니다. 여든여덟인 지금은 거의 날마다 죽음을 떠올립니다. 오늘이 마지막 날이구나, 그러면 하루가 절실해집니다. 뿌연 거울 앞에서 더듬대며 하는 면도, 아내와 마주 앉아 먹는 식사, 오늘 외우는 시 한 편, 텔레비전 속에서 흘러나오는 소란한 뉴스, 한 모금의 차, 들이쉬는 한 번의 숨……, 보고 듣고 느끼는 이 모든 '살아있음'이 기껍고 소중합니다.

이 책의 원래 제목은 '나는 재미있게 살고 싶다'였습니다. 편집자가 '죽을 때까지'라는 단어를 넣자고 했을 때는 솔직히 저어했습니다. 의사로서의 경험은 물론 어머니, 친구, 지인 등 많은 이들을 떠나보냈지만, 정작 나와 죽음을 직접 연결하는 건 두려웠습니다. 말이 씨가 된다고, 이게 계기가 되어 죽음이 빨리 찾아오면 어쩌나 싶은 비이성적인 생각도 했으니까요. 그러나 언제 찾아올지 모르는 '죽음'이니 조금이라도 '재미있게' 살라는 맥락에 묘하게 설득되더군요.

제목 그대로 나는 지난 10년 동안 참 재미있게 살았습니다. 아니, 재미있게 살려고 노력했습니다. 책 덕분에 나의 자녀 넷과 손주들과도 친밀해졌고, 의대를 다니던 시절 하루가 멀다 하고 붙어 다녔던 동기와 연락이 다시 닿아 미국에서 조우하기도 했습니다. 고위층 인사들의 초대로 의전을 받으며 귀한 대접을 받기도 했지요. 가장 큰 기쁨은 다양한 매체에서 받은 원고 청탁과 강연 요청이었습니다. 정년을 맞아 병원 문을 닫고 막연한 상실감을 느끼던 그즈음, 글쓰기와 강연을 통해 '나의 환자들'을 간접적으로나마 다시 만난 것입니다. 특별한 사정이 없으면 대부분 수락했습니다. 원고료를 주지 않아도 글을 썼고, 단 한 명의 청중뿐이어도 강연을 했습니다. "박사님, 죄송합니다만 신청자가 한 명이라 취소해야 할 것 같습니다." 모 문화센터 담당자의 말에, 주최 측만 괜찮다면 강연을 진행하고 싶다 했습니다. 강연 당일, 객석에 앉아 있는 한 명의 청중에게 무대 위로 올라올 것을 요청했고 우리는 마주 앉아 인생 이야기를 실컷 했습니다. 헤아려 보니 1년에 100여 회, 지금까지 1천 번에 가까운 강연을 했고 그 사이 16권의 책을 출간했습니다. 참, 놀랍지요? 다시 말하지만, 모두 《나는 죽을 때까지 재미있게 살고 싶다》가 씨앗이 된 결과입니다.

이 책의 무엇이 사람들의 마음을 움직였을까를 생각해 봅니다. 과연 '시시콜콜한 내 인생 이야기를 읽을 이들이 있을까' 싶었는데, 그 시시콜콜한 이야기가 독자 자신뿐 아니라 그들의 자녀, 부모, 이웃의 이야기라고 공감한 듯합니다. 생각해 보면 진료실에서 환자들이 털어놓는 문제는 실상 나의 것이기도 했습니다. 경중의 차이만 있을 뿐. 우리는 다 비슷한 삶의 여정 속에서 심리적인 어려움을 겪으며 살아가기 때문입니다. 환자는 의사에게 우울과 불면, 무기력, 불안, 분노, 공포 등을 호소합니다. 대개 심리적인 문제가 해결되지 못하면 육체적인 증상으로 발현됩니다. 우선 적절한 약으로 증상을 누그러지도록 한 다음, 근본적인 원인을 짚어주는 것이 의사의 역할입니다. 환자 자신이 스스로의 문제를 인식하고 '자기 객관화'를 할 수 있도록 돕는 것이지요. 자기 객관화란, 내가 타인을 평가하듯 자신을 제삼자의 시선으로 보는 것을 말합니다. 자신이 생각하는 나의 모습, 타인이 바라보는 나의 모습, 그리고 있는 그대로의 나를 이해하고 받아들이면서, 자신이 원하는 긍정적인 모습을 만들어 가는 것입니다. 환자만이 아니라, '자기 객관화'는 누구에게나 살아가는 데 꼭 필요한 태도입니다.

이 책이 독자들에게 자기 삶을 객관화하는 작은 거울이 되지 않았을까 짐작합니다. 나는 소위 '오래된' 사람입니다. 일제강점

기와 전쟁, 정치적 혼란, 가난을 겪었고 정의감에 불타는 청년기를 지나 의사라는 직업적 성취를 이루고, 생활인으로 네 아이를 키웠습니다. 조금이라도 사회에 도움이 되자는 결심을 세우고 소신껏 이런저런 봉사를 해왔습니다. 그 여정의 시시콜콜한 이야기 속에 나름대로 솔직한 자기 고백과 고민들, 이를 해결하려는 안간힘, 시행착오들을 담았다고 자평합니다만, 독자들은 용케도 자신들의 고민을 발견하고 그 해결점을 모색하는 계기를 만들어 갔습니다. 나로서는 '이렇게 살아도 괜찮네' 하는 작은 위로를 드린 것만으로도 참 감사한데, 많은 분들의 칭찬과 격려 앞에 나는 대단한 무엇을 이룬 듯 뿌듯하기도 했습니다.

하지만 "부모님께 드리려고 책을 샀습니다. 부모님도 선생님처럼 사셨으면 하고요.""곧 은퇴하는데 노후에 도움이 될까 해서 책을 구매했어요." 하고 독자들에게 상찬을 받을 때마다 당부하곤 합니다. 이 책은 이근후라는 한 개인의 삶일 뿐 정형화된 정답으로 삼지 말라고요. 초보 의사 시절, 십 대 청소년을 진료하며 한참 떠들어댔더니 나가면서 한마디 던지더군요. "선생님이 다 옳은 건 아니잖아요." 맞습니다. 내 이야기는 참고서로 삼고, '나는 이렇게 살아야지' 하는 자기만의 깨달음으로 삶을 만들어가라는 것이 나의 진심입니다.

세상은 빠르게 변하고 있습니다. 10년 전과 비교하면 정말 놀랍습니다. 인공지능, 4차산업 등 앞으로 어떤 세상이 펼쳐질지 궁금합니다. '오래된 사람'인 나는 공중화장실에서 그 변화를 체감하곤 하는데, 볼일을 보고 물 내리는 법이 생소해서 이러지도 저러지도 못하다 당황한 적이 여러 번입니다. 종종 강연장에서 '빠르게 변화하는 세상에서 어떻게 살아야 합니까'라는 질문을 받으면, 이 공중화장실 에피소드를 농담 삼아 들려주면서 '스마트SMART' 원칙을 일상에서 실천해 볼 것을 권합니다. 한번 들어 보십시오.

첫째 S. '심플리파잉Simplifying, 삶을 단순화시켜라.' 한마디로 사고의 단순화, 이거저거 너무 많이 재고 따지지 말라는 것입니다. 환자들의 머릿속은 복잡합니다. 지나간 일에 집착하고 일어나지 않은 일을 미리 당겨서 걱정하고 불안해합니다. 정도의 차이가 있을 뿐 증상이 심하면 정신과 치료를 받아야 하는 것이지요. 미국의 제40대 대통령 로널드 레이건이 치매에 걸렸을 때 그의 아내 낸시는 이렇게 말했습니다. "그냥 받아들였어요. 아침에 일어나면 하루가 시작되는 것처럼요." 그녀는 남편이 왜 치매에 걸렸는지, 얼마나 아플지, 간병하는 자신은 또 얼마나 힘들지 따위의 걱정을 하는 대신 오늘 하루 남편과 자신을 위해 할 일을 해나갔습니다. 삶을 고통스럽게 하는 문제는 피하려 하거나 덮어두었을 때 더 깊어지고 악화되기 쉽습니다. 과거와 미래의 일들에 온갖 경우의 수를 애써 만들어 따지기보다 당장 지금, 오늘 이 순간 할 일에 집중하십시오.

둘째 M, '무빙Moving, 움직여라.' 우리 몸은 사용하지 않으면 퇴화한다는 것쯤은 다 알고 있습니다. 노년기뿐 아니라 몸의 일부처럼 스마트폰을 쥐고 사는 요즘 젊은이들도 몸 쓰는 일에 소홀해서는 안 됩니다. 격한 운동이 아니더라도 자주, 멀리 걷는 시간을 가져야 합니다. 보통 우리 뇌는 어른이 되면 성장을 멈춘다고 알고 있지만, 뇌는 죽을 때까지 변화합니다. 뇌를 긍정적으로 변화시키는 것이 바로 신체의 움직임입니다. 움직이면 뼈에서 '오스테오칼신osteocalcin'이란 호르몬이 분비되는데, 기억력과 인지능력을 개선하고 불안감 해소에 도움을 줍니다. 장 자크 루소는 "걸음을 멈추면 사고가 멈춘다. 다리가 움직일 때만 뇌가 작동한다"고 말했습니다. 이 말처럼 몸의 움직임은 곧 '정신'입니다. 머리 쓰는 일이 점점 늘어가는 세상이기에 그만큼 몸을 움직여야 합니다. 앞서 말한 '생각을 단순화하는' 데도 걷기는 매우 효과적입니다.

셋째 A, '어펙팅Affecting, 마음을 유연하게 하라.' 생리적으로 인간의 감성은 나이가 들수록 점점 쇠퇴합니다. 똑같은 상황에도 사람들이 느끼는 감흥은 다르지요. 오감을 충분히 느끼는 것이야말로 삶의 기쁨이며, 잘 살아가는 힘이 되어 줍니다. 세상을 적극적으로 경험하고 참여하십시오. 나는 여행지에 가면 미술관, 교회나 성당, 사찰과 같은 종교 시설, 사람들이 들끓는 시장이나 다운타운 등을 중심으로 돌아다니곤 했습니다. 이런 적극적인 자극이 감수성을 키워줍니다. 눈도 보이지 않고 걸음도 불편한 나는 요즘 요양 보호사 선생에게 시를 읽어 달라고 부탁하고 있습니다. 감각을 키우고 마음을 부드럽게 만드는 나만의 방법입니다.

넷째 R, '릴랙싱Relaxing, 몸과 마음을 이완하라.' 충분히 휴식하라는 뜻입니다. 공교롭게도 내 세대는 쉴 줄을 몰랐습니다. 밤낮없이 일하는 산업 일꾼의 시대를 살았기에 지금도 일요일에도 연구실에 나와야 마음이 편합니다. 시대가 바뀐 오늘날의 휴식은 또 다른 면에서 의무가 된 듯합니다. 휴식하겠다고, 온갖 준비와 계획을 세우느라 스트레스를 받습니다. 휴식은 다음을 준비하는 에너지입니다. 특별한 곳으로 이동하고 새로운 무엇을 하는 것만이 휴식은 아닙니다. 일상적으로 지금 바로 실천할 수 있는 쉼이어야 합니다. 아무것도 안 하고 여덟팔자로 누워 있기, 생각을 멈추고 내려놓는 일도 좋은 휴식법입니다. 일할 때는 집중해서 일하고 쉴 때는 모든 것에서 벗어나십시오. 발명왕 토머스 에디슨이 말년에 한 말입니다. "내가 80세가 된 오늘까지 연구를 쉬지 않고 계속할 수 있는 비결은, 앉을 수 있는 곳에 앉고 누울 수 있는 곳에서는 누워 쉬었기 때문이다."

마지막 다섯째 T, '투게더링Together-ing, 함께하고 나눠라.' 나눔은 봉사의 개념으로 생각하기 쉽지만, 나의 모든 일상이 나눔과 연결되어 있음을 기억하십시오. 환자를 진료하면서 나는 베

11

푼다는 생각 대신 나 또한 치유 받고 있다는 생각을 종종 하곤 했습니다. 일방적인 베풂은 없습니다. 주고받음이 세상의 정연한 이치입니다. 불교에서 하늘은 인드라 신의 그물로 뒤덮여 있다고 비유합니다. 그물 이음새마다 작은 구슬이 달려 있는데 구슬은 서로가 서로를 끝없이 비추고, 인드라 신이 그물 한 코를 집어 들면 나머지 그물이 일제히 달려 올라갑니다. 세계의 모든 것이 하나로 연결되어 있다는 뜻입니다. 서로가 서로에게 영향을 미쳐 원인이 되고 결과가 됩니다. '무인무연설無因無緣說'은 원인도 결과도 없는 이 세상은 아무도 알 수 없다는 뜻입니다. 어쩌면 그래서 우리는 더욱 나를 낮추고 살아야 하는지도 모릅니다.

환자들은 치료에 지칠 때면 한 번씩 묻습니다. "선생님, 저는 왜 태어나서 이 고통을 받습니까?" 그러면 "제가 어떻게 알겠습니까"라고 답하지요. 태어났으니까 살아갈 뿐입니다. 그렇다면 "어떻게 살아야 하나요?"라는 물음에는 어떤 답을 할까요. 이 질문 역시 저마다 삶의 무늬가 다르므로 어떤 답도 옳다 그르다 할 수는 없겠지요. 확실한 것은 태어남은 기적이며, 태어난 이상 우리는 각자 가진 삶의 조건을 토대로 좀 더 나은 사람, 점점 성장하는 인간이 되어야 하는 것입니다. '성장'이야말로 우리가 태어난 이유입니다.

얼마 전 제가 좋아하는 시인 윤동주의 〈서시〉에 대한 원고를 쓰면서 깜짝 놀랐습니다. "하늘을 우러러 / 한 점 부끄럼 없기를"

이 시구를 더듬으며 '나의 지난날을 털면 미세먼지나 나오겠지' 하고 자만하는 마음이 없지 않았는데, 막상 엄청나게 큰 먼지 뭉치가 나오더군요. 아, 그제야 깨달았습니다. "별을 노래하는 마음으로 / 모든 죽어가는 것을 사랑해야지 / 그리고 나한테 주어진 길을 / 걸어가야겠다"라고 한 시인의 마음을. 우리의 삶은 누구나 불완전하고, 죽을 때까지 미완성이며, 결국 하루하루 성숙해지는 삶을 살려는 의지가 더 중요하다고 시인은 결연하게 말하고 있는 것입니다.

춥고 길었던 겨울이 끝나고 봄이 왔습니다. 볕 좋은 날, 10주년 기념 감사의 글을 쓰고 있으니 감회가 새롭습니다. 지난 10년간 '인간 이근후는 이렇게 살아왔습니다'라고 짧게 소식을 전해드리며, 여러분도 각자의 자리에서 또 열심히 살아주시기를 부탁드립니다.

읽어주신 분들께 마음 깊이 감사를 전합니다.

2023년 4월 새봄, 세심정에서
이근후

당신은 어떻게 나이 들고 싶은가

물의 깊이는 알 수 있으나 사람 속마음은 헤아리기가 어렵다는 말이 있다. 정신과 의사는 그 사람 속을 들여다보는 직업이다. 사람들은 50년 정신과 의사로 살아온 내가 사람 속을 훤히 꿰뚫어 보고 삶의 지혜를 통달한 줄 안다. 게다가 나이 들면서 적당한 주름과 은빛 머리칼까지 갖추니 원숙해 보이는 나의 풍모가 그런 오해를 더하는 듯하다.

인생을 잘사는 비결 하나쯤 기대하고 질문을 던진 이들은 아마도 나의 대답이 싱겁기조차 할 것이다. 가령 어떤 이들은 "요즘 하루를 어떻게 여십니까?"라고 묻는데, 뻔한 하루를 특별하게 시작하는 방법을 알려 달라는 속셈이다. 나는 대답한다.

"아침에 눈을 뜨면 텔레비전을 켭니다. 이불 속에서 좀 더 자 볼까 싶고 또 오늘 할 일에 대한 부담이 떠올라 눈을 뜨기 싫지만 뉴스를 들으며 차츰 잠에서 깨어납니다. 출근 준비를 하다 보면 어느새 무거웠던 마음은 '하루가 시작되었구나' 하는 감사와 다행감으로 가벼워지지요."

여든을 바라보는 나도 여전히 인생의 이런저런 불안 속에서 하루하루를 살아가며, 그럼에도 습관적인 하루에 지치지 않으려 애쓴다는 것, 나로서는 솔직한 고백이다. 나이 듦에 대한 물음도 비슷하다. "나이 들면 뭐가 좋은가요?" 하고 묻지만 나는 "나이 들면 뭐가 좋겠습니까? 좋은 것은 아무것도 없습니다"라고 답한다. 보통의 노후라면 평생 아이들 키우느라 모아 놓은 돈도 많지 않고 건강도 예전만 못하다. 생물학적 노화와 사회적인 쇠퇴, 앞날에 대한 불안과 무기력함, 죽음에 대한 두려움까지, 좋을 게 뭐가 있겠느냐는 반문이다. 그러나 나의 답은 계속된다.

"나이 든다는 것은 누구에게나 좋은 일이 아닙니다. 하지만 누구에게나 오는 것이기 때문에 이 또한 받아들여야 할 생의 궤적입니다. 나이 들어 좋은 점이라기보다 나이 들면서 좋은 일, 즐거운 일을 만들어 가겠다는 마음가짐이 훨씬 중요하지요."

정신과 전문의로 은퇴한 뒤 나에게 감투를 주려는 단체들이 몇 군데 있었지만 모두 거절했다. 나이 들어 좋은 점은 딱 하나, 더 이상 누구의 눈치도 볼 필요 없다는 점이다. 자존심을 세워 주는 그럴 듯한 자리라도 나는 명예보다는 즐거움, 책임보다는 재미를 택하면서 살기로 했다.

생각해 보면 젊은 날의 나는 무엇이든 재미를 택하려고 애썼다. 재미있는 일만 골라 한 것이 아니다. 내가 해야 할 일을 재미있는 쪽으로 만들어 갔다. 서너 평 남짓한 진료실에서 하루 종일 환자들이 자기만의 세계에 갇혀 쏟아내는 아프고 슬픈 이야기들을 듣다 보면 내 몸과 마음은 커다란 쇠공을 매단 듯 무겁고 어두워지곤 했다. 내가 그들을 완벽하게 낫게 해 줄 수 없다는 데서 오는 스트레스였다. 나는 생각을 바꿨다. 환자들이 조금이라도 나아지는 데 도움이 되는 일을 해 보자고. 그러자 좋은 생각들이 많이 떠올랐고, 곧바로 실천에 옮겼다. 정신과 폐쇄 병동을 개방 병동으로 바꾸고, 환자들이 속마음을 털어내는 사이코드라마를 시도하고, 정신이 아플 뿐 몸은 건강한 환자들을 위해 체력 단련 실을 만들었다. 일을 만들어 가는 과정에서 나는 신이 났고 즐거웠다. 한마디로 '재미있게 견디기'다. 그래서 나는 50여 년의 정신과 의사 생활에서 지치지 않을 수 있었다. 러셀은 말했다. "재미의 세계가 넓으면 넓을수록 행복의 기회가 많아지며, 운명의 지배를 덜 당하게 된다"고.

그런 재미를 추구한 덕분에 노년이 된 지금, 나는 심심하지 않게 잘 살고 있다. 요즘 가장 재미있는 일을 꼽으라면 컴퓨터를 가지고 노는 것이다. 컴퓨터를 이용해 정신과에 관한 교육과 상담은 물론, 한 사이트에는 아동기 감정을 이해시키기 위한 자료로 나의 어린 시절 이야기를 매일 올린다. 보는 사람도 재미있다 하지만 정작 제일 재미있어 하는 사람은 바로 나다. 또 컴퓨터로 젊은이들과 자유롭게 이야기를 나눈다. 그 외에도 집에서 한 시간 떨어진 북악스카이웨이 천천히 걸어서 다녀오기, 30년 동안 의료 봉사를 해 온 네팔 1년에 한 번 방문하기, 한 달에 한 번 시 낭송 모임, 40년 동안 봉사해 온 보육원에 들러 아이들과 놀아 주기, 주말마다 네 자녀 가족과 돌아가며 저녁 식사하기, 보고 싶은 사람 불쑥 방문하기 등, 지금도 재미있는 일들이 많다. 아마도 이 글을 읽는 사람은 나의 노년을 부러워할지도 모르겠다. 그러나 조금도 부러워하지 마시라. 누구든 재미있게 살겠다고 마음먹는다면 온통 재미있는 일이 벌어질 테니 말이다.

물론 젊은 시절 느끼던 재미와는 분명 다르다. 그러나 젊어서나 나이 들어서나 똑같은 재미를 느끼는 일은 정말 재미없지 않을까. 바로 지금 나이에, 내가 가진 것만으로도 즐거움을 느끼는 일이 진짜 재미다. 젊어서는 산 정상에 오르는 일이 재미있었다면 나이 들어서는 멀리서 바라보는 것만으로도 충분히 재미있을 수 있다. 젊어서의 재미만 생각한다면 노년은 불행하기만 하다. 바로 지금, 자신에게 맞는 재미를 찾는 것이 진정 '나이 답게' 늙어 가는 일이다.

요즘 방송 토론에서 노인의 급격한 증가로 우리 사회가 짊어질 재정적 부담에 대한 걱정을 자주 거론한다. 돈이 없는 노후는 곧 고통이자 절망이라는 분위기다. 경제적인 풍요가 꼭 아름다운 노년을 만들어 주지는 않음을 알면서도 우선 돈부터 해결하자고 한다. 물론 경제적 준비는 중요하다. 그러나 여기에 나이 듦의 가치와 의미에 대한 고민도 함께 이루어져야 한다. 젊은이부터 중장년층까지 '나는 어떻게 나이 들어 갈 것인가'를 생각하며 나이 듦을 배우고 익혀야 한다. 이런 진지한 성찰을 통해 나이 드는 것이 두렵지만은 않다는 것을 깨닫고, 그럼으로써 현재를 더욱 충실하게 살기 위해서다.

우리는 평생 시험, 취업, 결혼 준비 등 많은 준비를 하지만 정작 나이 듦의 준비는 소홀하다. 나이 드는 것도 반드시 '선행 학습'이 필요하다. 아무리 준비해도 막상 닥치면 당황하고 실수하기 마련인데, 나이 든 후에 시작한다면 너무 늦다.

그동안 나는 정신과 의사로서 많은 사람들의 이야기를 들어왔다. 정신 질환을 앓는 이들은 남의 말을 듣지 않는 공통점이 있다. 나는 그들의 이야기를 끝없이 들어 주며 내가 말할 수 있는 기회를 기다렸다. 그들이 내 말을 듣기 시작하면 치료의 문은 조금씩 열리는 것이다. 늘 그렇게 다른 사람의 말을 들어온 내가 이제 나의 이야기를 들려주게 되었다. 특별할 것 없는 보통 할아버지가 살아온 이야기지만, 사람들에게 내어놓을 수 있는 이야기가 있으니 한편으로는 지난 내 삶에 대한 아쉬움을 조금 덜어내는 기분이다. 나의 이야기가 인생 선행 학습의 작은 자료로 활용되어 '나는 어떤 모습으로 나이 들어갈 것인가'를 생각해 보는 작은 불씨가 된다면 아주 기쁠 것이다.

2013년 2월의 아침에
이근후

Contents

| 출간 10주년 서문 |

각자의 자리에서 또 열심히 살아주시기를 부탁드립니다 · 4

| Prologue |

당신은 어떻게 나이 들고 싶은가 · 14

chapter 1 ————————————

나는 죽을 때까지 재미있게 살고 싶다

:: 뭐가 그리 억울한가 · 27

:: 죽음의 위기를 몇 차례 넘기며 깨달은 것들 · 33

:: 왜 외롭다고 말하면서 아무것도 하지 않는가 · 37

"늙으면 죽어야지"라는 말을 입버릇처럼 하는 당신에게 · 43

:: 우리 가족 삼 대 열세 명이 한 지붕 아래 사는 비결 · 45

:: 나는 며느리에게 거절하는 법부터 가르쳤다 · 52

'얘가 어렸을 때는 안 그랬는데……'라며 서운해하는 부모들에게 · 59

:: 당당하게 아파라 · 60

:: 일흔 넘어 시작한 공부가 제일 재미있었던 까닭 · 66

:: 무모하게 사는 것이 가장 안전한 길이다 · 72

"노후엔 못 해 본 여행이나 다니며 살아야죠"라고 말하는 당신에게 · 78

: : 30년 만에 만난 힐러리 경이 나에게 가르쳐 준 것 · 79

: : 내가 '최선을 다하라'라는 말을 싫어하는 이유 · 84

: : 내 마음속에는 지금도 철들지 않는 소년이 살고 있다 · 89

평생 자유롭게 살아 본 적이 없다고 한탄하는 이들에게 · 93

chapter 2 ─────────────────────────────

이렇게 나이 들지 마라

: : 나이 드는 게 두렵기만 한 사람들에게 · 97

늘 남에게 뒤처질까 봐 조바심 내는 당신에게 · 101

: : 나이 들면 약해진다는 생각부터 버려라 · 102

: : 자식의 인생에 절대 간섭하지 마라 · 108

"내가 자식을 어떻게 키웠는지 아냐"며 억울해하는 부모에게 · 113

: : 무작정 돈을 모으기 전에 생각해야 할 것 · 114

노후 자금을 하나도 모아 놓지 않아 불안한 이들에게 · 119

: : 젊은이를 가르치려 들지 마라 · 120

"옛날에 내가……"라며 자랑을 늘어놓기 바쁜 당신에게 · 126

: : 오늘을 어제의 기분으로 살지 마라 · 128

: : 내가 나이 듦에 대처하는 방식 · 132

: : 내가 웃으면 아내도 웃고, 아내가 웃으면 나도 웃는다 · 137

배우자가 먼저 죽을까 봐 걱정되는 당신에게 · 142

:: 노인의 귀가 큰 까닭 · 143

:: 이제 그만 자신에게 너그러워져라 · 147

'그때 나는 왜 그랬을까?'라며 자꾸만 후회하는 당신에게 · 151

chapter 3 ────────────────────

마흔 살에 알았더라면 더 좋았을 것들

:: '내 뜻대로 되는 게 하나도 없다'라는 말은 틀렸다 · 155

'긍정'이란 말의 의미를 잘못 알고 있는 사람들에게 · 159

:: 부모가 아이에게 남겨 줄 수 있는 최고의 재산 · 160

:: 내가 누구인지 알게 되면 다른 사람과 경쟁할 필요가 없다 · 165

:: 내가 지나온 삶을 후회하지 않는 이유 · 171

:: 나이 들수록 사소한 분노를 잘 다스려야 한다 · 175

거절 당하면 화부터 나는 당신에게 · 181

:: 잘 쉬는 연습을 게을리 하지 마라 · 182

:: 더 늦기 전에 노년의 삶을 그려 보라 · 186

요새 부쩍 우울하다고 말하는 이들에게 · 192

:: 아직도 부모와 화해하지 못한 사람들에게 하고 싶은 말 · 193

:: 직장을 그만두어야 하는 사람들에게 하고 싶은 말 · 200

은퇴 후에 나를 찾는 사람이 없으면 어쩌나 걱정하는 당신에게 · 205

:: 신혼부부에게 건네는 세 가지 당부 · 206

'여태 살아 준 내가 바보다'라며 배우자를 원망하는 사람들에게 · 211

chapter 4 ————————————————————

사람은 무엇으로 사는가

∷ 결혼한 지 50년이 지나서야 하는 부끄러운 고백 · 215

∷ 따로 또 같이 행복해지기 위해 반드시 필요한 것, 가훈 · 219

매일 똑같은 문제로 다투는 가족 때문에 지친 당신에게 · 226

∷ 내가 만난 사람들이 곧 나의 인생이다 · 228

말실수를 하고 후회한 적이 많은 사람들에게 · 232

∷ 손자 손녀를 키우면서 깨달은 것들 · 234

∷ 사람들에게 회갑 잔치를 권하는 이유 · 241

∷ 세대 차이의 즐거움을 마음껏 누려라 · 245

∷ 1년간은 작정하고 날마다 일기를 써 보라 · 250

인생 계획을 어떻게 세워야 할지 막막하다는 당신에게 · 255

∷ 일부러 자식들에게 치매에 관한 농담을 하는 까닭 · 256

∷ 사랑하는 사람들에게 무엇을 남기고 떠날 것인가 · 260

∷ 내 삶을 조금이라도 의미 있게 만드는 방법 · 266

스스로를 못났다고 생각하는 '잘난 사람'에게 · 270

chapter 5 ————————————————————

인생의 새로운 출발점에 서 있는 그대에게

∷ 인생의 황금기는 바로 지금이다 · 275

늘어나는 생일 초가 끔찍하기만 한 사람들에게 · 279

: : 어떤 일이든 다시 시작하고 싶다면 · 280

: : 인생을 안다고 자만하지 마라 · 286

인생이 재미없고 따분하다고 말하는 사람들에게 · 290

: : 바쁘다는 핑계로 취미 생활을 더 이상 미루지 마라 · 291

: : 남은 인생에서 내가 가장 잘하고 싶은 사람, 아내 · 296

부부 싸움엔 인내가 최선이라고 말하는 당신에게 · 300

: : 미리 유언장을 써 두면 삶이 달라진다 · 301

선택의 갈림길에서 선뜻 결정을 내리지 못하는 사람들에게 · 305

: : 내가 자동차와 휴대전화를 사지 않은 이유 · 306

: : 25년 동안 의료 봉사를 하면서 알게 된 것들 · 310

: : 쓸모없음을 아는 순간, 쓸모 있어진다 · 314

나이 들어 감투 욕심 부리는 당신에게 · 318

: : 박완서 선생의 죽음에서 얻은 교훈 · 319

아까워서 아무것도 버리지 못하겠다는 사람들에게 · 324

: : 오늘을 귀하게 써야 하는 이유 · 326

| 책을 엮으면서 |
'삶을 끝까지 데리고 노는 법'에 대하여 · 331
| 출간 10주년 특별 대화 |
오늘 우리는 누구나 인생의 황금기를 살고 있습니다 · 335

Chapter 1

나는 죽을 때까지
재미있게 살고 싶다

태어나서 죽을 때까지 삶의 궤적을 따라가다 보면

재미없는 나이가 어디 있으랴.

인생은 어느 시기건 그에 알맞은, 그때만 느낄 수 있는 즐거움이 있다.

그것을 충분히 느끼며 산다면 성공한 인생이다.

뭐가 그리 억울한가

● ● ●

아침이면 태양을 볼 수 있고 / 저녁이면 별을 볼 수 있는 / 나는 행복합니다.
잠이 들면 다음날 아침 깨어날 수 있는 / 나는 행복합니다. (중략)
기쁨과 슬픔과 사랑을 느낄 수 있고 / 남의 아픔을 같이 아파해 줄 수 있는
가슴을 가진 / 나는 행복합니다.

─김수환, 《우리가 서로 사랑한다는 것》 중에서

"나이 들어 보세요. 재미있어요."

백발의 노신사가 젊은이에게 한 말이다. 젊을 때는 나이 드는 것이 싫고 노인의 부정적인 모습만 떠올리지만, 실제 나이 들어보니 재미있다는 말이다. 그렇다. 태어나서 죽을 때까지 삶의 궤적을 따라가다 보면 재미없는 나이가 어디 있으랴. 물론 스무 살의 즐거움과 마흔, 쉰 살이 되었을 때 느끼는 삶의 즐거움은 전혀 다르다. 그러나 달라서 더 특별하고 가치가 있다. 그걸 모르고 현재 나의 상태를 다른 시기와 비교한다면 우리는 일생토록 후회하고 억울한 삶을 살아야 할 것이다. 지금을 살면서도 한 번도 제

대로 살지 못하는 슬픈 삶이다. 인생은 어느 시기건 그에 알맞은, 그때만 느낄 수 있는 즐거움이 있다. 그것을 충분히 느끼며 산다면 성공한 인생이다.

세상에 존재하는 모든 것에는 음양이 있기 마련이다. 밝음이 있으면 어둠이 있다. 좋은 점이 있으면 나쁜 점이 있다. 영원히 간직하고 싶은 젊음의 열정과 에너지가 오히려 젊음을 좌절시키기도 한다. 힘없고 느리기만 한 늙음이 천천히 익어 가는 술처럼 그윽한 인생의 향을 품어 낸다.

그러므로 좋은 것이 늘 좋으리란 법은 없으며 나쁜 것이 언제나 나쁜 것도 아니다. 우리에게 필요한 것은 어느 한쪽만 보는 것이 아니라 바로 보는 것이다. 단점이 있다면 노력을 기울여 보완하고, 장점은 갈고 닦아 내 삶에 힘이 되도록 해야 한다. 좋은 기운을 북돋아 나쁜 기운을 잠재우도록 해야 한다.

중년 이후를 '바로 본다'는 것은 나이 들어 좋아지는 것과 나빠지는 것을 구별하고 이해하는 데 있다. 나이가 들면 분명 나빠지는 것들이 있다. 가장 확실하게 나쁜 것은 바로 육체의 노화다. 사실 나이 들면 건강이 나빠질 일만 남았지 거꾸로 좋아지지 않는다. 이는 누구나 알지만 스스로에게 적용하기란 쉽지 않다. 입으로는 받아들이면서도, 마음 한쪽에서는 '그래도 나는 다를 것'이라고 생각한다. 그런 생각에 계속 붙들려 있으면 억울함과 애석함만 커질 뿐이다. 노화, 즉 몸의 변화에 맞서는 가장 좋은 방법은 순응이다. 탤런트 김혜자 씨가 이런 말을 했다.

"(나이가 들어) 불편한 것은 돋보기를 꺼내야 하니 책 보는 게 거추장스럽죠. 하나님은 다 좋은데 늙어서 눈은 나쁘게 하지 말지, 그걸 왜 그랬을까 곰곰 생각해 본 적이 있어요. 나이 먹어서 책을 보면 많이 알게 되고 그러면 앞에 나서게 되니, 그냥 뒤에 가만히 앉아 있으라고 눈을 나쁘게 했나 보다라고요."

김혜자 씨의 부드러운 미소와 딱 맞아떨어지는 생각이다. 이런 자세라면 나빠지는 청력과 시력에 별 거부감 없이 자연스럽게 보청기를 끼고 돋보기를 쓸 것이다. 보청기와 돋보기는 거추장스러운 게 아니다. 오히려 젊어서 듣지 못했던 소리, 보지 못했던 세세한 것까지 보도록 노력하게 만드는 고마운 물건이다.

또 하나, 나이 듦이 두려운 이유가 기억력이 떨어지는 뇌력 저하다. 이런저런 약속과 집안 행사를 잊어버린다거나 지갑이나 열쇠를 어디에 두었는지 도통 생각이 나지 않을 때, '이런 정말 늙었나 봐!'라는 식으로 스스로를 비아냥대기도 한다. 이 말이 입버릇이 되면 나도 모르게 더 빨리 나이 들어 버린다.

나도 수첩을 양복 안주머니에 넣어 둔 것을 잊어버려 고생한 일도 있고, 바로 어제 일이 기억나지 않은 적도 여러 번이다. 처음엔 충격이 컸다. 하루 종일 사라진 기억을 생각해 내느라 스트레스를 많이 받았다. 지금은 대수롭지 않게 여긴다. 수십 년 뇌속에 쌓아 왔으니 용량이 꽉 찼을 것이다. 이젠 나의 뇌가 알아서 자동으로 필요하지 않은 것들을 입력시키지 않을 뿐이라고 생각하면 마음이 편해진다. 생각이 느려지고 행동이 둔해지는 것도 당연하다. 한창 때의 젊은이처럼 행동하지 않는다면 이 또한 나이 듦의 미덕이다. 생각해 보라. 나이 들면 중요하게 해야 할 일이 적어지고 나를 찾는 사람도 줄어드니 바삐 서두를 것은 없지 않은가. 무슨 일이든 천천히 해도 혼낼 사람이 없으므로 마음 푹 놓고 하면 된다. 사실 나이 들면서 가장 넉넉해지는 재산은 시간이다.

얼마 전 나이 드니까 음식 맛이 없어졌다고 자못 억울한 표정을 짓는 이를 만난 적이 있다. 그는 예전에 먹었던 '그 맛'을 찾아 구석구석 맛집을 순례한다는데 그 맛이 아니란다. 그러나 평생 하루 세 끼, 온갖 음식을 줄기차게 먹으며 살아 왔는데 혀가 둔해질 때도 되었다. 나이 들면 혀의 맛이 아닌 다른 데서 삶의 맛을 찾아보라는 신의 계시쯤으로 생각하면 어떻겠느냐고 나는 그의 억울함을 달래 주었다.

또 누군가는 나이 들어 좋은 것은 지하철 공짜표밖에 없다고 투덜거리기도 한다. 나이 들면 더 대우를 받아야 한다고 여기는 것이다. 그런데 공짜표가 어디인가. 아마도 나이 들었다고 무료로 지하철을 태워 주는 나라는 우리나라밖에 없을 것이다. 굉장한 혜택이다. 거기에 박물관 입장료도 깎아 주는 등 찾아보면 이런저런 경로 우대 혜택이 많다. 지하철에 타면 젊은이들이 알아서 자리를 비켜 주기도 한다. 맡아 놓은 자리처럼 앉을 수 있으니 얼마나 좋은가. 자가용이 따로 없다.

사실 내가 나이가 들었다고 억울해하지만 않는다면 굉장히 행복하다. 왜냐하면 지금까지 경험해 보지 못한 것, 이전에는 알지 못했던 새로운 감동이 아주 많기 때문이다. 그 즐거움을 누릴 생각은 하지 않고 억울한 생각만 하면 무기력해지고 우울감에 빠진다.

나이가 들면 좋은 점은 생활이 단순해진다는 것이다. 책임도 의무도 줄어든다. 시간이 늘어나고 인내심이 많아지고 감정이 섬세해진다. 평소에 바쁘다는 핑계로 하지 못했던 일들을 불어난 시간에 하나씩 해 보는 재미를 누리는 것도 좋다. 여행을 하고 글을 쓰거나 악기를 배워도 좋으리라. 더디 진도가 나가도 누가 뭐라 하지 않을 것이다. 오히려 새로운 시작을 칭찬해 주리라. 나이가 들면 긴 시간이 드는 일을 찾아 제대로 시작해 보라. 잘 안 되도, 서툴어도 시간이 넉넉하므로 '내 자신'을 기다려 줄 수 있다.

요즘 나는 매일 아침 잠자리에서 눈을 뜰 때마다 신기하다. 주위에는 밤에 자다가 세상을 떠난 동창이나 선후배가 많다. 나 또한 내일이 반드시 예약되어 있지 않다. 그래서 아침에 눈을 뜨면 가장 먼저 '와! 눈떴구나! 하하하' 하고 쾌재가 터져 나온다. 그 순간의 찰나적인 신비감이라니!

젊을 때는 이런 신비감을 단 한 번도 느낀 적이 없다. 그때는 아침마다 기계적으로 일어나 하루를 시작했을 뿐이다. 그러나 지금은 나에게 남은 생물학적 여명이 적다는 데서 오는 하루하루의 희열감에 매일 아침이 행복하다. 이것도 나이 든 자들만이 느낄 수 있는 특별한 감동이다. 일본 시인 잇사의 하이쿠다. "얼마나 운이 좋은가. 올해에도 모기에 물리다니!" 딱 내 심정이다.

한 살 한 살 나이 들어 간다고 억울해하지 마라. 제대로 살지도 못했는데 벌써 이렇게 나이 들었다고 후회하지 마라. 누가 뭐래도 우리는 할 수 있는 만큼 살았고 일했고 즐겼다. 지금 내 나이에서 느낄 수 있는 즐거움을 찾아내는 것이 더 급하다. 내가 쓸 수 있는 인생의 시간은 지금 이 순간에도 줄어들고 있다.

죽음의 위기를
몇 차례 넘기며 깨달은 것들

• • •

나는 기적이라는 말을 믿습니다. 그 기적은 자신의 한계를 극복하며
간절히 원하고 기도하는 자에게만 허락된다는 것도 알고 있습니다.
겸허해야 하며, 절대 욕심부리지 말아야 하며,
더러는 포기할 줄도 알아야 합니다.

−엄홍길, 《괜찮아, 살아 있으니까》 '세상에서 가장 힘들면서도 아름다운 말, 도전' 중에서

사춘기 시절 내 키는 이미 170센티미터를 넘어섰다. 그러나 키
만 컸지 한여름에도 소매가 긴 옷을 입고 다닐 만큼 병약했다. 제
대로 할 줄 아는 운동도 없었다. 혹시나 변을 당할까 물 근처에도
못 가게 했던 어머니 때문에 수영도 못 배웠다. 그래서 꿈속에서
헤엄을 치는 게 다였다. 덩치 좋은 건달들에게 맞은 적도 여러 번
이다. 잘못도 없이 용서를 구하는 모멸감도 당했다.

고등학교 2학년 무렵에는 가세가 급격히 기울어 대학 진학은
커녕 밥도 굶어야 할 형편이었다. 학교를 그만둘까 말까, 내 얼굴
에 걱정이 잔뜩 묻어 있었는지 하루는 어머니가 말씀하셨다.

"근후야, 쌀이 없어도 쌀뒤주는 보지 말거라."

쌀이 없는 걸 아는데 왜 군이 빈 뒤주를 보고 걱정하느냐는 말이었다. 걱정만 해서 해결될 일은 없다는 걸 어머니는 가르쳐 주고 싶으셨던 것이다.

어린 시절부터 내 삶에는 많은 위험이 있었다. 전쟁, 가난, 병, 천재지변, 사고 등 그 위기의 순간들을 나는 용케 잘 지나왔다. 다섯 살 때 장티푸스에 걸려 거의 죽다 살아났다. 일제의 가미카제 소년병으로 초등학생들이 차출되어 갔을 때 나는 열한 살이어서 제외되었다. 학교에서 장난치며 놀던, 나보다 고작 한 살 많은 아이들은 그 길로 다시 돌아오지 않았다. 소년병으로 차출되던 날 천황에게서 하사 받은 일본도가 목숨의 대가였다. 그땐 그 일본도가 부럽기만 했던 철부지였는데…….

돌이켜 생각하면 내가 죽음의 위기를 넘길 수 있었던 데는 어떤 보이지 않는 힘이 작용했던 것 같다. 그러지 않고서야 어떻게 매번 아슬아슬 살아남을 수 있었을까. 어머니께서는 조상의 보호 덕분이라고 말씀하셨다. 그 말이 맞을지도 모른다. 나를 위해 기도하고 내가 무사하기를 간절히 바라는 수많은 인연의 힘이 나를 삶의 길로 가도록 이끌었을 것이다. 과학적인 사고가 아니라고 비판할 수도 있지만 그렇다고 모든 걸 우연이라고 딱 잘라 말하기엔 무언가 부족하다. 그러니 그렇게밖에 설명할 수 없는 일이다.

대학 시절에는 이런 일도 있었다. 기상관측이 시작된 이래 그때까지 가장 센 태풍으로 알려진 사라호 태풍이 불어닥쳤다. 사망자와 실종자는 800명이 훨씬 넘었고 이재민도 37만 명이 넘었다. 그 어마어마한 태풍이 한반도를 지날 때 나는 독도행 배를 타고 있었다. 70톤 경비정은 엄청난 비바람에 추풍낙엽처럼 흔들렸다. 집채만 한 파도가 배를 집어삼킬 듯 달려들고 사람들은 공포에 떨며 비명을 질러댔지만 파도에 묻힐 뿐이었다. 그런데 아이러니하게도 나는 갑판 위에서 잠들어 있었다. 뱃멀미 때문이었다. 사람들이 저마다 살려 달라 기도를 올리는 중에도 나는 세상모르게 잠들어 있었다. 배가 뒤집힐 것 같은 기세에 한 선원이 나를 흔들어 깨웠다.

"이봐요, 헤엄칠 줄 알아요? 몰라요?"

겨우 눈을 뜨고 상황을 대충 파악했지만 잠결인지 멀미 탓인지 정신을 똑바로 차릴 수가 없었다.

"저 수영 못 하는데요……."

그러고는 다시 눈을 감았다. 배가 뒤집히기라도 하면 바로 물에 빠져 죽을 게 틀림없었다. 그렇지만 '에잇, 모르겠다' 자포자기하는 심정으로 어느새 나는 또 잠이 들었고 다시 눈을 떴을 때는 파도의 기세가 한층 누그러져 있었다. 아마도 내가 깨어 있었다면 죽음의 공포에 패닉 상태가 되었을 것이다. 당황해서 우왕좌왕하다가 물에 빠졌을 수도 있다. 그러나 내 힘으로 어쩔 수 없는 상황에 눈 꼭 감고 순응하니 위험 상황이 지나갔다. '내 힘으로 어쩔 수 없다면 순리를 따르라.' 그때 나는 터득했다. 뒤주를 보지 말라는 어머니의 말씀도 같은 뜻일 것이다.

나와 비슷한 연배의 사람들은 모두 두세 번 이상 죽을 고비를 넘겼다. 그들 이야기를 들어보면 구구절절 비슷한 경험도 많다. 아니, 누구라도 인생의 수많은 고비를 넘으며 오늘을 살아가고 있다. 세상이 아무리 좋아졌어도 '하마터면 큰일 날 뻔한' 일들을 겪으며 산다. 몇 번의 죽을 고비를 넘긴 후 나는 '내 인생은 덤'이라는 생각으로 살아왔다. 그래서 매사에 후회가 적고 만족할 수 있었다. 내 행복의 비결을 하나 꼽으라면 바로 이것이다.

몇 년 전, 나는 심장 혈관이 막혀 큰 수술을 받았다. 50퍼센트의 죽음과 50퍼센트의 삶, 그 두 갈래 길에서 나는 살았다. 또 한 번의 덤이었다. 언젠가는 이 덤도 끝날 테지만 그때까지는 열심히 살아갈 것이다. 지금은 나이 들고 아프고 기력도 쇠했다. 그러나 삶은 죽음보다 나은 것이다. 나나 당신이나 우리는 아직 살아 있는 행복한 존재다.

왜 외롭다고 말하면서
아무것도 하지 않는가

• • •

"낭비된 인생이란 없어요.
우리가 낭비하는 시간이란
외롭다고 생각하며 보내는 시간뿐이지요."

—미치 앨봄, 《천국에서 만난 다섯 사람》 중에서

한 신문사에서 우리 부부를 인터뷰했을 때 아내는 나를 이렇게 소개했다. "백이면 백 명 모두에게 관심을 갖는 사람이에요." '그래?' 하고 곰곰 생각해 보니 역시 아내의 눈이 정확했다. 나는 내가 만나는 모든 사람에게 관심이 있다. 한 번 왔다 가는 기자의 이름과 나이, 취미 등을 물어보고 기억해 둘 정도다.

지난 2월, 구정 무렵 휴전선 근처 연천에 사는 최오균 선생 집에 다녀왔다. 그는 50대 후반으로 10여 년 전, 네팔 의료 봉사를 함께 가면서 알게 되었다. 며칠째 추운 날이 계속되었지만 나는 연천행을 감행했다. 날이 풀린 후에, 따뜻한 봄이 되어 찾아가도 될 일이었다. 누구에게나 배려 받을 수 있는 특권을 가진 '노인'인데 약속 좀 미뤘다고 뭐라 할 사람은 없었다. 하지만 그가 섬진강 근처에서 살 때도 언제 한번 찾아가겠다던 약속을 나는 지키지 못했다. 지금 출발하지 않으면 또 약속을 어기게 될 것만 같았다.

그는 50년 만의 추위라며 괜찮겠느냐고 나의 방문길을 걱정했다. 추위야 옷을 따뜻하게 입으면 그만이었다. 초행길이라 헤맬수도 있지만 내비게이션이 있다. 나는 두툼한 점퍼에 러시아 털모자까지 쓰고 일행과 함께 아침부터 서둘러 연천으로 출발했다. 떠나기 전날, 최 선생에게 필요한 것 없느냐고 물었더니 농담처럼 군량미가 떨어졌다기에 쌀 한 포대와 라면 한 박스를 샀다. 그가 사는 마을은 비무장지대 코앞이었다. 시간이 좀 걸리리라는 예상과는 다르게 금방 도착했다. 최전방이 서울에서 이렇게 가깝다니 놀랐다. 머릿속의 생각과 현실은 이렇듯 자주 어긋나기 마련이다.

그는 나를 반갑게 맞아 주었다. 나를 보는 눈빛과 행동에 기쁨이 묻어 있었다. 진심으로 맞아 주기에 나 또한 반갑고 좋았다. 그는 비무장지대에 얽힌 마을의 여러 이야기를 들려주었다. 그사이 그는 연천 홍보대사가 되어 있었다. 우리는 홍합짬뽕을 시켜서 조그만 탁자에 둘러 앉아 후후 불어 가며 홍합을 까먹었다. 얼큰하고 시원했다. 좋은 사람들과 함께 먹는 짬뽕 맛은 어디에도 비할 수 없었다.

그는 몸이 약한 아내를 위해 시골 살림을 선택했다. 2층에 다락방까지 있어 참 좋지만 남의 집이라 아쉽다기에 내가 말했다. "누가 소유하고 있느냐는 별 의미가 없지요. 그 집을 사용하는 사람이 임자 아니겠소." 그가 고개를 끄덕였다. 봉사라는 인연으로 만나 이심전심 서로 통하는 사이가 되어 이 추운 겨울, 지척에 비무장지대를 두고 홍합짬뽕을 나눠 먹는 나와 최 선생, 인연이란 참으로 묘하다 싶었다.

짬뽕 한 그릇을 다 비운 뒤 우리는 근처 '화이트 다방'에서 커피를 마셨다. 나는 모닝커피를 시켰다. 모닝커피는 커피에 날달걀을 풀어 넣어 마시는 것으로 1960년대 유행했다. 아내와의 연애 시절 가끔 들르던 다방에서 아내의 아버지와 종종 마주치곤 했는데, 어른께서는 꼭 모닝커피를 드시고 계셨다. 당시 나는 미래 장인이 될 분이기에 커피 값을 몰래 내드리고 싶었지만 값이 너무 비쌌다. 그런데 그 모닝커피가 메뉴판에 적혀 있으니 얼마나 반가웠겠는가. 나는 지금은 맛보기 힘든 귀한 모닝커피를 주문하고는 최 선생에게 빛바랜 사진 같은 내 연애 시절 이야기를 덤으로 들려주었다.

그렇게 우리는 화이트 다방에서 이야기꽃을 피웠다. 그리고 해가 지기 전에 악수를 나누고 눈 덮인 들판을 달려 서울로 돌아왔다. 온기가 가득한 집 안으로 들어서자 몸이 노곤했지만 마음은 뿌듯했다. 오늘 하루 추위 때문에 집 안에 웅크리고 있었다면 아무것도 느끼지 못하고, 기억에도 남지 않는 날이 되었을 것이다. 마음먹고 조금 더 몸을 움직여 그리운 사람을 만나고 이야기를 나누고 옛 추억까지 더듬을 수 있었으니 참 값진 하루였다.

나이가 들면 내가 사람을 찾아가야 한다. 노년의 삶을 가장 어렵게 만드는 것이 외로움이다. 고독사孤獨死라는 말까지 등장했다. 그런데 인간을 병들게 하고 불행하게 만드는 원인이 꼭 외로움이겠는가? 혼자기 때문에 건강이 나빠지고 외로워서 인생이 불행해지는 게 아니다. 혼자 있는 게 두렵고, 외로움이 무섭다면 외롭지 않으려고 노력하면 된다. 이 당연한 이치를 회피한 채 '나는 왜 외로울까, 인생 헛살았나' 하고 찾아오지 않는 사람을 원망하는 것이야말로 불행을 자초하는 것인지 모른다.

노후 대비로 젊었을 때 보험이나 연금을 드는 것도 중요하지만 외로움에 대비하는 일도 잊어서는 안 된다. 다른 말로 '적응'이다. 살다 보면 아무도 나에게 관심을 갖지 않는 시기가 꼭 온다. 그 상태를 당연하게 받아들이고 그에 적응하는 법은 스스로 찾아내야 한다. 경제적 준비를 잘해서 연금이 많이 나온다 해도, 그 연금을 쓸 능력이 없으면 그것 또한 고통이다. 단지 저축을 많이 하고 돈 쓰는 법을 배우라는 말이 아니다. 외로움은 돈으로 해결되지 않는다.

외로움을 없애는 가장 쉬운 방법은 다른 사람을 사랑하는 것이다. 사랑을 너무 거창하고 형이상학적으로 생각할 필요는 없다. 사랑은 궁금증과 관심에서 시작한다. '저 사람은 왜 저럴까? 저 사람은 무슨 생각을 할까?' 이런 궁금증이 있다면 바로 그것이 사랑이다.

정신과 전문의 수련을 받던 제자가 나에게 물었다. "선생님, 환자를 언제 퇴원시키면 됩니까?" 그에 대한 교과서적인 기준은 있다. 하지만 나는 종종 교과서에 없는 기준을 이야기하는데 그때도 그랬다. "환자가 사랑하는 능력이 생기면 퇴원시켜도 좋습니다."

부연하자면 정신과에 입원하는 환자들은 대개 일상생활이 불가능할 정도로 자기애가 지나친 사람들이 많다. 이들에게 사랑하는 능력이 생긴다는 증거는 주변에 관심을 갖는 것이다. 자기가 아닌 타인에게 관심을 갖고 자기 정서를 표현하며 관계를 형성해 나간다면, 이미 이 환자는 사랑하는 능력이 생긴 것이므로 이제 그만 퇴원해도 된다고 판단하는 것이다.

사랑도 능력이다. 타고나는 것이 아니라 이 세상을 살아가면서 터득하고 학습하고 실천하면서 길러진다. 나이 들어 외롭지 않으려면 무엇보다 사랑하는 능력을 갈고 닦아야 한다. 나이 먹었다고 다른 사람에게 대접 받고 그가 내게 먼저 다가오기를 바란다면 점점 더 외로워질 뿐이다.

정신과 의사로서 내가 사람에 대해 관심을 가진 것은 너무나 당연한 일일지 모른다. 그러나 이런 관심이 일에 머물지 않고 끝없는 인연으로 이어지면서, 학문적 성취를 이루고 봉사로 연결되어 넓고 깊은 삶을 살 수 있었다. 가족아카데미아, 네팔 의료 봉사, 보육원 봉사, 시 낭송회 모임 등 수십 년간 이어 온 많은 일들을 어떻게 나 혼자 힘으로 할 수 있었겠는가. 나와 인연을 맺은 사람들이 주위에 늘 있었기에 가능했다.

나이가 들수록 다른 사람에게 관심을 가져야 한다. 다른 사람이 먼저 내 삶에 관심을 가져 주기를 기대해서는 안 된다. 나는 만나고 싶은 사람에게 먼저 연락하고 만나기를 즐긴다. 내게 자문을 구하거나 나를 만나고자 하는 이들이 전화를 걸어 오면 달력을 보고 날짜와 시간을 조절한다. 물론 무리하지 않는 선에서 적당히 안배한다. 이 나이에는 아무리 좋아하는 일도 야금야금 조금조금씩 해야 오래 할 수 있다. 그러니 외로울 틈이 없다.

물론 가끔 혼자 있을 때 까닭 없이 눈물이 나곤 한다. 그것은 나이 먹은 이들이 느끼는 온갖 감정이 눈물 한 방울로 솟아나는 자연스러운 감정이다. 무서워하고 두려워할 감정이 아닌 것이다. 그럼에도 밀려오는 외로움을 견디기 힘들다면 제발 푸념만 늘어놓지 말고 생각나는 사람을 찾아가라. 전화나 문자 한 통이어도 괜찮다. 그리운 이의 목소리를 듣는 것만으로도 사람은 때로 위안을 얻기도 하니까 말이다.

"늙으면 죽어야지"라는 말을
입버릇처럼 하는 당신에게

나이 든 환자들 중 의사 앞에서 그리 심각한 증상도 아닌데 자신이 얼마나 아프고 힘든지 아냐며 죽을 것 같은 표정으로 아픔을 토로하는 유형이 있다. 이들은 얼굴을 찌푸리며 몸 구석구석 통증을 낱낱이 고백한다. 듣고 있는 의사의 표정은 담담하다. 환자는 왠지 서운하다. 그도 그럴 것이 의사가 자신의 아픔에 공감해 주기를 바라는데 공감해 주지 않으니 마음이 상하는 것이다.

그러나 솔직히 말해, 나도 노인이지만 나이 든 이들의 앓는 소리는 듣기가 싫다. "늙으면 죽어야지" 하는 말을 들을 때, 그가 설령 진심이라고 해도 듣는 이가 그 말에 공감하기는 쉽지 않다. 직접 나이가 들어 보지 않고서는 늙음을 모르기 때문이다. 물론 나이가 들었다고 하여 모두 진정한 늙음을 이해하는 것도 아니지만 말이다. 아프다, 힘들다는 노인의 고통을 세련되게 표현하기란 정말 힘든 것인가. 그 세련된 마음에 진정한 늙음이 있는 것인지도 모른다.

아기가 엄마에게 말한다. "엄마, 바쁘신데 젖은 나중에 주세요. 나는 배가 고프지만 엄마는 지금 바쁘잖아요." 이렇게 어른스럽게 말하는 아기는 세상 어디에도 없을 것이다. 그러나 아이 같은 어른은 있다. 매사 아이처럼 우는 방식으로 갈등을 해결하려는 사람들 말이다.

그들은 자신의 욕망과 욕구를 겉으로 드러내 풀고자 한다. 어른스럽게 해결할 수 있는 방법을 외면한 채 오로지 나 좀 봐 달라고 하소연하고 불평하고 화를 내는 등 감정을 쏟아내는 것이다. 그들을 향해 우리는 '애처럼 군다'고 말한다.

어른이 된다는 것은 삶에서 부딪치는 문제들의 해결 방식을 더 많이, 다양하게 섭렵해 간다는 뜻이다. 그 많은 방법을 제쳐두고 불평, 불만, 무시, 외면 등 유아기적 방법을 쓰고 있지 않은지 살펴보라. 나이가 들면서 약해진 몸과 마음 때문에 자기도 모르게 이 방법을 쓰게 되니 더욱 조심해야 한다.

오늘도 하루 종일 앓는 소리를 한 것은 아닌지 돌아보라. 그리고 더 시간이 흘러 본격적인 노년기에 접어들었을 때 일상의 고통을 어떻게 표현할지 미리 생각해 보라. 힘든 것을 남이 알아주길 절대 바라지 마라. 이것이 바로 나이 든 자의 자존심이다.

우리 가족 삼대 열세 명이
한 지붕 아래 사는 비결

• • •

멀리 있는 사람들을 사랑하는 것은 오히려 쉽습니다.
그러나 우리에게 가까이 있는 사람들을 항상 사랑하기란 쉽지 않습니다.
(중략) 여러분의 가정에 사랑을 가져오십시오.
이곳이야말로 우리 서로를 위한 사랑이 시작되는 장소니까요.

–세인트 테레사, 《모든 것은 기도에서 시작됩니다》 중에서

딩동! 우리 집 반장에게서 메일이 왔다. 이번 주 토요일 가족 모임을 북악스카이웨이의 한 경양식 집에서 할까 하는데, 별다른 이의가 없으면 그곳에서 만나자는 내용이다. 스테이크가 맛있기로 유명한 그 경양식 집은 내가 젊었을 때부터 자주 이용하던 곳이다. 당뇨 때문에 고기 요리를 마음대로 먹지 못하는 나를 배려한 메뉴임이 틀림없었다. 나는 흔쾌히 'OK' 답장을 보냈다.

반장은 나의 맏아들이다. 장남이라서 반장을 맡은 것은 아니다. 식구들이 6개월에 한 번씩 돌아가면서 반장을 한다. 집안의 연락책이자 조율자 역할이다. 반장 제도는 10년 전 우리 가족이

한 지붕 아래 모여 살면서 시작되었다. 식구는 우리 부부와 두 아들과 두 딸 내외, 그리고 손자들까지 모두 삼 대 열세 명이다. 아마도 요즘 세상에서 찾아보기 힘든 대가족일 것이다.

삼 대 열세 명의 식구가 한 집에서 산다고 하면 반응은 제각각이다. 왜 장성한 자식을 몽땅 껴안고 사느냐며, 나를 고리타분한 전통 수호자쯤으로 오해하는 경우가 가장 흔하다. 또 아이들 눈치 보지 말고 노부부끼리 오붓하게 살지 왜 자식 시집살이를 사서 하느냐며 걱정해 주는 이들이 있고, 정말 아무 문제 없이 사느냐고 속사정을 듣고 싶어 하기도 한다. 대체로 부러워하는 사람은 많지 않은 것 같다.

출가한 자녀들과 우리 부부가 한 집에서 모여 살게 된 것은 아주 현실적인 생각에서 출발했다. 나이 든 부모를 돌보고 육아 문제를 해결하자는 장남의 아이디어였다. 우리나라가 아무리 서구화되었다고 해도 여전히 장자 중심의 사회다. 늙은 부모를 모시는 일도 아직은 장남의 몫이다. 나의 맏아들도 그 점을 고민하고는, 2남 2녀 자식 모두가 부모님을 함께 모시고 살면 어떠냐는 제안을 하기에 이른 것이다. 그러면 육아 문제도 자연스럽게 풀수 있다고 했다. 네 자녀 내외 모두 맞벌이를 하고 있으니 아무래도 가족 수가 많다 보면 급할 때 서로의 손을 빌려 아이를 돌볼수 있지 않느냐는 계산이었다.

우리 부부와 네 자녀 내외는 심사숙고했다. 쉽게 결정할 문제가 아니었다. 나이 든 자식들과 함께 사는 것이 마냥 좋은 것만은 아니었다. 부모 자식 간에도 수많은 갈등이 일어나는데 며느리와 사위, 그리고 손자들까지 한 공간에서 생활하면 생각지도 않은 문제들이 생겨날 게 뻔했다. 좋은 뜻에서 시작했을지언정 갈등을 키우다 서로를 미워할지도 모를 일이었다. 가족 모두 큰 각오가 필요했다.

부모의 손길을 벗어나는 것을 '독립'이라고 한다. 독립을 통해 우리는 '나'로 살아간다. 여기서 우리는 독립을 보통 집에서 나오는 것, 즉 물리적인 공간의 분리를 떠올린다. 아무래도 같은 공간에 있으면 부모의 영향을 받게 되고 의지하므로, 당연히 부모에게서 떨어져야 한다고 생각한다. 그러나 꼭 부모와 떨어져 있어야만 독립이 가능한 것은 아니다. 나는 부모와 장성한 자녀들이 같은 공간에서 생활하면서도 각자 독립적인 인생을 살 수 있다는 것을 보여 주고 싶었다. 서로에게 짐이 되는 것이 아니라 좋은 영향을 주고받는 새로운 가족공동체 모델을 만들어 보고자 했던 것이다.

1980년대 출간된 앨빈 토플러의《제3의 물결》에 미래의 가족에 대해 나온다. 이 책에서 토플러는 미래 사회에는 대가족이 한 지붕 아래 산다고 예측했다. 개인주의가 극도로 발전한 미래 시대에 '대가족'이라는 말이 어딘지 구닥다리 같아 보일지도 모르겠다. 하지만 앨빈 토플러가 말하는 미래는 곧 정보화 사회를 뜻한다. 개인이 얼마나 정확하고 많은 정보를 갖고 있느냐에 따라 경쟁력이 형성되는 사회다. 그러니까 여럿의 개인이 모인 가족이 서로의 정보를 결합하면 여러 방면에서 유리하다는 것이다. 농경시대 우리 조상들은 노동력 때문에 대가족을 이루며 살았다. 현대 사회의 정보력은 바로 옛날의 노동력과 같은 개념이다. 생각해 보라. 1인 가족과 5인 가족 가운데 누가 더 부자겠는가.

내가 자녀들과 한 집에서 살기로 결정한 데는 이런 속생각도 있었다. 자식들과 정보를 나눈다는 것, 그 말은 곧 소통이다. 장성한 자식과 부모는 같이 살기를 원하지 않는다. 서로 떨어져 사는 게 편하다고 입을 모은다. 그런데 사랑하는 부모, 아들, 딸인데 왜 같이 살기 싫은지, 진지하게 생각해 본 적은 있는지 묻고 싶다.

경제적 풍요 속에 살아가는 현대인들은 자아가 강하다. 누구에게도 간섭 받기 싫어한다. 부모의 관심과 사랑도 간섭이라 여긴다. 왜 간섭 받기가 싫을까. 바로 커뮤니케이션 스킬, 타인과 소통하고 공감하는 능력이 부족해서다. 그런 교육을 제대로 받지 않았기 때문이다. 타인과 소통하는 능력은 인터넷이나 책에서 배울 수 없다. 오직 사람들과 부대끼면서 몸에 배는 것이다.

그런데 우리는 부모 자식, 형제지간에 진정한 소통 없이 결혼하고 분리되어 독립을 한다. 나아가 가족 간에 진심으로 마음을 열고 소통할 기회조차 갖지 못하고 죽음을 맞기도 한다. 생각하면 슬픈 일이다. 우주적인 인연으로 만나 서로의 마음을 제대로 알지 못하고 세상을 떠난다는 것 말이다.

나는 우리 부부와 자식들이 진심으로 소통하고 있다면, 또 소통하려 노력한다면 큰 문제없이 한 지붕 아래 함께 살 수 있으리라 생각했다. 자녀들의 현실적인 문제 해결과 정신과 의사로서 가족공동체를 실현해 보고 싶은 나의 뜻이 어우러져 우리는 2002년 봄, 대가족으로 재탄생했다.

가족이 모여 살기로 하면서 내가 자녀들에게 강조한 것은 상호 불간섭주의와 독립성 보장이었다. 우선 함께 살 공간을 마련하는 것도 모두의 힘을 보태기로 했다. 나는 내가 살던 집터를 내놓았다. 집을 새로 짓는 비용은 네 자녀가 대출을 받는 등 각자 형편대로 마련했다. 각 가구의 거주 공간은 능력만큼 평수가 정해졌고 내부 구조와 출입문 또한 각자의 취향대로 했다. 한 지붕 아래 살더라도 철저하게 개인 생활을 보장하기 위해서였다. 너무 가까이 끌어안으면 고슴도치처럼 부지불식간에 서로를 찌를지도 모르는 일이었다.

상호 불간섭의 원칙은 철저하게 지켜졌다. 부모인 내가 자식 집에 갈 때도 비록 계단 몇 개만 올라가 문을 두드리면 되었지만 반드시 전화를 걸어 자녀들에게 허락을 먼저 구했다. 그리고 각 가정의 일과 개인의 일이 가족 전체의 일보다 우선하도록 했다. 부모와 함께 산다고 부모 눈치를 보거나 하는 일은 당연히 없도록 신신당부했다.

또 공동 전기료와 같은 공통비용은 나눠서 똑같이 내도록 했으며, 가족 전체가 모여 식사를 하는 일은 철저한 합의를 거쳐 결정했다. 그리고 가족끼리의 커뮤니케이션은 이메일을 주로 이용하기로 했다. 무엇보다 손자 손녀들의 성장과 교육에 관한 논의는 부모 중심으로 하고, 조부모인 나와 아내는 충고가 필요할 때만 나서기로 했다. 나이 어린 손자들의 등하교는 내 아내이자 할머니가 거들었다. 며느리와 딸이 제일 좋아했다.

대가족을 이루고 산 지 10년이 지났다. 가족공동체로서의 실험은 비교적 성공했다고 자부한다. 무엇보다 노년이 되어 각종 병을 달고 사는 내가 최고의 수혜자인 것만은 틀림없다. 자식들이 잘 돌봐 주고 있기에 연구소 활동과 봉사, 공부를 계속할 수 있었다. 자식들 또한 안정적인 주거 확보와 자녀 교육에 도움을 받았다. 또 대학교수, 의사, 미술치료사, 치과의사, 상담전문가 등 여러 분야에서 종사하는 자녀들은 일하면서 얻는 다양한 정보와 경험을 가족들과 나누었다. 나는 이 점이 매우 만족스럽다. 내가 미처 보지 못했던 것들을 다른 식구들의 눈을 통해 볼 수 있기 때문이다. 나는 천문학자인 큰아들과 한 가지 주제를 가지고 종종 토론을 벌였다. 이메일로 내 생각을 보내면 아들이 답장을 보내는 식이었다. 우주를 연구하는 천문학자와 사람의 마음을 들여다보는 정신과 의사. 거시와 미시, 극과 극을 연구하는 두 사람이다 보니 이야기가 꽤 다양하고 재미있다.

가장 큰 성과는 가족의 소통이다. 가족의 믿음은 서로를 존중하고 유무형의 공간을 침범하지 않으려는 배려 위에 세워졌기에 아주 단단하다. 얼마 전 아내가 밖에서 먹거리를 선물 받아 왔다. 보통의 모성이라면 자식들과 똑같이 나누려 하거나, 특별히 마음이 가는 자녀에게 주면서 다른 형제들 모르게 하라고 쉬쉬했겠지만, 아내는 집에 들어와 이메일로 공지를 했다. 필요한 가정에서 필요한 만큼 가지고 가라고 말이다.

가족이 모여 살면 답답하고 행복하지 않을 거라고 미리 단언하지 마라. 중국의 극작가 백인보가 말했다.

"내 집이 넓다고는 할 수 없다. 여분의 침실도 없으니까. 하지만 내 집이 좁다고도 할 수 없다. 열 식구가 충분히 편안하게 살 수 있으니까."

바로 내 집 이야기다. 자식들을 내 품안에 두고 사는 나는 누구보다 호사롭다.

나는 며느리에게
거절하는 법부터 가르쳤다

• • •

진정한 가족을 이어 주는 끈은 혈통이 아니라
서로의 삶에 대한 존중과 만족이다.

―리처드 바크, 《환상》 중에서

언젠가 선배 교수가 연구소를 찾아왔을 때 일이다. 나와 한담을 나누던 중 마침 그 자리에 있던 며느리가 시어머니, 그러니까 내 아내에게서 걸려 온 전화를 받게 되었다. 아마도 아내가 무슨 일을 부탁하는 것 같았다. 며느리는 "예? 그건 언제까지 하면 되나요?"라고 묻고는 이렇게 답했다.

"어머니, 그건 안 되겠는데요."

며느리가 자리를 비우자 선배는 기다렸다는 듯 말했다.

"내가 듣기에는 자네 며느리가 버르장머리가 없는 것 같아. 며느리 교육 한번 제대로 시켰구먼."

선배의 눈에는 시어머니의 부탁을 미안한 기색도 없이 단박에 거절하는 며느리가 마뜩잖았던가 보다. 정작 시아버지인 나는 아무렇지도 않았는데 말이다. 선배 교수 말대로 며느리 교육은 내가 '제대로' 시켰다. 큰아들이 결혼한 뒤 나는 며느리에게 거절하는 법부터 가르쳤다. 거절은 인간관계에서 중요한 덕목이다. 우리는 거절에 익숙하지 않다. 내 뜻은 감추고 상대의 말만 수용하면 마음에 앙금이 쌓인다. 억눌린 마음은 죄책감이나 상대에 대한 원망을 키우고, 갈등은 미움으로 변한다.

거절의 말을 나열해 보자. 아니요, 안돼요, 싫어요, 시간 없어요, 못해요 등 말로 하면 몇 마디 안 된다. 이 짧은 말을 마음이 약해서 혹은 불이익을 당할까 봐 입 밖에 내지 못하고 스트레스를 받는다. 그러나 솔직하게 'NO'를 말할 수 있어야 'YES'도 진짜 예스로 믿을 수 있다. 이 믿음의 토대에서 진정한 인간관계는 가능해진다.

가족 관계에서는 더더욱 그렇다. 나는 진료실에서 가족 사이에 일어나는 수많은 갈등과 비극을 봐 왔다. 세상에서 나와 가장 가까운 가족이 오히려 불행의 원인이 되는 것이다. 그래서 나는 환자 개인에 국한하지 않고 그 가족 모두를 치료 대상으로 삼고 협조를 구하곤 했다.

그런데 소위 고부갈등은 서로에게 싫다, 좋다는 뜻을 정확하게 전달하지 못하는 데서 시작되는 경우가 많다. 자녀의 결혼으로 남남이 가족을 이룬 셈이니 처음에는 모두 보이지 않는 긴장 속에 지낸다. 싫어도 좋은 척, 미워도 아닌 척하면서 살아간다. 그렇게 가면을 쓰고 5년, 10년 지내다 보면 상대의 얼굴만 쳐다봐도, 목소리만 들어도 싫은 감정이 솟구친다. '시'자만 들어도 스트레스를 받는다고 하지 않는가. 그런데 사정을 들여다보면 시부모나 며느리나 무슨 큰 잘못을 한 것도 아니다. 그냥 싫고 미운 것이다. 어떤 중년 부인은 시부모의 외투조차 만지기 싫다고 했다. 아무리 웃는 얼굴로 좋은 말을 해도 부정적인 쪽으로만 해석되는 것이다. 오랫동안 자기 본심을 속여 그 감정이 누적된 결과다.

누구보다 서로를 격려해야 할 가족이 마지못해 참아 주는 관계가 된다면 얼마나 불행한 일인가. 요즘 사람들이 자식과 한 집에서 살기를 원하지 않고, 노후를 자식에게 기대지 않겠다는 데는 이런 속내도 없지 않을 것이다.

장남이 결혼하여 새로운 식구가 들어온 뒤 나는 진정한 가족의 모델을 시험해 보고 싶었다. 며느리에게 거절하는 법을 가르친 것은 시부모와 며느리로서의 상하관계가 아닌, 인간 대 인간으로 소통을 하고 싶어서다. 나 혼자 해서 될 일은 아니었다. 며느리도 도와야 했다.

사실 나에겐 정신과 의사로서 부끄러운 기억이 있다. 평소 나는 자식들과 충분히 대화를 나누는 민주적인 아버지라고 생각했다. 그런데 어느 일요일, 하루 종일 녹음기를 켜 두고 가족끼리 오가는 대화를 녹음해 듣고는 큰 충격을 받았다. 아이들에게 끊임없이 잔소리하고 지시하는 내 모습을 발견한 것이다. 정신과 의사로 세상 사람 다 이해한다면서 정작 내 집에서는 귀를 막고 지냈던 것이다. 이 일로 아무리 좋은 말이라도 강요와 지시, 잔소리처럼 일방적으로 쏟아내는 것은 대화가 아님을 새삼 실감했다. 한마디로 나 또한 언제나 옳은 것은 아님을 알았다.

거절을 잘하고, 거절을 잘 받아들이려면 '내 생각이 옳다, 먼저다'라는 일방성부터 극복해야 한다. 나는 며느리에게 분가하기 전 6개월 동안만 같이 살자고 청했다. 엄연한 가족이 되었는데 서로에 대해 아는 것이 없으니 한집에서 서로를 공부하는 시간을 갖자고 한 것이다. 무슨 음식을 좋아하고 성격은 어떤지, 시시콜콜 솔직히 보여 주자고 했다. 먼저 며느리에게 친정에서 하던 대로 똑같이 지내라고 했다. 시부모 앞이라고 잔뜩 긴장해서 좋은 모습만을 보여 주려고 하면 단 며칠도 못 버틸 테고, 그건 나 또한 마찬가지였다. 나도 며느리 눈치 보지 않고 평소처럼 생활하겠다고 했다. 있는 그대로의 모습이 서로에게 마음에 들건 안 들건 어쩔 수 없는 일이었다. 그것은 그 다음에 서로 해결하고 맞춰 나가야 할 과정이었다.

나는 평소처럼 러닝셔츠 바람에 반바지로 돌아다녔고 거실에 벌러덩 누워 낮잠을 잤다. 며느리에게 위엄 있게 보이려 애쓰지 않았다. 내 자식에게 하듯 말하고 행동했다. 짜증을 내기도 했고 아프면 엄살을 부리기도 했다. 집에서는 교수도, 정신과 전문의도 아닌 평범한 노인일 뿐이었다. 며느리는 처음에는 어색해했지만 차츰 적응했다. 어느 날 보니 며느리도 반바지를 입고 집 안을 활보하고 있었다.

며느리가 마음을 연 것은 식사 당번 때다. 우리 부부와 아들 내외 모두 일을 했기 때문에 나는 네 사람이 돌아가면서 식사 당번을 하자고 했다. 당번이 어떤 밥상을 차리든 싫은 내색 하지 말고, 당번은 건강 따지고 칼로리 계산하면 복잡하니 자기가 먹고 싶은 음식을 준비하자고 했다. 중국 음식을 배달해도 좋다고 했다.

하루는 내가 당번이라 주방에서 밥을 하고 있는데 며느리가 슬그머니 옆에서 채소를 다듬었다. 그래서 내가 말했다.

"너 당번 아니잖니? 나 도와주려고? 그러려면 당번을 왜 정했겠니. 시아버지 당번 때 도와주고 시어머니 당번 때 나서고 신랑 일한다고 거들면 앞으로 너는 계속 식사 당번해야 한다."

그러자 며느리는 얼른 손을 털고 주방에서 나갔다. 아마도 그때 며느리는 '아, 우리 시부모님에게는 속마음을 드러내도 되겠구나. 싫으면 싫다고 말해도 괜찮겠구나'라고 생각했던 것 같다.

누구나 거절은 불편하다. 그래서 연습이 필요하다. 훈련을 통해 거절을 잘하고, 잘 받아들이기 시작하면 감정에 대해 솔직해진다. 웬만한 거절에도 상처 받지 않는다. 이런 토대 위에서 시부모와 며느리는 인간 대 인간으로 진정한 배려를 할 수 있게 된다. 서로를 행복하게 해 주려는 진정한 마음이 자동으로 나온다. 소로가 말했다. "사랑은 솔직하고 정직한 사람들 사이에서만 성립한다."

며느리는 지금도 나에게 거절을 많이 하는 '좋은 며느리'다. 오늘 아침에도 외출할 일이 있어 며느리에게 전화를 걸었다.

"나 오늘 일산 갈 일이 있는데 차 좀 태워 줄 수 있니?"

"아버님 오늘은 약속이 있어서 안 되겠어요."

"그래. 알았다."

그럼, 그 다음은? 택시를 타고 가면 된다. 다른 사람 눈에는 며느리의 거절이 싹수없는 것처럼 보이겠지만 며느리는 내 몸종이 아니다. 나 또한 아들 내외의 이런저런 부탁을 거절한 적이 한두 번이 아니다. 또 내가 필요로 하는 것은 당당하게 요구했다. 아들 내외는 어느 때는 들어주고 어느 때는 거절했다. 그러나 그 거절이 상대가 할 수 있는 최선이라고 믿기에 감정의 동요는 크게 일어나지 않는다. 물론 나와 며느리가 100퍼센트 솔직하다고는 생각하지 않지만 많은 면에서 솔직하다. 그래서 감정의 앙금이 없다.

노후를 힘들게 하는 원인 중 하나가 자식과의 보이지 않는 감정싸움이다. 자녀가 잘하는지 못하는지 살피고, 자녀의 말 한마디 행동 하나에 온 신경을 집중하느라 감정적 피곤에 젖어 살아간다. 자식 또한 부모니까 하는 수 없이, 남들 눈도 있으니 어쩔 수 없이 자기희생을 감수한다. 그런 억지 정성과 사랑 없는 행위가 부모 자식을 힘들게 하고 상처를 주고 불행하게 만든다.

얼마 전 일간지에 '삼 대 다섯 가구가 함께 모여 사는 집'으로 우리 집이 소개되었다. 나와 아내, 손자 손녀들이 모여 함께 사진을 찍었다. 그런데 그 자리에 나의 자녀들과 며느리, 사위는 없었다. 그 여덟 명은 사진을 찍지 않았으며 인터뷰도 하지 않았고 자기들의 이름도 싣지 말아 달라고 했다. 기자가 자녀들을 설득해 인터뷰하기를 바랐지만 나는 자녀들의 거절을 받아들였다. 부모조차 강요하지 못하는 일을 기자가 어떻게 강요하겠는가. 결국 기자는 포기했다. 신문에 그럴듯한 사진과 기사는 나가지 못했지만, 그 정도면 부모와 자식이 서로 거절을 흔쾌히 받아들여 마음에 앙금이 없는 것이야말로 가족 모두가 행복해지는 비결이라는 나의 '거절의 철학'이 전해지지 않았을까.

'얘가 어렸을 때는 안 그랬는데……'라며 서운해하는 부모들에게

　나이 든 부모가 장성한 자녀들과 소통하기는 생각보다 쉽지 않다. 부모는 자녀가 무슨 일을 하고 무슨 생각을 하며 살아가는지 알고 싶어 하지만 쉽게 묻지 못한다. 자녀 또한 언젠가부터 부모에게 속마음을 말하지 않는 것이 자연스러워진다. 부모가 물으면 대충 얼버무리며 대답한다. 부모는 눈치로 자식의 사정을 짐작할 뿐이다.

　나이 들어 생기는 부모와 자녀 사이의 거리감은 당연하다. 아무리 친구처럼 지내도 부모는 자녀를 속속들이 알 수 없다. 그럼에도 어릴 적 키울 때처럼 자녀에 대해 모든 것을 알려고 한다면 오히려 갈등의 골만 깊어지고, 자녀는 불효자식이 되고 말 것이다.

　장성한 자녀에 대해 10퍼센트만 알고 있다면 그것만으로도 부모는 충분히 행복해질 수 있다. 그 10퍼센트로 대화의 물꼬를 터라. 10퍼센트가 자녀의 취미일 수도 있고, 직업과 관계된 무엇일 수도 있다. 나의 큰아들은 천문학자다. 나는 아들과 대화하는 방법으로 별에 관한 추억담을 적어서 아들에게 보여 준 적이 있다. 꼭 얼굴을 마주하고 이야기를 나눌 필요는 없다. 우리는 세상사에 관한 이런저런 토론을 이메일로 주고받는다. 한 가지 특별한 주제를 가지고 내 생각을 적어 보내고 아들의 생각은 어떠냐고 묻기도 한다. 그러니 아들딸이 무슨 생각을 하며 살아가는지 알고 싶은데, 도통 말을 안 한다고 원망하지 말고 10퍼센트에서 출발해 보라. 우선 중요한 것은 말을 거는 것이다.

당당하게 아파라

• • •

나는 이 당뇨병이 내게 주신 하느님의 선물이라고 생각한다.
(중략) 내 게으른 성격을 잘 알고 계시는 하느님이 내게 평생을 통해서
먹고 마시는 일에 지나치지 말고 절제하라고 숙제를 내주신 것이다.

—최인호, 《산중일기》 중에서

나는 지금 일곱 가지 병과 함께 살아가고 있다. 왼쪽 눈의 실
명, 당뇨, 고혈압, 관상동맥협착, 담석, 통풍, 허리 디스크가 바로
그것이다. 그 외에도 소소한 몸의 이상 신호들이 때때로 나를 괴
롭힌다. 걸어 다니는 종합병원이나 다름없다. 사람들이 일곱 가
지 병을 달고 산다고 하면 도대체 건강관리를 어떻게 했느냐고
생각할 것이다. 생활 습관이 엉망이거나 게으르고 운동 안 하고
기름진 음식을 좋아할 거라고 짐작하면서 말이다. 게다가 직업
이 의사라는 걸 알면 이해할 수 없다는 눈으로 바라볼 것이다. 이
쯤 되면 나도 억울하다.

여기서 노화와 질병을 정확히 구분할 필요가 있다. 노화는 육체적 쇠퇴의 한 과정이며 세월의 흐름과 함께 진행된다. 분명 질병과는 다르다. 그런데 우리는 알게 모르게 노화를 병으로 생각하는 경향이 있다. 이는 늙음을 부정적으로 보는 원인이 되기도 한다. 여하튼 노화로 인해 쉽게 병이 생기기도 하지만 나이 든 사람들이 모두 똑같은 병을 앓지 않는 걸 보면 노화와 병의 상관관계는 더 연구되어야 한다.

의사로서 말하자면 병의 원인이 한 가지로만 추정되는 경우는 거의 없다. 유전이나 정신적 문제, 환경, 생활 조건, 약물 등 수십 가지 상황이 상호작용하여 병으로 나타난다. 그래서 선천적 질환으로 고통 받는 환자들이 있는가 하면, 날마다 담배를 두세 갑씩 평생을 피워도 암은커녕 천수를 누리고 가는 이들도 있다. 몸의 신비로움을 조금이라도 밝혀 내어 아프지 않게 하는 것이 바로 의사가 하는 일이다. 그래서 누구든 다른 사람이 겪고 있는 병의 원인을 두고 단지 게으름과 무관심으로만 재단하여 환자에게 심적인 고통을 더 주지는 말아야 한다.

내가 안고 살아가는 일곱 가지 병은 오히려 너무 열심히 살아온 증거라는 게 의사로서의 내 소견이다. 노화로 생긴 허리 통증을 치료하기 위해 장기간 복용한 약이 당뇨와 고혈압을 차례로 유발시켰다. 왼쪽 눈의 시력을 잃게 된 것은 2003년 네팔에 의료 봉사를 갔을 때다. 한쪽 시력이 부쩍 떨어지고 답답해 고산병 때문이라고 생각했는데 귀국 후 병원을 찾았더니 눈의 혈관에 이상이 있었다. 그런데 이런저런 검사 도중 심장에 더 큰 문제가 발견되었다. 선천적으로 심장 혈관이 좁은 것을 우연히 발견한 것인데 당장 수술을 받아야 할 만큼 급박했다.

두 가지 수술을 받았지만 결국 한쪽 눈의 시력은 잃고 말았다. 하지만 눈 때문에 더 큰 병을 발견하여 목숨을 구했으니 한쪽 눈이 보이지 않는 것쯤은 순순히 받아들일 수 있었다. 억울하지 않았다. 70여 년 넘게 건강한 시력으로 살다가 한쪽 눈의 시력으로 살려니 불편함도 없지 않았지만 그런대로 적응이 되었다. 고개를 살짝 더 돌려 시야를 확보하면 될 일이었다. 고개를 조금 더 돌리는 것조차 불행한 일이라고 생각한다면 세상에는 온통 불행한 사람으로 가득하지 않겠는가.

어떤 사람들은 병에 걸리면 '내가 왜 이 병을 앓게 되었을까, 건강관리를 제대로 못한 탓일까, 그때 그걸 먹지 말 것을, 운동을 열심히 해 볼 것을……' 하면서 원망하고 자책한다. 그 스트레스로 인하여 병이 더 깊어지기도 한다.

나를 찾아온 병의 첫 번째 치료는 받아들이는 것에서 시작해야 한다. 노화로 인한 병은 대부분 만성질환인데 이 경우에는 단박에 치료되기가 어렵다. 병의 원인을 제거하기는커녕 고통을 누그러뜨리거나 증상을 완화시키는 치료를 받는 게 전부일 때도 있다. 바로 그 점 때문에 실망하여 자제력을 잃고 화를 내거나 스트레스를 일으킨다. 몸으로 느끼는 고통과 불편을 말로 다하지 못하겠지만 어쩌겠는가. 잘 달래는 수밖에 없다. 번번이 짜증을 내고 얼굴을 찡그리고 한숨을 쉬며 "아이고"를 내뱉지 말아야 한다.

아프지 않고 장수할 수 있다면 정말 보배로운 일이다. 그러나 건강하지 못하다고, 한두 가지 병을 앓는다고 해서 불행해지는 것은 아니다. 건강하지 않아도 행복할 수 있도록 노력하는 것, 그것이 나이 들어 새롭게 맞이한 인생에서 해야 할 일이다.

당뇨병 선고를 받았을 때 나는 그 사실을 바로 인정했다. 나도 의사였지만 담당 의사 앞에서는 환자였으므로 그의 말을 경청했다. 해야 할 것과 하지 말아야 할 것에 대한 주의사항을 듣고 새겼다. 식단 제한과 정기적인 운동 등 예전에는 신경 쓰지 않았던 일들이 내 일상에서 꼭 해야 할 일들로 추가되었다. 혈당을 체크하고 인슐린 주사를 직접 놓는 일이 날마다 반복되었지만 번거롭게 생각하지는 않았다. 내 생명을 연장하는 대가로 그 정도 수고는 감수해야 한다.

그런데 몸속에 삽입하여 자동으로 인슐린이 주입되도록 하는 인슐린 펌프를 쓰면서 직접 주사 놓는 일에서 해방되어 좀 더 가볍게 당뇨를 다스릴 수 있었다. 인슐린 펌프를 몸에 설치하기 위해 며칠 입원해 있는 동안 나는 당뇨를 앓는 사람들을 그룹으로 만들어 함께 정보를 나누면서 생활하는 것도 좋겠다는 생각이

들었다. 독창적이고 즐겁게 병을 살피는 일도 증상 개선에 도움이 될 것 같았다.

예전에 알고 지내던 선배 의사가 뇌일혈로 쓰러졌다. 그는 투병을 하면서 자신이 운영하던 병원을 아예 뇌일혈 후유증 치료 전문 병원으로 바꾸었다. 자신과 같은 고통을 겪는 환자들과 어울리며 함께 치료하고 의학적인 공부를 하자는 의미였다. 그 선배가 생각나서 기왕 투병할 일이면 나와 같은 병을 앓는 사람들의 어려움과 이런저런 사정을 나누는 것도 보람 있는 일이지 않을까 싶었다. 생각은 꼬리를 물어 당뇨를 가진 사람들의 쉼터 같은 것을 만들면 좋겠다는 생각까지 해 보았다.

죽을 때까지 아프지 않고 살면 좋겠지만 있을 수 없는 일이다. 거기에 열심히 산 결과로 생기는 병은 어쩌겠는가! 나이 들어 몸에 찾아드는 신체적 고통은 좀 고약한 친구라고 생각해야 한다. 병에 걸렸더라도 내 몸이 할 수 있는 만큼의 일을 하면 된다. 긍정적인 생각을 할 수만 있다면 그 어떤 명의보다 낫다. 병에 대한 고정관념도 바꾸자. 병은 훈장도 아니요, 인생을 잘못 살았다는 증거는 더더욱 아니다. 그냥 같이 가야 할 삶의 조건이 추가되었을 뿐이다. 아파도 하루하루 긍정적인 자세로 생활한다면, 상황이 더 나빠질 수 있음에도 불구하고 정신적인 면에서 가족을 덜 고생시킬 수 있을 것이다.

영화배우 이대근 씨가 아파 누운 늙은 어머니의 소변을 받아내다가 냄새가 역해 얼굴을 찡그렸단다. 그 모습을 본 어머니가 껄껄 웃으면서 말했다. "나는 네 기저귀가 얼마나 구수하던지 코에 대고 킁킁 맡기까지 했단다." 그제야 이대근 씨는 자신이 그동안 겉으로만 효도 운운했다는 걸 알았다. 나는 어머니가 껄껄 웃었다는 대목에 주목했다. 아들 앞에서 삶을 보이는 일이 민망했을 텐데도 아랑곳없이 웃음을 터뜨리는 노모, 그 어머니의 당당한 자세에서 병을 받아들이는 씩씩하고 긍정적인 삶의 태도를 짐작할 수 있다.

나이 들어 아프고 병을 앓는 것은 자연의 이치다. 일곱 가지 병과 함께 살아가는 나는 삶이 다할 때까지 즐겁게 살고 싶다. 아내와 아이들, 손자들 그리고 얼마 남지 않은 내 친구들과 더불어 말이다.

일흔 넘어 시작한 공부가
제일 재미있었던 까닭

• • •

소크라테스는 독약이 준비되고 있는 동안
피리로 음악 한 소절을 연습하고 있었다. "대체 지금 그게 무슨 소용이오?"
누군가 이렇게 묻자, 소크라테스는 다음과 같이 답했다.
"그래도 죽기 전에 음악 한 소절은 배우지 않겠는가?"

─이탈로 칼비노, 《왜 고전을 읽는가》 중에서

2011년 2월 29일, 나는 고려사이버대학교 문화학과를 졸업했다. 50년 만에, 생애 두 번째 쓰는 학사모였다. 나는 1125명의 졸업생 가운데 76세의 최고령자이자 문화학과 수석 졸업자로 화제가 되었다. 신문에도 기사가 났다. 학위증을 받으러 올라간 연단에서 나는 총장에게 꽃다발을 건넸다. 축하 받아야 할 내가 되레 총장에게 꽃다발을 주자 장내에서는 폭소가 터졌다.

그것은 많은 사람들의 쏟아지는 관심에 머쓱해진 마음을 줄여보고자 함이었다. 또 나이 들어 새로운 공부를 할 수 있게 해 준 사이버 대학에 대한 고마움과 4년 동안 지도해 준 교수들에 대한 내 나름의 인사기도 했다. 최고령 나이에 1등까지, 정말 대단하다 치켜세워 주니 그날 나는 종일 '칭찬 받은 고래'처럼 춤을 추고 싶은 심정이었다.

사이버 대학은 컴퓨터 한 대만 있으면 남녀노소 누구나, 언제 어디서든 공부할 수 있는 학교다. 학비도 싸다. 대학 건물도 필요 없고 강의도 한 번만 녹음하면 되니, 대학에서도 큰돈이 들지 않기 때문이다. 배우고 싶다는 의지만 있으면 된다. 나이가 많아서, 머리가 굳어서, 시간이 없어 공부를 못 하겠다는 말은 핑계다. 특히 나 같은 노인에게는 더없이 좋은 기회다. 내 집, 내 의자에 편안히 등을 기대고 앉아 컴퓨터 화면을 응시하면서 수업을 듣노라면 참으로 좋은 세상이라는 생각이 든다. 교육의 평등성과 자율성이라는 점에서 사이버 대학은 현대 문명이 주는 혜택이다.

생각해 보면 교수 시절 나는 슬라이드나 OHP를 이용해서 학생들을 가르치길 좋아했다. 학습 효과도 좋고 준비하는 나도 즐거웠다. 흑판에 백묵을 썼던 시절임을 감안하면 나에겐 꽤 혁신적인 면이 있었던 것 같다. 그 때문인지 정년 퇴임을 하고 얼마 뒤, 손녀딸을 유치원에 데려다 주는 길에 사이버 대학 간판을 발견하고 눈이 번쩍 띄었다. '저거다!' 싶었다.

정년 퇴임을 하고 여러 대학과 단체에서 이런저런 제안을 받았다. 대개는 수장으로서의 역할이었다. 나의 경륜과 학식을 높이 평가해 준 귀한 제안이었지만 모두 거절했다. 교수직에서 물러났다는 것은 누군가를 가르치지 않아도 된다는 뜻. 나는 이제 막 얻은 자유를 포기하기 싫었다. 게다가 이름만 거는 얼굴마담, 명예직이라면 아무리 폼 나는 자리여도 가고 싶지 않았다. 그러기에는 나에게 남은 시간이 많지 않기 때문이다. '가르치지 못하게' 된 내가 할 수 있는 것은 '배우는 것'이었다. 그런 의미에서 사이버 대학 입학은 나에게는 아주 자연스러운 일이었다.

문화학과를 선택한 것은 문화가 정신과와 밀접하게 관련되어 있기 때문이다. 정신 치료는 문화를 이해하지 않고는 해결할 수 없다. 나는 정신과 의사로서 학문적 차원에서 문화를 깊이 있게 공부해 보고 싶었다.

그러나 주위 반응이 영 탐탁지 않았다. 박사 학위까지 받아 놓고 또 무슨 공부냐, 사람 기죽이려는 것이냐, 노욕老慾이다라며 편잔하는 이들도 있었고, 어떤 이는 입학은 하되 편입해서 2년 과정으로 후딱 공부를 끝내라고도 했다. 딱히 졸업장이 필요한 것도 아닌데 왜 서둘러 공부를 끝내라는 말인가. 공부가 목적인 나에게는 졸업장도 학점도 중요하지 않았다. 내가 선택한 자유로운 공부, 그 생각에 이르자 앞으로 할 공부가 얼마나 신나고 재미있을지 기대가 되었다. 그 즐거움을 왜 2년으로 줄이라는 말인지 도무지 이해할 수 없었다. 나는 4년 동안 천천히 공부의 즐거움을 누려 보기로 작심했다. 또 한 가지, 세상은 자꾸 변화하고 발전하는데 내가 알고 있는 것은 이미 옛날 것이 되었다. 그러므로 새로운 것을 듣고 배우는 일은 또 얼마나 신선할지 나는 조금 흥분하기까지 했다.

사이버 강의의 좋은 점은 원하는 시간에 들을 수 있다는 것이다. 그런데 이게 장점이자 단점이었다. 언제든 해도 된다는 생각이 공부를 미루게 했다. 그래서 나는 월요일, 화요일 이틀 시간을 정해 놓고 공부했다. 동영상 강의를 듣고 난 뒤 내 식대로 다시 정리해 보는 방식이었다. 모르는 부분이나 관심사는 인터넷 게시판을 통해 담당 교수에게 질문하고 답을 받았다. 스스로 규칙과 강제를 부여한 사이버 강의는 100퍼센트 자발적인 공부였다.

학창 시절의 공부는 성적 부담이 있다. 다른 사람보다 잘해야 하니 스트레스가 심하다. 하지만 사이버 강의는 부담이 없다. 점수는 주는 대로 받으면 된다. 받은 점수를 어디 쓸 데가 없으니 공부에 집중하게 된다. 요령을 피우지 않고 호기심을 따라 움직인다. 대학에 다닐 때보다 더 좋은 성적을 받고, 중학교 이후 처음으로 1등까지 한 데는 그만한 이유가 있었다.

처음 문화학과에서 수석을 했다는 이야기를 전해 들었을 때는 솔직히 창피하기도 했다. 다른 이들 눈에 '노인네가 얼마나 용을 썼으면 1등을 했을까'라고 비칠지도 모르기 때문이다. 즐기면서 공부했을 뿐인데 과분한 결과를 얻은 거라고 말해도 그것은 명문대 수석 합격생이 "교과서에 충실했어요"라고 말하는 것과 비슷할 터이니 머쓱하긴 마찬가지였다. 그나마 "놀듯이 공부하라"

고 한 공자의 말을 인용하며 1등의 부끄러움을 면해 볼 뿐이다.

일생 동안 해 온 공부의 단계를 놓고 보면, 일흔 넘은 나이에 사이버 대학에서 시작한 공부가 제일 재미있었다. 나이가 들면 순수하게 즐기면서, 놀듯이, 오로지 공부만을 위한 공부를 할 수 있게 된다. 경쟁을 하거나 누구에게 칭찬을 들으려고 노력할 필요도 없기에 배움의 뿌듯함을 온전히 느낄 수 있다. 나이 들어서 공부는 뭣에 쓰려 하느냐, 쓸데없는 일에 시간 낭비하지 말라고들 한다. 그런데 공부가 꼭 쓸데가 있어야 하는 것은 아니다. 톨스토이는 노년에 이탈리아어를 배우기 시작했다. 이탈리아어의 어떤 매력이 호호백발 톨스토이의 호기심을 건드렸을 것이다.

글을 모르는 70세 할머니가 초등학교에 입학했다. 매일 아침 남편의 밥상을 서둘러 차려 놓고 학교로 간다. 평생 동안 노동한 대가로 허리가 꼬부라지고 여기저기 안 아픈 데가 없지만 할머니는 하루도 결석하지 않는다. 열 칸 노트에 자기 이름 석 자, 남편 이름 석 자를 쓰는 할머니의 얼굴에는 기쁨과 뿌듯함이 가득하다. 그 할머니의 한글 공부와 나의 문화학 공부는 조금도 다르지 않다.

인간에게는 살아 있는 한 전진적인 사고가 필요하다. 나이가 들어 몸은 늙어도 생각은 녹슬지 않는다. 체력에 부담을 주지 않는 범위 내에서 생각을 발전시켜야 한다. 은퇴 뒤 넉넉해진 시간이 '쓸데없는 공부'를 하기에 가장 좋은 때다.

요즘 나의 '쓸데없는 공부'는 영화에 쏠려 있다. 사이버 대학을 졸업한 뒤부터 영화 연구 동아리에서 활동 중이다. 영화에 관련된 일을 하는 막내아들에게서 실험 영화를 배우고 싶었지만 아무래도 무리여서 먼저 고전 영화를 중심으로 한 달에 한 번 워크숍을 하는 정도로 공부한다. 엄청 골치 아파 보이는 실험 영화에도 분명 무언가 있을 테니, 이 과정만 넘어가면 영화 전문가 아들 교수님이 잘 가르쳐 주리라 믿는다. 물론 공부를 게을리 하면 아버지라 해도 절대 봐주지 않을 테지만 말이다.

무모하게 사는 것이
가장 안전한 길이다

• • •

안전이란 십중팔구 미신이다. 자연에는 그런 것이 존재하지 않는다.
그래서 길게 보자면 위험을 피하는 것보다는 차라리
그것에 맞서려고 하는 것이 더 안전하다. 삶이란 "위험을 무릅쓴 모험일 뿐."

―헬렌 켈러(미국의 사회사업가)

　　나이가 들면 세상이 어떻게 돌아가는지 좀 보인다. '지금 아는
것을 그때 알았더라면……' 하고 젊은 날을 아쉬워하는 것은 바
로 그런 깨달음의 표현이다. 그러나 지금 알고 있는 것을 젊은 날
에 알았다면 정말 내가 원하는 인생을 살 수 있었을까? 완벽한
삶을 완성할 수 있었을까? 내 답은 '아니오'다. 시간이 지나야 얻
을 수 있는 지혜를 청년이 처음부터 가지고 있다면 그는 이미 청
년이 아니기 때문이다. 청년의 가장 큰 미덕은 모른다는 것, 그리
고 미래가 있다는 것 두 가지다. 그 무지함이 아무것도 보이지 않
는 불확실한 미래를 향해 한 걸음씩 내딛을 수 있는 용기가 된다.

의과대학 재학 시절, 정신과에 지원하겠다고 하자 "미쳤어? 정신과 의사를 하게?" 하는 소리를 들었다. 정신과 의사도 정신 질환자와 같이 도매금으로 넘겨지던 때다. 그런 분위기 속에서 나는 정신과를 택했다. 출세와 명예를 바랐다면 내과나 외과 쪽을 지원해야 맞다. 그렇다고 정신과에 대한 투철한 소신이 있었던 것도 아니다. 4·19 당시 시위 주동자로 수감되었을 때 같은 방을 쓰게 된 사형수와 도둑을 보면서 왜 어떤 이는 작은 어려움 앞에서도 분노하고 힘들어하는데, 어떤 이는 큰 어려움도 편히 받아들이는지 궁금했다. 그때 나는 인간이란 존재에 대해서, 삶에 대해서, 그리고 나에 대해 비로소 진지하게 고민하게 되었다. 이때의 강렬한 체험이 나를 정신과로 이끌었던 것 같다. 또 '의사처럼 보이지 않는 의사'가 되면 좋겠다는 엉뚱함도 내가 정신과 의사의 길을 가는 데 한몫했다.

정신과 전공에 게다가 전과자 딱지까지, 내 삶은 순조롭지 못했다. 외국 유학길도 막혔고 좋은 병원에 취직하기란 더더욱 어려웠다. 좋은 병원에 가지 못한다는 것은 뛰어난 스승, 실력 있는 선배 의사와 교류를 못 한다는 뜻이기도 했다. 내가 원하는 가장 좋고 가장 쉬운 길은 모두 막힌 셈이었다. 나는 일면식 없는 국립 정신병원장에게 편지를 썼다. 당시 국립 정신병원은 의대생이 기피하는 곳이었지만 그렇다고 전과 경력이 있는 의사를 받아줄 리는 없었다. 단지 내가 할 수 있는 최선이었기에 부딪혀 볼 뿐이었다. 뜻밖에도 병원장은 나를 받아 주었다. 부족한 병원 인력 때문이라고 한들 나에게는 고마운 기회였다.

그런데 막다른 골목, 바닥이라고 생각했던 그 병원에서 오히려 나는 좋은 스승과 많은 환자들을 접하며 풍부한 임상 경험을 쌓았다. 국립 병원인 덕에 나라에서 계획하는 여러 프로젝트에 참여하며 다른 병원에 있는 이름난 의사들을 직접 만나 배울 수 있었다. 대학 병원에 속한 의사라면 한두 사람의 스승에게서 수학할 뿐이지만 나는 전국 방방곡곡에 있는 여러 유명한 교수들의 연구실을 들락거리며 배웠다. 내 인생의 걸림돌이자 제약이었던 전과가 나에게 역전의 기회를 가져다 준 셈이다.

그래서였는지 정신과 의사가 되어 내가 벌인 일들은 파격적이었다. 폐쇄적인 정신과 병동을 개방 병동으로 바꾼 일, 사이코드라마 치료법 도입, 정신 질환 치료에 사회적 관심을 유도한 한국정신치료학회 설립, 해외여행이 자유롭지 않던 시절 시작한 네팔 의료 봉사 등.

1970년대 이화여자대학교 병원 정신과 주임교수로 재직할 때였다. 정신과 병동의 쇠창살을 뜯어내고 환자들이 자유롭게 오가는 공간을 마련하여 병실을 개방적으로 바꾸겠다고 하자 뜻밖에도 환자 가족과 동료 의사들이 반대하고 나섰다. 나는 그들을 설득했다. 환자를 묶고 가두는 것은 환자 보호가 아니라 관리자의 편의를 위한 것일 뿐이라고. 결국 모두의 우려 속에 병원 꼭대기 층에 개방 병동을 열었다. 환자들의 자유 공간인 쉼터에는 공중전화를 설치하여 외부와 연락을 주고받을 수 있게 했다. 헬스 시설도 마련하고 쉼터에서 음악회를 열기도 했다. 지금은 아주 당연한 것들이지만 당시로서는 상상하기 힘든 일이었다. 무엇보다 정신 질환자에 대한 편견을 변화시킨 계기가 되었다.

지금은 정신과 치료 영역에서 보편적으로 응용되는 사이코드라마 치료법도 1974년 정신 질환자들에게 처음으로 실시했다. 이론서에 적혀 있던 치료법을 실제 치료 무대에 올린 것이다. 대학로 연극판을 기웃거리며 여러 연극인에게 도움을 청했다. 지금은 고인이 된 오영진 작가, 김상열 연출가 그리고 서울예술대학의 이강백 교수가 많은 도움을 주었는데, 그들의 열정도 한국 정신의학사에 길이 남을 업적이다.

가장 무모했던 일은 40여 권의 정신의학서를 번역 또는 저술한 것이다. 교수가 되고 보니 학생들을 가르칠 제대로 된 의학서가 거의 없었다. 1년 내내 책 한 권으로만 가르칠 수 없는 노릇이기에 직접 번역하기 시작했다. 영어 실력이 달려 사전을 수천 번 들춰 보며 완성했다. 유학파인 은사가 나의 오역을 발견하고 시간 낭비라며 당장 그만두라고 했지만 나는 말했다.

"선생님이 번역할 생각이 아니라면 저를 막지 마십시오."

그렇게 처음 번역한 책이 《정신치료 어떻게 하는 것인가》다. 서문에 '영어를 잘하지 못하면서도 후학에게 도움이 되고자 부득이 책을 낸다. 앞으로 외국에서 공부하고 온 이들도 많을 터이니 허물을 발견하면 말해 달라'고 적었다. 다행히 이 책은 전공자뿐만 아니라 간호사, 상담사, 사회복지사, 환자 가족에게도 도움이 되었던 것으로 기억한다.

그런데 처음에는 책을 내 주겠다는 출판사가 없었다. 그래서 하는 수 없이 나는 "이근후의 책을 내면 잘될 것이다"라는 입소문을 자청해서 내고 다녔다. 소문을 듣고 찾아온 사람이 하나의학사 오무근 대표다. 책상 하나뿐인 영세한 출판사를 운영하던 그는 내 말을 믿고 책을 내 주었다. 현재 하나의학사는 500여 종의 의학서를 출간한 의학 전문 출판사로 성장했다. 나의 무모함을 믿어 준 그의 무모함이 멋진 조화를 이뤄낸 결과다.

젊은 날, 나는 끊임없이 일을 저질렀다. 특별한 재주나 능력이 있었던 것은 아니다. 자신감도 아니었다. 다만 환자들을 위해 필요한 일이면 해야 한다고 생각했을 뿐이다. 불가능해 보이더라도, 되는 쪽으로 일을 만들고 도움을 줄 사람을 찾고 기다렸다. 그 과정은 힘들었다. 그래도 멈추지 않고 결실을 맺을 때까지 계속 일을 진행시켰다. 그래서였는지 젊은 날엔 많은 것들을 내 힘으로 이루었다고 생각했다.

그런데 시간이 흐를수록 나 혼자 이룬 일이 아니라는 걸 알았다. 사실 내 힘으로 이룬 것은 아무것도 없다. 나에게서 시작되었지만 많은 사람들의 판단과 지혜, 에너지가 더해졌다.

우리나라 정신의학사에 1970년대 폐쇄적인 정신과 병동의 문화를 개방적으로 바꾼 인물로 내 이름이 거론되지만, 나는 다른 사람보다 조금 더 용기를 냈을 뿐이었다. 선배 의사들은 여태 해 오던 관성이 있어서, 후배 의사들은 해 보고는 싶지만 선배들을 의식하여 엄두를 내지 못했을 뿐이다. 그러니 중간에 낀 내가 나설 수밖에 없는 상황이었다. 사이코드라마 또한 김상열과 같은 연극인들의 열정과 동료 의사들의 도움이 없었다면 도입이 좀 더 늦춰졌을 것이다.

어쩌면 '나이 듦'은 내 힘으로 이뤘다고 생각했는데 알고 보면 나 혼자 이룬 일이 없다는 것을 깨닫는 과정이 아닌가 싶다. 그때 그 일이 내가 잘해서 성사된 것이 아니라는 사실이 시간의 강물을 따라 하나하나 드러나는 것이다.

그러나 이런 지혜는 나이 들어 나중에 깨달아도 된다. 젊을 때는 '뭐든 내 힘으로!' 정신이 있어야 한다. 젊어서부터 애늙은이가 되면 안 된다. 젊을 때는 무모해야 좋다. 엎어져도 다시 일어나는 패기가 있어야 한다. 지금 내가 처한 현실이 결말이 아님을, 그게 다가 아니라는 것을 믿어야 한다. 물론 나이 들어서까지 자만하며 내 힘으로 살았다고 우쭐대면 추하다. 중요한 것은 모든 인생의 단계에서 끝까지 내 힘으로 살아 보겠다는 결심이다.

"노후엔 못 해 본 여행이나 다니며 살아야죠" 라고 말하는 당신에게

노후에 대한 사회적인 관심이 많이 늘었지만 아직도 많은 사람들이 노후에 대해 막연하게만 생각한다. 편안하게 시간을 보내며 여유롭게 여행을 한다거나 손주의 재롱을 보는 재미로 살고 싶다고 말하는 것이다. 그러나 노후의 시간은 생각보다 아주 길다. 노후老後는 사전적 의미로 늙은 뒤의 시간을 말하며, 생활 능력이 없어지거나 떨어지는 때를 뜻한다. 하지만 현실의 노후는 여전히 밝고 힘이 있고 능력이 있다. 그래서 현대인들에게 노후는 무언가 의미 있고 나에게 여전히 필요한 일(그게 취미든 봉사든 돈벌이든)을 계속하는 시간들이다. 그 사이사이에 여유를 찾고 여행을 한다거나 틈틈이 손주들의 재롱을 보면 된다.

생각해 보면 나는 정년 이후에 더 많은 일을 의욕적으로 해 왔다. 병원과 학교를 떠난 뒤 더 자유롭고 창의적으로 살아왔다. 상담과 네팔 의료 봉사, 보육원 아이들 돌보기, 석불 연구, 사이버 대학 입학, 청소년 성 상담 활동, 노인 교육 등 그 가짓수도 무척 많다.

그런데 그 일들이 누가 불러 줘서 시작한 일이 아니다. 모두 내가 자청해서 만들고 실행한 일들로, 아직도 나는 그 일들을 즐겁게 하고 있다. 그래서 하루하루가 행복하다.

그러므로 긴 노년의 시간을 잘 보내고 싶다면 막연한 바람이나 환상을 떨쳐 버리고, 시간을 편안히 보내겠다는 생각 대신 시간을 마음껏 쓰겠다고 생각하라.

30년 만에 만난 힐러리 경이
나에게 가르쳐 준 것

• • •

꿈을 밀고 가는 힘은 이성이 아니라 희망이며,
두뇌가 아니라 심장이다. 우리에겐 무한한 가능성이 있다.
그 가능성을 스스로 믿는 만큼 성공하고 행복해지는 것이다.

―표도르 도스토옙스키(러시아의 작가)

봉사를 내 삶의 한 축으로 삼게 된 데는 몇 가지 사연이 있다. 중학교 3학년 때 한국전쟁이 일어나 온 가족이 피난을 가던 중에 광명보육원을 알게 되었다. 전쟁고아들을 수용한 그곳은 참담했다. 어머니는 그대로 지나치지 못하고 보육원에서 봉사하며 아이들을 돌보았다. 병들고 더러운 아이들을 씻기고 먹였다. 전쟁 중에 제일 불쌍한 사람은 부모 잃은 아이들이라며 마음 아파했다. 그런 어머니의 모습을 지켜보며 내 마음속엔 다른 사람을 도우며 살아야 한다는 막연한 생각이 자리한 듯하다.

그런데 훗날 군의관으로 입대하여 발령받은 곳이 뜻밖에도 광명보육원 옆이었다. 무척 놀랐다. 어떤 운명이 나를 이곳으로 이끌었음이 틀림없었다. 군 생활 동안 틈틈이 보육원에서 봉사했다. 아이들의 건강을 보살피며 놀아 주던 것이 오늘에 이르러 광명보육원 이사직 감투(?)까지 쓰게 된 사연이다.

또 네팔 의료 봉사를 시작하게 된 계기 가운데 하나가 에드먼드 힐러리 경이다. 에드먼드 힐러리 경은 최초로 에베레스트 정상에 오른 등반가이자 탐험가이며, 그 공로로 영국 기사 작위를 받았다. 그가 에베레스트 등반에 성공했을 때, 나는 고등학교 2학년이었다. 3년째 계속되는 한국전쟁으로 온 국토가 피에 물들던 암울한 시기였다. 전쟁 뉴스에 밀려 신문의 한 귀퉁이에 조그맣게 보도된 힐러리 경의 등반 성공 소식을 누구도 눈여겨보지 못하던 때였다. 그 소식을 교장 선생님이 아침 조회 시간에 소개해 주었다.

"여러분들도 에드먼드 힐러리처럼 웅지를 가지고……."

순간 교장 선생님의 말씀은 희망이라고는 전혀 없는 어둠 속에서 한줄기 빛을 보듯 내 가슴을 활짝 열리게 했다. 에베레스트가 무엇인지, 히말라야가 어디 있는 것인지, 더욱이 힐러리라는 사람이 누구인지 모르면서 '웅지'라는 말 한마디로 허무감에서 벗어날 수 있었다. 그 훈시가 나를 움직였는지, 휴전이 이루어지고 대학에 진학하면서 나는 산에 오르기 시작했다. 거의 모든 주말을 산행으로 보냈다.

그리고 힐러리의 이름을 들은 지 30년이 지난 1982년 4월, 나는 그를 실제로 만났다. 당시 마칼루 학술원정단의 학술요원으로 히말라야에 갔던 나는 혹시 힐러리 경을 만날 수 있지 않을까 기대하고 수소문했지만 번번이 허탕을 쳤다. 그러다 에베레스트로 가는 길목인 팍팅에서 다리를 수리하고 있는 힐러리 경과 마주쳤다.

"안녕하세요. 힐러리 경이시죠?"

힐러리 경에게 나를 소개한 뒤 우리는 많은 이야기를 나누었다. 힐러리 경은 에베레스트 등반에 성공한 이후 네팔에 학교와 병원을 세우고 반핵운동을 하는 환경 운동가로 변신해 있었다. 그는 에베레스트 정상에 오른 뒤, 인간의 호기심을 만족시키기 위해 자연이 훼손되는 것이 너무나 가슴 아팠다고 했다. 나는 힐러리가 에베레스트를 최초로 올랐다는 사실보다 파괴되는 자연에 책임을 통감하며 봉사하면서 살아간다는 사실에 더 깊은 감동을 받았다.

그를 만나기 위해 기다린 세월이 30년이라면 그와 실제 만나 이야기를 나눈 것은 고작 한 시간이었다. 그러나 그 짧은 만남은 나에게 또 다른 자극을 주었다. 진정한 봉사가 무엇인지 고민하는 계기가 되었다. 나는 그와 헤어지기 전에 주머니에 있던 100달러 중 반을 그에게 주면서 말했다.

"지금 내가 가진 돈을 반으로 나누어 드리겠습니다. 이 돈을 당신이 하는 일에 쓰십시오. 그리고 당신이 봉사하듯 나도 봉사하는 일로 당신을 기억하겠습니다."

팍팅에서 내려오면서 나는 깊은 생각에 잠겼다. 전쟁의 잔혹함이 안겨 준 좌절과 허무감, 그리고 미지의 이름이 던져 준 실낱같은 희망. 그 실낱같은 희망을 이루기 위한 실천, 그리고 긴 기다림 끝에 이룬 힐러리와의 만남……. 이런 인연의 끈을 따라 가면서 나는 과연 누구인가, 무엇으로 살아왔는가, 그리고 무엇이 되어 살아갈 것인가 하는 고민에 깊이 빠졌다.

지난 삶을 돌이켜보면 내가 미래에 어떤 삶을 살겠다고 작정하고 의식적으로 노력해 온 것은 아니었다. 그것은 자연스러운 흐름이었다. 그러면 의식하고 노력한 것도 아닌데 어떻게 오늘의 삶이 만들어졌다는 말인가.

정신분석학에서 가장 기본적으로 활용하는 가설이 '정신결정론'이다. 그 어떤 행동에도 원인이 있다는 가설이다. 쉽게 말해 콩 심은 데 콩 나고 팥 심은 데 팥 난다는 말이다. 우연이란 없다. 우리 눈에 보이지 않을 뿐 모든 일은 천천히 차곡차곡 진행된 결과다. 전쟁으로 좌절과 허무감에 빠져 있을 때 교장 선생님의 말씀이 나의 무의식 속에 스며 있다가 천천히 실현되어 가는 과정이 그렇다. 나도 모르게 새겨진 희망의 끈이 나를 산으로 이끌었고, 다시 히말라야 네팔로 향하게 했다. 그리고 힐러리 경을 만나 나를 돌아보았고, 나아가 봉사를 내 삶의 한 축으로 만들었다.

좋은 생각이 좋은 행동을, 좋은 삶을 이끈다는 것은 정말 맞는 말이다. 실낱같은 희망이라도 마음에 진정으로 새겨 놓는다면 그 새김은 이미 자신을 바꾸어 놓을 힘을 잉태하는 것이다. 비록 이룰 수 없을 것 같은 소망이라도 간직하고 바란다면 그것을 구체적으로 현실화시킬 기운과 힘이 생긴다. 밤하늘의 별을 따 갖고 싶다고 생각하는 소년이 있었다. 소년의 꿈은 비현실적인 것이었다. 어른이 된 소년은 도시에서 팍팍하게 살아간다. 그러다 마침내 시골로 내려가 비로소 평화로워졌다. 별이 잘 보이는 시골에서 살게 된 것은 어린 시절부터 별을 좋아하고 가슴에 품었기 때문이 아니었을까. 소망과 기도, 바람은 이렇듯 연결될 수 있다.

지금의 60~70대 사람들은 힘든 세월을 살아왔다. 요즘 젊은이들도 그들 나름대로 또 다른 시대적 고통으로 힘들게 살아가고 있다. 그러나 어느 시대를 막론하고 아무리 절망적이라도 희망이 있다고 생각해야 한다. 그 실낱같은 희망의 끈을 잡고 실천하면서 살아가야 한다. 나는 잘될 것이라고 믿어야 한다. 그러면 시간의 힘이 우리가 무의식중에 바라는 곳으로 천천히 이끌어 준다.

내가 '최선을 다하라'라는
말을 싫어하는 이유

• • •

실수와 불행은 자기 능력보다 120퍼센트 해내려는 데서 시작한다.
우리에게는 80퍼센트의 능력 발휘를 목표로 세울 수 있는 용기가 필요하다.
120에 도달하지 못했을 때의 절망감, 80 이상 해냈을 때의 뿌듯함,
그 다음에 이어질 자신감은 어느 선택에서 커질까.

─크리스티네 바이너·카롤라 쿠퍼, 《삐삐의 법칙》 중에서

언론 인터뷰 때 꼭 받는 질문이 "좌우명이 뭐냐, 삶의 철학은 무엇이냐"는 것들이다. 평생 마음이 아픈 환자들을 진찰하고, 학생들을 가르쳐 온 노학자에게 무언가 삶의 특별한 비결이 있을 거라 생각하는 듯하다. 그러나 "철학은 정장 입은 상식"이라는 말이 있듯, 밥 먹고 일하고 공부하는 일상의 상식이 철학이다. 그런 점에서 특별히 내세울 만한 삶의 철학은 없다. 그래도 굳이 묻는다면 나의 답은 언제나 같다. "차선次善으로 살자." 그러면 상대는 좀 뜻밖이라는 듯한 표정으로 되묻는다. 세상은 최선을 다해 살라고 하는데 왜 당신은 차선으로 사느냐고.

나는 '최선'이라는 말이 싫다. 최선은 내가 가진 100을 다 쓰라는 말이다. 그러면 씨앗을 먹어 치운 농부처럼 내일을 기약할 수 없게 된다. 차선이라고 해서 적당히 하다가 내키는 대로 그만두는 것은 아니다. 무엇이든 완벽에 매달리기보다 잘하는 정도에서 즐기고 만족한다는 뜻이다. 최선을 다하자고 하면 1등, 최고를 추구하게 되고 그것은 경쟁을 부추길 뿐 행복감을 주지는 못한다.

중학교 2학년 때였다. 전교 1등을 하고 싶어 정말 열심히 공부했다. 잠도 줄이고 책상에만 붙어 있었다. 수학 실력이 부족해서 교과서에 나온 문제 유형을 아예 통째로 외워 버렸다. 1등을 했다. 그러나 기쁨은 잠시였다. 다음 시험에서 밀려날지도 모른다는 걱정에 아무것도 할 수가 없었다. 어린 마음이었지만 최선을 다하는 삶이 행복하지 않을 수도 있구나, 라는 막연한 생각을 했던 것 같다.

차선으로 살아서인지 나는 무슨 일이든지 오래도록 꾸준히 하는 습관이 있다. 중·고등학교 시절에는 미술반에서 그림도 제법 그렸고, 시인을 꿈꾸기도 했다. 그러나 대학 진학을 앞두고 내가 화가로서 창의적인 자질이 있는지 진지하게 고민한 결과 아니라는 답을 얻었다. 좀 더 연습하면 솜씨가 늘긴 하겠지만 나에게 근본적인 예술가적 자질은 없는 것 같았다. 뼈아픈 자기 성찰이었다. 하지만 그림과 시로 다른 사람의 인정을 받을 수는 없어도 내가 즐길 수는 있으니 다행이라고 생각했다. 시를 멋지게 쓰지는 못해도 다른 사람이 쓴 좋은 시를 알아보고 즐겨 읽을 수 있어 좋았다.

대학에 입학한 뒤 산에 오르기 시작했다. 나의 주도로 대학 산악부가 만들어졌고 1982년 히말라야에 올랐다. 당시에는 산을 정복의 대상으로 삼는 것이 일반적이었다. 그러나 내 생각은 달랐다. 나는 등산하는 행위 자체에서 기쁨을 느꼈다. 그래서 매번 즐겁고 유쾌한 기분으로 산에 안겼다. 정상을 목표로 오르는 도중에도 눈이 많이 오거나 하면 그 길로 산을 내려왔다. 정상에 오르지 못한 아쉬움 대신 그림처럼 아름다운 설경을 감상하는 또 다른 즐거움을 얻었구나 생각했다. 네팔 의료 봉사를 시작하고 네팔 캠프를 열어 우리나라와 네팔 문화 교류를 활발하게 만들었는데, 이 또한 정상 등정이 목적이 아니었기 때문에 가능했던 일이다. 산을 오르면서 네팔 사람들을 만나고 그들을 도와주고 싶은 마음이 우러나 의료 봉사를 시작했다. 또 그들의 삶을 직접 접하고 대화를 나누면서 네팔의 역사와 문화 수준이 높음을 알게 되었고, 이를 우리나라에 소개하기에 이른 것이다.

의사가 된 뒤에도 그림과 시와 산은 늘 함께했다. 환자 치료에 그림과 글을 응용했다. 지금 생각하면, 의사로 일하면서 기본적인 의학적 치료에 더하여 예술적인 환경을 만들어 치료 효과를 높인 것은 나의 예술적 감수성 덕분이 아닌가 싶다.

보육원 봉사를 하면서 '무하문화사랑방'을 열게 된 것도 같은 맥락이다. 불우한 아이들에게 단지 의식주만 해결해 주는 것을 넘어, 시와 그림을 통해 문화적 감수성을 키워 주고 긍정적인 성격을 만드는 데 도움을 주고자 한 것이다. 직접 쓴 시와 산문을 발표하는 아이들의 얼굴에 넘쳐나는 자부심과 만족감은 고스란히 나의 기쁨이 되었다. 또 시를 좋아하는 사람들과 달마다 한 번씩 가졌던 시 낭송 모임은 벌써 14년 넘게 이어져 오고 있다.

이 많은 일을 할 수 있었던 것은 늘 나의 능력을 30퍼센트 가량 아껴 두었기 때문이다. 한 가지를 완벽하게 해내려면 그 일에 시간과 능력을 전력투구해야 한다. 1등을 하기 위해 바닥까지 짜내다 보면 옆을 바라보지 못하게 된다. 풍경의 즐거움도, 인생의 다른 가치도 놓쳐 버리는 것이다. 그러나 애면글면 경쟁하며 최고가 되려는 노력을 조금 덜어내 여유를 갖고 살면 많은 것을 보고 느끼고 즐길 수 있다. 인간애, 즐거움, 가족애, 봉사심, 일의 성취감 등 그 가지치기는 무한하다.

삼청동에 '서울에서 두 번째로 잘하는 집'이라는 찻집이 있다. 최고, 원조를 내세운 가게들이 즐비한 가운데 이 집 상호는 유난히 눈에 띈다. 주인장은 겸손한 마음을 표현하려는 의도였겠지만 손님으로 하여금 최고의 맛이 아니더라도 기꺼이 먹어 보고 싶은 욕구를 불러일으킨다. 단지 맛이 아니라 뭔가 이야기가 있을 것 같고, 그 이야기를 천천히 듣고 싶은 마음에 그 찻집에 가

보고 싶어지는 것이다. 남이 봐서 1등이다, 2등이다 하는 것은 아무런 의미가 없다. 오직 경쟁에만 집중적으로 힘을 쏟을 필요가 없으며, 자신이 하는 일에 만족하면 그뿐이다. 그러면 수많은 이야기, 수많은 일들이 가지치기를 한다.

지금 나는 건강 때문에 산 높은 곳까지 오르지 못한다. 네팔에 가도 가벼운 트래킹 정도만 할 수 있을 뿐이다. 손에 잡힐 듯 코앞에 다가서 있는 봉우리들, 그 봉우리에 올랐던 때의 이야기들을 떠올린다. 그것만으로 즐겁다. 삼청동 연구실에서 멀리 북한산 인수봉을 바라만 봐도 좋다. 산을 다리가 아니라 눈으로 즐긴다. 산에 오르지는 못하지만 산을 바라볼 수 있는 차선의 기쁨을 즐긴다고 할까. 그것은 나에게 또 다른 차원의 즐거움이자 아직 나에게 허락된 즐거움이다. 세월이 흘러 자리에 눕는 날이 오게 되더라도 나는 침대 위에서 히말라야 동영상을 보며 머릿속으로 신나게 등반할 것이다.

내 마음속에는 지금도
철들지 않는 소년이 살고 있다

• • •

난 3살이기도 하고, 5살이기도 하고, 37살이기도 하고, 50살이기도 해. 어린애가 되는 것이 적절할 때는 어린애인 게 즐거워. 또 현명한 어른이 되는 것이 적절할 때는 현명한 어른인 것이 기쁘네. 어떤 나이든 될 수 있다는 것을 생각해 보라구!

─미치 앨봄, 《모리와 함께한 화요일》 중에서

어린 시절, 동무들과 밤하늘에서 별이 떨어지기를 기다렸다가 그 별을 주우러 뛰어간 적이 있다. 몇 시간을 달려가 풀밭을 헤매는데 한 친구가 "별이다!"라고 소리를 질렀다. 우르르 몰려가자 친구가 작은 돌멩이 하나를 내밀었다. 너도나도 한 번씩 만져 보았다. 조금 따뜻한 것 같았다. 그때 별똥별을 줍던 소년은 백발의 노인이 되었다. 옆에는 그 소년 또래의 손녀딸이 "할아버지, 별똥별은 유성이고요, 지구로 떨어질 때 대기권에서 다 타버린답니다"라고 똘똘하게 일러준다.

기특한 손녀의 머리를 몇 번 쓰다듬는 나, 그래도 나는 여전히 별똥별 줍던 소년의 마음을 간직하고 있다. 아직도 유성은 별이 누는 똥이라고 생각하는 소년이 내 안에 살고 있다. 그 소년 말고도 내 마음속에는 수많은 제자들 앞에서 두세 시간 열강을 하는 젊은 청년 의사도 있으며, 안방처럼 드나들던 히말라야 고산에서 가쁜 숨을 쉬며 '이제 산은 무리다'라고 인정하는 나이 든 산악인도 살고 있다. 인생의 시기마다 수많은 경험을 하며 우리는 성장하고 성숙해진다. 열 살 때는 스무 살의 마음을 모르고, 30대에는 중년의 마음을 이해하지 못한다. 그게 당연하다. 세월의 흐름을 따라 인간은 익어 가는 것이다.

하지만 내가 스무 살이 되었다고 10대의 발랄함을 버릴 필요가 있을까. 마흔이 넘었다고 자식들에게 꼭 모범적인 아버지의 모습만 보여 줘야 할까. 노년이 되었다고 날마다 점잖은 얼굴로 세상을 통달한 것처럼 행동할 필요가 있을까.

나는 가끔 가족과 동료, 제자들에게 엉뚱하다는 소리를 듣는다. 양복 정장에 운동화를 신는다거나 늘 메고 다니는 크로스백 안에 사막에 떨어져도 사흘 간은 버틸 수 있는 서바이벌 키트가 들어 있다고 먼저 소문을 내는 식이다. 전형적인 교수의 모습과는 다른 말과 행동에 제자들은 깜짝 놀라고 즐거워한다. 튀려고 한 행동은 아니다. 나는 그저 실용적이고 자유분방한 생각을 즐겨 할 뿐이다.

언젠가 보육원 아이들에게 시장에서 사 먹는 떡볶이 맛을 보여 주고 싶어 손수레와 떡볶이용 사각 팬, 가스통을 직접 사서 떡볶이 집처럼 꾸몄다. 나도 빨간 앞치마를 둘러 떡볶이 할아버지로 변신했다. 그렇게 한동안 진행했던 떡볶이 봉사는 아이들에게 인기 최고였다.

제자들의 회갑 잔치를 스승인 내가 치러 준 적도 있다. 나의 회갑을 축하해 준 것에 대한 나름의 보답이었다. 어느 날 우연히 내가 처음 가르친 제자들이 60세가 되었음을 알았다. 아, 나의 첫 제자들이 어느새 회갑이라니! 감회가 유별났다.

나는 제자들에게 어릴 때부터 지금까지 찍은 사진을 20장씩 가져오라고 했다. 나는 그 사진에 글을 첨부하여 '아~! 60년'이란 제목의 CD를 구웠다. 그러고는 예약한 식당에서 식사를 하면서 회갑 기념으로 CD를 선물했다. 조촐한 회갑 잔치였다. "교수님이 제자 회갑 잔치를 차려 주는 경우는 본 적이 없습니다"라며 계면쩍어 하는 제자들에게 내가 말했다.

"살면서 형식에 너무 얽매일 필요는 없어. 서로 즐겁고 좋았다면 이것이 새 형식이 될 수 있지 않을까? 스승이 제자 환갑을 치러 주는 게 무슨 큰일이라고. 나의 일탈(?)에 고마운 마음이 들고, 제자 아끼는 이 방식이 마음에 들면 너희들도 제자들에게 똑같이 해 주면 돼."

나는 내가 스승이라는 이유로 목에 힘만 주고 싶지 않았다. 나의 마음에는 장난을 좋아하고 다른 사람을 즐겁게 해 주고 싶어

안달하는 소년이 살고 있다. '아, 이렇게 하면 재미있을 거 같아'
라는 생각을 나이 들었다고 억누를 필요는 없다. 물론 평상시에
도 소년의 치기로 살아간다면 문제겠지만 가끔 모두에게 행복함
을 주는 느슨함은 꼭 필요하다.

　나이답게 사는 것이 언제나 엄숙하게 살라는 말이 아님을 알
아야 한다. 그래야 마음이 건강하다. 인생이 재미있다. 그것을 잘
조율할 줄 아는 것이 진짜 어른이다.

평생 자유롭게 살아 본 적이 없다고
한탄하는 이들에게

우리는 모두 자유롭게 살고 싶다고 생각한다. 그런데 자유란 무엇인가. 단순하게는 원하는 것을 원하는 때 마음대로 하는 것이다. 하지만 쉽지 않다. 사회적인 동물인 인간은 규칙과 가치 등 지켜야 할 것들이 있고 그것은 때로 자유를 억압한다.

그러나 어느 면에서 스스로를 옭아매기도 한다. 타인의 눈을 끊임없이 의식하며 나를 규제하고 감시하면서 사는 것이다. 그래 놓고 나는 자유롭게 살지 못한다고 한탄하며 이런저런 평계를 갖다 붙인다.

대학 병원에서 근무할 때 나는 1년에 한 번, 정기적으로 네팔 여행을 떠났다. 의료 봉사로 떠난 것이지만 네팔에서 나는 새롭게 삶의 에너지를 재충전해 오곤 했다. 물론 바쁘게 돌아가는 대학 병원에서 보름씩 휴가를 내는 것은 여간 눈치 보이는 일이 아니었다. 진료에 차질이 없도록 일을 처리해 두고 떠났지만 그래도 뒤통수가 따가운 건 어쩔 수 없었다. 그러나 처음 한 번이 중요하다. 처음 네팔에 다녀온 뒤 여행이 두 번, 세 번 이어지자 병원 내에 "이근후는 네팔 가야 하는 사람이다"라는 분위기가 만들어졌다. "올해는 언제 가세요?" 하는 인사를 듣기도 했다.

자유로움은 구할 때까지 어렵지, 한번 실천하고 나면 무척 쉽고 행복하고 시원하다. 나를 옭아매는 것은 무엇인가. 내가 하고 싶은 것은 무엇인가. 평계 대지 말고 한번 실천해 보고 벗어나 보고 깨트려 보라. 생각보다 간단하고 쉽다.

Chapter 2

이렇게 나이 들지 마라

나이가 들어 비로소 눈뜬 오감은
인생의 많은 것을 보고 듣고 느끼고 맛보게 한다.
그런데 나이가 들었다고 모두 이런 즐거움을 느끼며 사는 것은 아니다.
스스로 원하지 않으면 절대 구할 수 없다.

나이 드는 게
두렵기만 한 사람들에게

• • •

노인이 되어서 좋은 일도 있고 나쁜 일도 있다. 내게 필요한 것은
내가 살고 일하고 느끼는 것이 내 나이에 맞는지 알아내는 감각이다.
노인이라고 해서 갑자기 호호 할아버지를 흉내 낼 필요는 없다.
또한 젊은이들을 따라할 필요도 없다. 나는 내 나이만큼 늙었다. 그뿐이다.

−안셀름 그륀, 《노년의 기술》 중에서

지난겨울, 아내와 함께 연구소에 가는 길이었다. 요 며칠 갑작
스러운 추위에 방송과 신문은 호들갑이다. 생각해 보면 해마다
매서운 한파가 있었고 몇 십 년 만의 추위라는 말들이 오갔다. 그
때마다 나는 옷을 한 겹 더 입으면 될 일이라고 생각했다. 무슨
일이든 그렇지 않은가. 일이 닥치기 전에 근심이 더 많지, 막상
일이 벌어진 뒤에는 견딜힘이 솟는 것이다. 어떻게든 견디기 마
련이다.

털모자에 장갑을 끼고 단단히 무장하여 나서니 얼굴에 닿는
찬바람이 상쾌하기까지 했다. 사무실에 다다라 차에서 내려 걷

는데 길바닥에 살얼음이 끼여 있었다. 조심조심 걸었다. 바짝 뒤따라오는 아내의 발걸음마다 빠지직, 살얼음 부서지는 소리가 들렸다. 아내도 조심하는가 보다.

고작 살얼음이지만 나이가 들어 노년에 이르면 이 얇은 얼음장으로도 일상에 큰 불편함을 겪을 수 있다. 잘못 넘어져 다리가 부러지기라도 하면 나뿐만 아니라 여러 사람이 곤란을 겪기 때문이다. 당장 연구소에 나가지 못하고 병원에 오가느라 시간을 허비하며, 하고 싶은 일을 못 할 뿐더러 강연도 취소하고 봉사도 줄여야 한다. 게다가 나의 불편에서 그치지 않고 다른 사람을 귀찮게 할 게 분명하니 서로 즐겁게 마주보지 못할 것이다. 자식들은 제 몸처럼 모실 테지만 내가 느낄 마음의 부담은 얼마나 큰가. 그러니 조심해야 한다. 나이가 들면 이런 사소한 것을 각별하게 조심해야 한다.

노인의 몸이 젊은이와 다른 것은 엄연한 사실이다. 체력이 떨어지고 순발력이 둔해지고 몸 여기저기 고장이 난다. 자연스러운 현상이다. 옛날에는 이러지 않았는데 하면서 억울해하거나 서글퍼할 일이 아니다. 예전의 몸으로 돌아가고자 안간힘 쓸 일은 더더욱 아니다.

인간의 육체는 어느 시기가 지나면 점점 쇠약해진다. 정점을 찍고 나면 하강 곡선을 그리며 마지막 숨을 내쉬는 지점까지 떨어진다. 그러니 나이가 들수록 시간의 흐름에 따라 약해지는 몸을 보살피며 쉬엄쉬엄 살아가는 수밖에 없다. 몸의 변화는 누구보다 내 자신이 가장 빨리 눈치챈다. 그걸 부정하거나 외면하면 안 된다. 머리에 검은 물을 들이고 허리를 꼿꼿하게 세우고 걸어도, 사실 내 몸이 늙어 가고 있음은 누구보다 내가 잘 안다.

직업이 의사고 20대부터 등산으로 단련해 온 나 또한 세월을 피하지 못했다. 전국의 이름난 명산은 물론이고 히말라야까지 거뜬히 올라가던 한창 때의 체력은 70세에 이르면서 곤두박질쳤다. 나이가 들면 당사자 자신의 쾌활한 마음에도 불구하고 신체적인 노쇠 현상이 역력히 드러나니 슬픈 일이 아닐 수 없다.

가끔 텔레비전에서 젊은이 못지않은 우람한 근육을 자랑하는 노인이나 턱걸이 수십 개를 거뜬히 해내는 할아버지를 본다. 붉은 립스틱을 바른 할머니는 몸에 달라붙는 에어로빅 복을 입고 신나게 몸을 흔들어대거나 두 다리를 높이 들어 보이며 유연성을 보여 준다. 이들은 정말 특별한 사람들이다. 평균 노인의 모습에서 벗어난 이들이다. 문제는 방송에서 누구든 노력만 하면 이런 젊음을 쟁취할 수 있다고, 그렇지 못한 것은 당신의 게으름 때문이라고 은근히 조장한다는 점이다. 과연 노력만으로 가능한 일인가?

이처럼 노익장을 과시하는 사람들은 방송국에서 흥미로운 소재 거리로 찾아낸 만큼 특별한 이야기다. 신체적 젊음을 유지하려는 그들의 노력이 놀랍고 대단하지만, 카메라 앵글이 미처 감추지 못한 노화의 흔적을 발견하는 순간 나는 텔레비전 채널을 돌리고 만다. 그들에 대한 감탄과 환호는 나이 든 연장자에 대한 예의일 가능성이 높다.

우리는 그 너머를 봐야 한다. 젊은 육체를 유지하는 그 사람이 가진 삶의 열정을 봐야 한다. 그들이 건강과 젊음 유지에 많은 시간과 정성을 쏟듯, 나는 무엇에 에너지를 쏟을 것인지 생각해 봐야 한다.

방송에서 꼬막 조개를 까는 아흔 살 넘은 노인 이야기를 보았다. 노인은 허리가 구부러지고 다리 관절이 아파 제대로 걷지 못했다. 하지만 두 손만은 자유로웠다. 구부러지고 주름진 손으로 뱃일하는 아들을 도와 꼬막을 까는데, 그 실력이 대단했다. 노인에게는 아들의 살림살이를 위해 더 많은 꼬막을 까야 하는 하루하루의 목표가 있다. 연약한 몸으로 할 수 있는, 최선의 살아가는 방법이다.

단언하건대, 나이 듦의 상징은 육체적 쇠약에 있다. 나이 들면 얼굴에 주름이 가득하고 근육이 무르고 뼈가 약해진다. 거기에 한두 가지 병이 있다면 더더욱 노인답다. 그러니 노익장을 과시하는 사람들 앞에서 기죽거나 자책하지 마라. 또 나이 들어서도 젊어 보여야 한다는 강박은 되도록 빨리 버려라. 24시간 젊게 보이는 데만 신경 쓰느라 삶을 돌보지 못하면 그게 더 안타까운 일 아니겠는가.

늘 남에게 뒤처질까 봐
조바심 내는 당신에게

제2의 인생, 제3의 인생이라는 말이 자주 등장한다. 제2의 인생이 50세쯤 은퇴해 다른 직업이나 새로운 일로 인생을 꾸리는 것이라면, 제3의 인생은 이런저런 눈치 보지 않고 남은 인생을 하고 싶은 대로 즐기면서 살자는 데 있다. 좋은 충고이자 격려다.

그런데 잘 살펴보라. 소비를 부추기는 상업주의가 깔려 있을지도 모른다. '노후 관련 시장'이란 말이 괜히 나오지 않았다. 다양한 여행 상품에 각종 건강식품, 의료기기, 운동기구 그리고 손해보험과 상조 보험까지, 노인의 호주머니를 호시탐탐 노린다. 이런 것들을 갖추지 못하고 체험하지 못하면 불안해진다. 남들도 다 하는데, 라는 생각이 더해지면 인생이 정말 잘못되어 가는 것 같다.

우리는 평생 경쟁하면서 콤플렉스를 느끼며 살아왔다. 경쟁 유도는 자본주의의 속성이다. 그래서 인생을 마무리할 시기에도 다른 사람 눈치를 보며 비교하고 채우려 든다. 늙어도 경쟁, 죽는 데도 경쟁이다.

제3의 인생, 좋은 말이다. 그러나 '맞아, 얼마 남지 않은 인생인데 나도 저렇게 살아야지' 하면서 뛰어들기 전에 잘 살펴보라. 혹 안 해도 될 일을 체면이나 다른 사람 말만 믿고 따라가는 것은 아닌지 따져 보라. 그렇게 살아야 꼭 좋은 인생, 성공한 삶이 되는 것은 아니기 때문이다. 남에게 뒤처지지 않는 데 소중한 시간을 다 써 버리지 마라. 뭐든 지나치면 원치 않은 일이 벌어지듯, 좋은 욕심도 지나치면 모자람만 못하다.

나이 들면 약해진다는
생각부터 버려라

• • •

1959년 티베트에서 중국의 침략을 피해 80이 넘은 노스님이
히말라야를 넘어 인도에 왔다. 그때 기자들이 놀라서 노스님에게 물었다.
"어떻게 그 나이에 그토록 험준한 히말라야를 아무 장비도 없이
맨몸으로 넘어올 수 있었습니까?" 그 노스님의 대답이었다.
"한 걸음, 한 걸음, 걸어서 왔지요."

—법정, 《홀로 사는 즐거움》 중에서

〈나라야마 부시코〉는 우리나라의 고려장과 같은 풍습을 소재
로 한 일본 영화다. 가난한 시절 노동력이 없는 노인들은 입 하나
라도 줄이기 위해 산속에 버려졌다. 영화에 등장하는 노모老母는
칠순에도 튼튼한 치아를 가졌을 만큼 건강했지만 곤궁한 살림에
아무 도움도 못 되고 음식만 축내는 자신을 견딜 수 없었다.

어느 날 노모는 돌절구에 앞니를 짓찧어 부러뜨리고는 아들에
게 나라야마로 보내 줄 것을 채근한다. 아들과 손자들을 위해서
였다. 한편으로는 더 이상 공동체의 따가운 눈치를 보지 않고 편
안한 마음으로 죽고 싶기도 했다. 아들은 어머니를 버리고 싶지

않았지만 어머니의 진심을 받아들여야 함을 깨닫는다. 불효로써 효를 다한다고 할까. 어머니를 지게에 지고 산을 오르는 아들과 자식이 힘들까 싶어 진작부터 곡기를 끊어 몸무게를 줄인 어머니의 애절한 눈빛. 말을 하면 마음이 바뀔지도 몰라 한마디 대화도 나누지 않은 채 쏟아지는 눈 속으로 사라지는 모자의 모습은 참으로 애절했다.

우리나라와 일본뿐 아니라 옛날 이누이트족도 식량이 떨어지면 노인을 눈밭에 버리곤 했다. 그것은 식량이 부족한 시대에 종족 보존을 위한 어쩔 수 없는 선택이었다. 노인은 힘없고 노동력도 떨어지고 약하다는 인식은 아마도 이 시기에 뿌리내렸을 것이다.

그런데 어떻게든 밥은 먹고 사는 오늘날에도 노인과 늙음에 대한 시각은 조금도 바뀌지 않았다. 그때나 지금이나 늙음은 쓸모없음, 나약함으로 인식된다. 60세가 되면 은퇴해야 한다는 생각은 공공연한 약속이 되었다. 나이가 들면 젊은이보다 체력이 떨어지고 지적인 판단 능력도 떨어진다고 여기기 때문이다.

언젠가 한 젊은 작가가 장인에 대해 쓴 글을 읽었다. 수입이 많지 않은 예술가 사위의 살림에 도움을 준 장인에 대한 고마움을 담았는데, 문장 중에 '연로하셔서 몸이 힘드신 장인어른'이란 표현이 있었다. 그런데 앞뒤 내용을 따져 헤아리니 장인의 나이가 50대 후반이었다. 백발에 허리가 구부정할 거라 연상한 노인이 고작 예순 살도 되지 않았다니! 헛웃음이 나왔다. 이 젊은 작가의 상상력이 곧 우리 사회의 노인에 대한 인식을 대변한다. 도대체 몇 살부터 노인으로 대우해야 할까.

문제는 노년에 이른 당사자 역시 같은 생각을 하는 데 있다. 50세가 넘고 60세에 가까워지면 스스로를 노인으로 치부하고 사회에서나 가정, 나아가 삶에서 한 발 물러날 준비를 한다. 자신이 늙었다고 생각하며 무슨 일에서든 몸을 사리는 것이다. 50도 안된 사람들이 "몸이 예전 같지 않아", "기억력이 부쩍 떨어졌어" 등을 입에 달고 생활한다. 스스로 늙기를 자청하는 형국이다. 그렇게 염원하지 않아도, 늙음을 자청하지 않아도 우리 몸은 점점 쇠락해지는데 말이다.

그런데 노년이 되어도 우리가 상상하는 것만큼 신체적, 지적 능력이 뚝 떨어지지 않는다. 몇 년 전 보건복지부에서 조사한 결과 우리나라 60~70대 초반까지의 노인 가운데 건강 때문에 일상생활에 제약을 받는 비율은 100명 중 7~8명에 불과했다. 자잘한 병이야 달고 살겠지만 일상에 큰 불편을 줄 만큼은 아니다. 대부분은 건강하게 무리 없이 잘 살아간다는 말이다. 게다가 눈부시게 발전한 의술로 예전에는 고치지 못했던 병도 치료되는 세상 아닌가.

이런 시대를 살아가는 우리가 식량 부족 때문에 노인을 내다버리던 때와 똑같은 생각을 한다는 것은 모두에게 불행한 일이다. 인간의 몸은 기계와 비슷해서 쓰지 않으면 녹이 슬고 굳어 버리고 퇴화한다. 우리 몸은 어떻게 생각하느냐에 따라 움직인다. 늙었다고 생각하면 몸은 빠르게 노화하고 긍정적인 생각의 물줄기는 말라 버려 몸의 에너지가 빠진다. 그런데 스스로를 늙었다고 생각하면 그 결과야 불을 보듯 뻔하지 않겠는가.

요즘은 노후 대비를 20대부터 시작한다고 한다. 이 또한 근본적으로 노년의 신체적 변화에 대한 막연한 두려움 때문이다. 노인이 되면 힘도 없고, 아프고, 일도 못 할 텐데 저축해 놓은 돈마저 없으면 어떡할까. 생각만 해도 끔찍하다. 그래서 보험에 연금, 적금을 들어 놓는다. 물론 미리 대비하는 것은 훌륭한 일이다. 그러나 노후 대비에서 '노인은 약할 것이다'라는 생각만큼은 버려야 한다. 그런 고정관념이 진짜 늙기도 전에 노인이 되게 만든다. 은퇴 이후에는 돈을 버는 어떤 노동 행위도 그만두어야 한다고 생각하며 미래의 계획을 세우는 데 소극적이 된다. 한마디로 삶에 대한 의지를 약화시킨다. 연금, 적금, 보험과 같은 노후 대비는 나이가 들었을 때 좀 더 많은 일을 하기 위한 종잣돈이라고 생각해야 옳다.

자타가 공인하는 노인이 된 뒤에도 나는 지하철 경로석에 얼씬거리지 않았다. 늘 입구 쪽에 서 있곤 했다. 경로석에 앉지 않는 것은 '나는 노인이 아니오'라는 허세가 아니다. 아직 서 있을 만하기 때문이다. 나이가 들었다고 경로석에 앉는 것이 아니라 정말 몸이 약한 노인이 앉는 곳이 경로석이다.

우리 사회 전체에 '나이 든 사람들이 반드시 연약한 것은 아니다'라는 생각이 뿌리내려야 한다. 나이 듦에 대한 고정관념이 바뀌어야만 노인을 고용하는 직장이 늘어나고 노후 인력도 적극 활용될 것이다. 당연히 노년의 빈곤 문제도 어느 정도 해결할 수 있을 것이다. '노인은 약하다, 그러니 일을 못 한다'는 사회적 고정관념이 나이 든 사람들을 정말 힘없이 만든다. 의존적이고 혼자서 살지 못하게 만든다. 경로석을 만들고 자리를 양보하는 것보다 늙었으니 아무것도 못 할 것이라는 생각을 버리는 것이 나이 든 사람에 대한 진정한 배려다.

간혹 지하철에서 승객이 버린 신문 한 장을 수집하려고 애를 쓰는 노인을 만나게 된다. 혼잡한 출근 시간에 승객들에게 민폐를 끼치는 행위기도 하고, 어떻게 살았기에 인생이 저기까지 흘러왔을까, 측은한 생각이 드는 것도 사실이다. 그러나 나는 그들의 삶에 대한 강렬한 몸짓에 숙연해진다. 생활고 때문에 폐지 한 장이 절실한, 살기 위한 몸부림을 누구도 무시해서는 안 되는 것이다. 누군가 막연히 도와주기만을 바라며 푹 죽어지내는 것보다는 낫지 않은가.

'나는 노인이니까' 하는 생각은 스스로 돌절구에 앞니를 짓찧는 행위와 같다. 〈나라야마 부시코〉의 노모는 어쩔 수 없이 선택한 일이었지만, 우리 스스로 나라야마로 가는 그런 불행한 삶을 살아서는 안 될 것이다. 생각해 보면 인생이 아주 짧은 것 같지만 아주 길기도 하다. 노후는 모아 놓은 돈으로 즐기면서 살기에는 시간이 많고 또 느리게 흐른다.

자식의 인생에
절대 간섭하지 마라

• • •

나의 기대가 그에게 족쇄로 채워져서는 안 된다.
내 사랑이 그를 가둬 버리면 안 된다. 내 꿈이 사랑하는 이를 짓누르는
수레바퀴가 되어서는 안 된다. 그에 대한 믿음으로 그에게 자유를 주라.
내가 할 일은 그를 짓누르는 수레바퀴를 치워 주는 것.

–헤르만 헤세, 《수레바퀴 아래서》 중에서

조울증에 시달리는 중년의 환자가 찾아왔다. 그는 대학교수로
꽤 성공한 축에 들었다. 그의 아버지 또한 전직 장관에 대학 총장
을 지낸 분으로 이름만 대면 알 만한 교육자였다. 그런데 아버지
에 비하면 아들의 성공은 미약했다. 아들은 아버지를 존경하면
서도 아버지와 비교당하는 것에 은연중 스트레스를 받았다. 그
러면서도 부모에게 누가 되지 않으려고 신경을 곤두세우며 아버
지의 일거수일투족에 민감해했다. 그런데 생각만큼 환자의 조울
증 치료가 잘 되지 않았다. 선배 의사에게 치료 방법에 대해 자문
하자 "그 아버지가 죽으면 된다"는 답이 돌아왔다. 아버지가 살

아 있으면 자식은 결코 그 그늘을 벗어날 수 없다는 뜻이었다. 선배의 말대로 훗날 아버지가 돌아가신 뒤 환자는 별다른 치료 없이 병이 나았다.

자식에게 부모는 하나의 벽이다. 벽의 보호를 받으며 성장한 자식은 성인이 되어서도 습관처럼 벽을 의식한다. 벽은 보호막도 되지만 시간이 흐를수록 자식의 앞길을 막아서는 걸림돌이 되기도 하는 것이다. 자식이 그 벽을 뛰어넘으면 완벽한 성장을 이루게 되지만 벽이 높고 튼튼할수록 부모에게 기대는 습관이 몸에 밴 자식은 부모에게서 벗어나지 못한다. 이렇게 되면 자식은 물론 부모도 행복하지 못하다. 특히 노년의 부모는 자식 뒤치다꺼리를 하며 말년을 보내기도 한다. 이럴 때는 부모가 먼저 그 벽을 부숴 줘야 한다. 자식의 성장 연령에 맞게 자식의 뜻을 수용하고 인격체로서 존중하라는 말이다. 자식이 성인이 된 뒤에는 더 이상 이래라저래라 강요해서는 안 된다. 미덥지 못하고 어수룩해 보이겠지만 과감히 놓아 주어야 한다.

공자가 말했다. "젊어서는 부모에게 의지하고, 늙어서는 자식에게 의지하라." 자식에게 의지하지 말고 살자는 게 요즘 대세지만, 나는 이 말을 참 좋아한다. 달리 말하면 어릴 적에는 부모의 보호를 받고 나이 들어서는 자식의 보호를 받아야 한다는 것인데, 보호 받는다고 해서 모든 것을 자식에게 내맡기고 기대어 살라는 말은 아니다. 자식에게 의지하라는 것은 자식을 존중하고 신뢰하라는 뜻이다.

부모 세대가 예순을 넘기면 곧 자식의 시대가 왔음을 상징한다. 집안에 새로운 해가 떠오르는 시기다. 이즈음부터는 자식이 집안의 주도권을 가져야 한다. 부모가 연장자라는 이유로 모든 것을 부모 중심으로 맞춰서는 안 된다. 우주에도, 자연계에도 메인 스트림이 있다. 우리 사회에도 사회를 움직이는 중심 동력이 있으며, 어떤 조직에서나 실세가 있다. 가정도 마찬가지다. 나이든 부모가 메인 스트림이 되어서는 안 된다. 자식이 장성한 뒤에도 부모가 중심축이 되어 가정을 이끌면 가족 모두 힘들고 피곤해진다. 생활의 중심을 자식에게로 이동하라.

부모가 사회적으로 성공하거나 재산이 많을 때, 또 부모 스스로 인생 경험이 풍부하다고 생각할 때, 부모가 집안의 주도권을 늦게까지 잡고 있는 경우가 흔하다. 눈을 감을 때까지 온갖 지시를 내리며 자식을 믿지 못하는 이들도 있다. 전통적으로 시어머니가 곳간 열쇠를 쥐고 있다가 며느리에게 넘겨주는 풍습이 있는데, 요즘 세상에는 하루라도 빨리 열쇠를 며느리에게 넘겨줘야 한다. 시어머니의 곳간 운영을 지켜보는 것도 좋지만 며느리가 적자가 날지라도 직접 운영을 해 봐야만 살림을 제대로 할 수 있다.

마흔 살이 된 외동아들이 아직도 변변한 직장 없이 부모에게 기대어 산다며 걱정을 토로하던 노신사를 기억한다. 그는 전직

회계사 출신이었다. 사회적으로 성공하여 경제적인 풍요는 물론 활발한 사회활동을 펼치며 많은 이들에게서 존경을 받았다. 그는 아들에게 의식주는 물론 다방면에서 최고의 교육과 문화를 누리게 했다. 온 가족이 한 달에 한 번은 꼭 음악회에 갈 정도였다. 그런데 자식이 마흔 살이 된 지금도 매달 그 행사를 계속하고 있다고 했다. 나는 놀랐다. 아들의 반응이 어떠냐고 물었더니 말끝을 흐렸다. 얼마 전 겨우 분가를 하여 혼자 산다는 아들은 한 달에 한 번 음악회 때 부모를 만나 저녁을 먹고 헤어진다고 했다. 과연 아들은 어떤 마음으로 음악회에 가는 것일까. 노신사는 자신이 죽은 뒤 아들이 어떻게 살까, 노심초사하며 인생을 허비하고 있었다. 지금은 건강하다고 장담하지만 곧 정신이 흐려지고 판단력이 떨어질 날이 올 것이다. 그때는 정말 어떻게 할 것인가.

노년은 자식에게 집안의 모든 흐름과 걱정거리를 맡겨 두고, 내 몸을 잘 건사하면서 삶의 의미를 곱씹고 즐기는 시기여야 한다. 이런 황금 같은 시간을 노신사는 자식 걱정에 바치고 있으니 안타깝기만 하다. 노신사는 아들을 위해 최선을 다했다. 그러므로 아들이 홀로서기를 못한 것에 대해 더 이상 죄책감을 느껴서는 안 된다.

노신사는 '부모는 자식을 끝까지 책임질 수 없다'는 것을 인정해야 한다. 그렇지 않으면 부모와 자식이 좋은 관계를 유지하기 어렵다. 부모는 일정 기간의 양육과 보호가 끝나면 자녀가 스스로 인생을 살도록 내버려둬야 한다. 모든 일을 자식이 스스로 결정하고 선택하도록 해야 한다. 부모와 자식, 모두가 행복하게 사는 길은 의외로 쉽다. 부모와 자녀가 각자의 인생을 충실하게 살면 된다. 물론 자녀의 삶이 불행해지면 부모가 걱정을 하는 것은 지극히 당연하지만 그럴 때조차도 부모 세대가 해결해 줄 수 있는 일은 많지 않다.

영화감독 이준익의 아들이 정육점을 운영한다는 이야기를 들었다. 유명 감독의 아들과 정육점, 얼핏 어울리지 않는 조합 같았다. 아들은 대학교 1학년 때 이 감독에게 "아버지, 마지막까지 살아남는 직업이 뭘까요?"라고 묻고는 '먹는 장사'로 결론을 내렸단다. 그러고는 대학을 그만두겠다고 하더니 냉면집, 한식, 일식, 중식당 주방에서 일했다. 그릇 닦는 일부터 안 해 본 게 없는 아들은 온몸으로 터득한 경험을 바탕 삼아 정육점을 운영하기에 이르렀다. 이준익 감독은 아들이 항상 웃는 얼굴이라며, 그것이야말로 아들이 행복하다는 증거가 아니겠냐고 말했다.

자식의 행복을 바라보는 아버지만큼 세상에 큰 행복이 또 있을까. 그것도 자식이 스스로 터득한 행복이라면! 이 감독은 자식 걱정 없는 만큼, 많은 시간을 자신이 좋아하는 영화에 '올인'할 수 있을 것이다.

"내가 자식을 어떻게 키웠는지 아냐"며
억울해하는 부모에게

많은 부모들이 자식에게 쏟아부은 정성을 희생으로 여긴다. 아이를 자신의 분신으로 여기고 "내가 너를 어떻게 키웠는데" 하면서 억울해하는 것이다.

그러나 누가 누구를 위해 희생한다는 것 자체가 착각이다. 자녀를 위해 희생하는 것이 아니라 자녀가 성년이 되어 홀로 자신의 생활을 해나갈 때까지 돌보는 것이 부모의 도리다. 이는 부모의 책임을 다하는 것이지 희생이 아니다.

그리고 자녀는 나의 분신이 아니다. 자녀는 자녀가 가진 인격 수준대로 이 세상을 살아갈 권리가 있는 독립적인 단위다.

자녀의 독립성을 보장하기 위해서는 부모의 준비가 필요하다. 자녀가 성장해 독립적으로 자신의 삶을 가꾸게 되면 부모도 과거의 상처나 자녀를 위한 희생적인 돌봄으로부터 자유롭게 떠나와야 한다. 그동안 자녀를 돌보기 위해 조금은 소홀했던 자신을 돌보고, 새롭게 펼쳐진 인생을 마음껏 누려야 하는 것이다.

그러니 자녀가 독립할 때가 되면 기꺼이 자식을 떠나보내라. 억울해할 일도, 섭섭하게 느낄 일도 아니다. 그것이야말로 부모가 자식에게 줄 수 있는 가장 큰 선물이다.

자식이 부모에게서 독립하려고 애를 쓰듯, 부모도 어느 순간부터는 자식에게서 독립하는 노력을 기울여야 한다.

무작정 돈을 모으기 전에
생각해야 할 것

• • •

지금 우리에게 무엇이 부족한가. 단지 남들처럼 살려고 하는
상대적 빈곤감과 욕심 때문에 괴로워하는 것이다.
능력이 없어 욕심이 닿지 않으면 마음을 고쳐먹고 편해질 줄도 알아야 한다.

—도현, 《조용한 행복》 중에서

아버지 사업이 망하기 전까지 나는 부잣집 외동아들이었다.
의식주 무엇 하나 부족하지 않았다. 그런데 돈을 손에 쥐어 본 기
억이 없다. 어머니는 부족함 없는 환경을 만들어 주었지만 아들
이 돈을 만지는 것을 싫어했다. 학교에 낼 돈이 있으면 꼭 봉투
안에 넣어 주었다. 아마도 어머니는 아들이 돈을 모르기를 바라
셨던 것 같다.

결혼한 뒤에는 아내에게 월급봉투를 주고 용돈을 타 썼다. 아
내 또한 내 어머니처럼 돈에 관한 모든 것을 알아서 관리해 주었
다. 평생 그렇게 살았다. 정년 때 받은 퇴직금이 얼마였는지조차

모른다. 부끄럽지만 나는 두 여인 덕분에 돈을 몰랐다. 돈이 늘 넉넉했던 것은 아니었다. 돈이 없어 아이들 장난감도 사 주지 못해 서글펐던 적도 있다. 하지만 돈 때문에 힘들고 괴로워했던 기억이 없다. 천성적으로 나는 돈에 대해 무감각했다. 돈을 중심으로 인생을 설계한 적도, 돈을 많이 벌겠다거나 부자로 살고 싶은 생각은 단 한 번도 해 보지 않았다.

1980년대 부동산 광풍이 몰아칠 즈음, 당시 집 한 채 값의 적금을 타서는 아내와 함께 유럽 여행을 떠나 몽땅 써 버렸다. 가난한 남편에게 시집와 산에서 텐트를 치고 신혼 첫날밤을 보내야 했던 아내에게 세계 여행을 시켜 주겠다던 약속을 지킨 것이었다. 만약 그때 그 돈으로 말죽거리 어딘가 땅을 샀더라면 수백억대 자산가가 되어 있을 것이다. 그러나 그 돈이 있으나 없으나, 말죽거리 땅이 내 것이든 아니든 나의 일상은 크게 달라지지 않았을 것이다. 물론 솔직히 말해, 결혼 당시 주머니가 넉넉했다면 산에서 텐트 치고 야영하면서 신혼 첫날밤을 보내지는 않았을 것이다. 당시 내 형편이 그랬다. 내 수중에 있는 돈으로 가능한 신혼여행을 계획하고 떠난 것뿐이다. 그런 내 처지에 화가 나거나 열등감 따위는 없었다. 모든 게 자연스러웠다. 조금도 미안해하지 않는 나의 뻔뻔함에 아내가 서운했다는 말을 뒤늦게 했을 정도였다.

돈암동 산꼭대기에 전셋집을 처음 마련했을 때도 그랬다. 아내의 알뜰함으로 장만한 우리 집에서 처음 자던 날 밤, 벅찬 기쁨 속에 오늘의 마음을 잃지 말자고 다짐했다. 몇 십 년이 흘러 그때보다는 훨씬 부자가 되어 그 집을 다시 찾았을 때 나는 좀 놀랐다. 이 작고 허름한 집을 마련하고는 그토록 좋아했다는 게 믿겨지지 않았던 것이다. 그 집에서 보낸 첫날 밤 '오늘의 마음'을 잃지 말자던 나와의 약속이 지금, 현재에 만족할 줄 아는 마음이었음을 나는 비로소 알았다.

돈이 나를 시험한 적도 있다. 네팔 의료 봉사를 오랫동안 잘 했다고 모 방송국에서 나에게 사회봉사상을 주었다. 상금이 천만 원이었다. 상금 이야기를 듣고 이틀을 고민했다. '천만 원을 어디에 쓸까? 애들 데리고 나가서 근사한 밥을 사 줄까? 집을 고칠까? 아니 그 정도는 어렵없다. 천만 원에 맞게끔 쓰려면 어디에 써야 할까?' 잠이 안 왔다. 천만 원 갖고도 이렇게 온갖 머리를 굴리는데 10억, 100억을 두고 벌어지는 부모 자식 간의 싸움이 이해가 갔다.

수상 소감문을 쓰라기에 책상에 앉았다. 상금이 천만 원이란 소리를 듣고 난 뒤부터 일어난 내 생각의 변화를 적어 나갔다. '환장할 것 같다'부터 시작해서 온갖 상상의 나래를 적었다. 그리고 마지막에 상금을 네팔 봉사 캠프에 기증하겠다고 썼다. 그러고 나니 잠이 왔다. 나의 상금 기증 소식에 사람들이 박수를 보냈다. 하지만 반만 들어야 하는 칭찬이었다. 대학교수, 의사 직함을 달고 온갖 사회적 혜택을 누리면서도 상금으로 받은 천만 원까지 모두 가지려고 했다니, 참 치사한(?) 짓이었다.

분수를 안다는 것은 무엇인가. 내 형편을 알고 그에 맞게 사는 것이다. 모자라지도 않으면서 더 많이 욕심을 내는 것 또한 분수를 모르는 것이다. 내 형편에 천만 원은 없어도 되는 돈이었으니, 나는 분수를 모를 뻔했다. 많이 가지기를 바라는 순간 부족해지는 이치다.

그런데 요즘 세상에서 돈의 중요성만 강조되다 보니 반대로 돈이 중요하지 않다는 이야기도 만만치 않다. 돈과 물질을 배타적으로만 보고, 행복에는 꼭 돈이 필요하지 않다고 말한다. 그런 이야기를 자꾸 듣다 보면 돈의 의미가 왜곡된다. 가치 있는 돈마저 외면해 버리게 된다. 그래서 돈을 많이 가져도 행복하지 않고 돈이 없어도 노력하지 않게 된다. 그러나 자본주의 사회에서 돈이 행복을 주지 않는다는 말은 미친 소리다. 자본주의 사회를 살아가는 데 1순위는 돈이다.

그러므로 우리에게 필요한 것은 돈을 제대로 다루는 훈련이다. 나는 부모에게서 그런 훈련을 받지 못했다. 나의 손자들은 어리지만 돈에 대한 분명한 목적을 갖고 있다. 돈으로 뭐할 거냐고 물으면 나름대로 계획이 있다. 그렇게 차곡차곡 주체적으로 돈을 다루는 법을 알아 가면 돈에 휘둘리지 않는 삶을 살게 될 것이다. 언제나 돈을 부족하다고 느끼지 않을 것이다.

노년은 돈이 가장 중요하게 느껴지는 시기다. 노동력이 줄어들면서 돈이 부족해지기 때문이다. 이 시기에 돈 때문에 눈물 안 흘리려면 젊어서부터 돈에 대한 내공을 쌓아 둬야 한다. 그렇지 않으면 100억이 생겨도 행복하게 쓸 줄 모르며, 돈이 없으면 불행하다 여기고 더 쉽게 절망에 빠지게 된다.

돈에 대한 균형감이 진짜 행복을 만들어 준다. 노후에 유용하게 쓸 수 있는 것은 지난날의 저축이다. 그런데 돈만 저축할 게 아니라 마음도 저축해야 한다. 돈 없으면 어떻게 살아야겠다는 각오도 다져야 한다. 돈만 저축하면 노후가 편할지 몰라도 마음을 저축하지 않으면 돈이 있어도 불행하다.

자본주의는 겁을 준다. 노년에 경제적 여유가 있어야 안락한 노후를 보낼 수 있다고 재촉한다. 여행도 가고 골프도 즐기고 친구도 만나려면 돈이 있어야 한다. 자식이나 다른 사람들로부터 업신여김을 당하지 않으려면 돈이 필요하다. 돈이 있어야 품위 있는 노년을 보낼 수 있다. 모두 틀린 말은 아니다.

그러나 돈이 없다면? 돈이 떨어진다면? 그 이후를 생각해야 한다. 여행은 안 가도 그만이다. 자동차도 버릴 수 있다. 돈이 없다고 대우해 주지 않는 곳은 안 가면 그만이다. 노후를 앞둔 사람들에게는 돈보다 이런 각오가 더 중요하다. 인간 수명 100세다. 준비할 것도 많지만 이런 마음가짐도 저축해 두면 더 든든하지 않겠는가.

노후 자금을 하나도 모아 놓지 않아
불안한 이들에게

　노후 준비하면 사람들은 대부분 돈을 벌어 놔야 한다고 생각한다. 평균 수명이 길어진 요즘, 인생 계획에서 노후 자금은 매우 중요한 의무 사항이 되었다.

　그런데 여기에서 '경제력'은 무엇인가 생각해 보자. 경제력을 단순히 돈에만 국한하고 자기만을 위해 쓰는 것이라고 생각하는 것은 나이 든 후의 삶을 생물학적 수준에 머물게 한다. 모아 놓은 돈으로 먹고 자고 놀고 즐기다 삶을 끝내는 것 말이다. 경제력에 대한 생각을 바꾸지 않으면 재미없는 노후를 보내게 된다.

　그러나 내가 가진 물적, 정신적, 인적 자원을 잘 결합시켜 내 삶을 스스로 꾸려 나가겠다는 의지를 경제력에 포함시킨다면 얘기가 달라진다. 노후에 내가 할 수 있는 일을 찾아내고, 돈으로 대표되는 경제력을 의미 있게 쓰려는 노력은 노년의 삶을 풍요롭게 한다. 비록 모아 놓은 노후 자금이 많지 않더라도 무슨 일을 해서든 돈을 벌겠다는 마음으로 일한다면 그것은 돈을 쌓아 놓고 무기력하게 세월을 보내는 삶보다 훨씬 윤택한 것이라 할 수 있다.

　이런 점에서 보면 노후 자금이 충분히 확보되지 못한 노후가 오히려 축복일 수 있다. 무엇이든 열심히 일해 볼 각오가 생기기 때문이다. 그러므로 경제적 기반이 취약하다는 이유로 노년기를 무조건 두려워할 필요는 없다.

젊은이를 가르치려 들지 마라

• • •

평화는 상대방이 내 뜻대로 되어지길 / 바라는 마음을 그만둘 때이며
행복은 그러한 마음이 위로받을 때이며
기쁨은 비워진 두 마음 부딪힐 때이다.

—황대권, 《야생초 편지》 중에서

아마존 숲 속의 한 부족은 사냥을 하면 가장 나이 많은 연장자
에게 먼저 바친다. 연장자가 현명하게 고기를 나눠 줄 거라고 믿
기 때문이다. 척박하고 험한 환경에서 살아남은 자의 연륜과 지
혜에 기대는 것이다. "가족 가운데 노인이 있다면 그 가족은 보
석을 가지고 있는 것이다"라는 중국 속담이 있다. 아프리카에는
"노인 한 사람이 죽으면 도서관 하나가 불에 타 없어지는 것과
같다"는 말도 전해진다. 생존에 필요한 정보를 연장자에게서 전
수받아야 했던 시절에 노인이 가진 지식과 정보, 지혜를 칭송하
는 말이다.

그런데 시대가 달라졌다. 예전에는 확실히 부모 세대가 자식보다 많은 정보와 지식을 가지고 있었지만 요즘은 거꾸로다. 나와 같은 노인 세대가 손수레를 끌고 발로 뛰며 살아왔다면, 요즘 젊은이들은 스포츠카를 타고 고속도로를 맹렬하게 달려가는 격이다. 젊은 세대는 우리가 상상할 수 없는 어마어마한 양의 정보를 흡수하며 산다. 스마트폰만 봐도 그렇다. 손바닥만 한 물건으로 전화 통화부터 책 읽기, 영화 보기, 음악 듣기, 길 찾기, 쇼핑 등 많은 걸 해결한다. 지구 반대쪽에서 일어나는 사건도 실시간으로 알 수 있다. 마음만 먹으면 지금 당장 이집트 피라미드 벽화에 적힌 이상한 글자들이 무슨 뜻인지 알아낼 수 있다. 그래서 나는 요즘 젊은이들이 부럽고 샘난다.

이러한 첨단 시대에 "노인은 보석이다, 도서관이다"라는 말을 썼다가는 무안을 당할 것이다. 그것은 머지않아 죽은 말이 될지도 모른다. 삶의 노하우, 생존 방식, 온갖 정보와 지식은 노인의 머릿속이 아니라 버튼 몇 개만 누르면 결과를 자동으로 보여 주는 스마트한 기기들 속에 아주 방대하게 쌓여 있다.

나이 든 이들이 젊은이들보다 스마트폰 같은 최신 전자제품을 잘 다루지 못해 뒤처진다는 말을 하려는 것은 아니다. 단지 서로 다른 환경에서 살아왔기 때문에 다른 사고방식과 스타일을 가질 수밖에 없다는 말을 하고 싶은 것이다. 젊은 세대들은 광속과 같은 변화의 속도에 빠르게 적응하며 삶의 방법이나 양식을 개발한다. 그들은 새로움에 대한 두려움이 없다. 바로 이 점이 나이 든 사람들과 젊은이들을 가른다. 나이가 들면 민첩함이 떨어지고 행동이 느려지는 것은 당연하다. 문제는 과거에만 사로잡혀 내 경험만이 특별하고 옳다는 생각으로 젊은이를 바라보는 데 있다. 이런 이상한 고집이 젊은 세대를 이해하고 그들과 소통하는 데 장애를 일으킨다. 나아가 두 세대 간의 갈등을 만들고 나이 든 이들은 자기 세계에 고립되고 만다.

"요즘 애들은……"이란 말을 입에 달고 사는 사람들이 있다. 그들은 젊은 세대를 나약하다, 이기적이다, 무례하다, 도전할 줄 모른다고 비판한다. 저렇게 살면 안 되는데, 하고 진심으로 안타까워하기도 한다. 그래서 "내가 젊었을 때는"으로 시작하는 충고를 늘어놓는다. 그러나 통하지 않는다. 까칠한 반응만 돌아온다. 왜 그럴까? 약이 되고 피가 되는 말을 왜 듣기 싫어할까?

남의 말을 귀담아듣지 않는 것은 젊음의 한 특징이다. 멀리 가지 않고 내 청춘 시절만 돌아봐도 그렇다. 어머니가 간절하게 당부한 일일수록 오히려 청개구리처럼 거꾸로 행동했더랬다. 어머니는 외아들인 내가 혹 물에 빠져 죽을까 봐 바다 근처에는 가지 못하게 하셨다. 그런 어머니에게 반발한 나는 산을 오르기 시작했다. 사실 산이 바다보다 훨씬 위험하다는 걸 알면서도 말이다. 또 하나, 두 세대의 청춘 시절이 다르기 때문이다. 나와 같은 노인 세대는 전쟁과 가난을 겪으며 엄청난 고생을 했다. 이런 고생이 결코 훈장은 아니다. 자랑할 만한 일도 아니다. 단지 우리 세대가 만난 시대적 어려움이었으며 우리는 그 속에서 살아남았다. 그뿐이다. 물질과 문화적 풍요로움을 누리며 살아가는 오늘날 젊은이들에게 아무리 전쟁과 가난, 고통, 극기와 인내를 이야기한들 따분한 소리로밖에 안 들린다.

예전에는 경상도를 가려면 반드시 문경새재를 넘어가야 했다. 그 길이 가장 빠른 길이었다. 그러나 중부내륙고속도로가 생긴 뒤 문경새재는 한참 돌아가는 불편한 길이 되었다. 젊은이들에게 옛날 가치관을 들이대는 것은 "문경새재로 가라"고 하는 것과 같다. 현명한 어른이라면 "요새 새로운 고속도로가 뚫렸더구나. 나는 안 가 보았지만 너는 그 길로 가 봐라" 하고 말해 주어야 옳다. 또 나이가 들어도 세월의 흐름을 따라 변화하는 것들에 적응해야 한다. 자기 경험과 기억만 옳다고 고집할 일이 아니다. 시대가 바뀌었음을 인정해야 하는 것이다.

요즘 젊은이들의 모습을 보라. 꿈과 공부, 경쟁, 상대적 가난, 인간관계, 연애, 취업 문제에 엄청난 스트레스를 받으며 살고 있다. 노인 세대가 굶주림과 생존, 이념의 공포와 싸우며 살았다면 젊은 세대는 또 다른 면에서 삶의 위협을 받고 있는 것이다. 또 사회문화적 현상과 가치관들도 급격하게 변했다. 좀 우스운 예이긴 하지만 불과 몇 십 년 전 논문 중에는 여성이 남성에 비해 아이큐가 떨어진다는 내용도 있었다. 당시에는 여자가 남자보다 아이큐뿐만 아니라 모든 사회적 적응력이 떨어진다는 논리도 아무런 저항 없이 받아들였다. 그러나 여성 대통령이 탄생한 지금 여성 운운하며 늘어놓는 충고는 당연히 거부감만 불러 올 것이다.

돌이켜보면 어느 시대에서나 청춘은 힘들고 불안하고 어렵고 두려움에 찬 시기다. 인간이라면 누구나 그런 시기를 지나가야 한다. 특정한 시대라서 더 불운하지는 않다. 예로부터 시대적 어려움과 혼란은 언제나 있어 왔다. 그런 시기를 통과한 연장자로서 나는 요즘 젊은이들이 겪는 고민과 좌절, 갈등이 안쓰럽다. 불안한 미래와 씨름하는 청춘들에게 연민을 느낀다.

한편으로는 "아프니까 청춘"이라고 하면서 안간힘 쓰며 살아내는 그들이 대견하다. 이들에게 이렇게 살라, 저렇게 살라, 명령하듯 가르치려는 것은 예의가 아니다. 나이 든 사람들이 젊은이들에게 해 줄 것은 우리는 이렇게 살았으니 너희도 이렇게 살라는 것이 아니다. 너희는 잘하고 있다는 격려다. 젊은이는 스스로 답을 찾아가고 깨우치고 자기 삶의 대안을 찾아가야 옳다. 젊은이는 그들의 시대를 살아야 한다. 비록 우리와 똑같은 실패를 저지르더라도 결국 그들의 몫일 뿐이다. 그 사실을 젊은이와 나이 든 세대 모두가 인정해야만 한다.

나이 든 이들이여, 젊은이들이 센 척하며 어른 말 안 듣고 잘난 척 하더라도 넘어가 주자. 지하철에서 대부분의 젊은이들은 스마트폰을 들여다보며 끊임없이 손가락을 움직이고 있다. 그들을 바라보는 나이 지긋한 사람들의 눈빛은 제각각이다. 대견함 혹은 부러움, 안타까움 그리고 못마땅함까지. 그러나 젊은이들이 우리와 같은 실패나 좌절을 겪지 말기를 바라는 마음이 바탕에 깔려 있음을 나는 안다. 먼저 우거진 숲을 벗어난 사람이 지름길을 알려 주고픈 조바심이다. "젊었을 때 잘해라, 노력해라, 참아라, 인내하라……"는 진심 어린 말을 해 주고 싶다면 좀 더 다정하고 세련되게 해 주어야 한다. 젊은이들이 충고를 인정하지 않는다고 "너도 늙어 봐라, 언제까지 젊은 줄 아냐?" 하고 고약하게 말하지 말라.

인생은 드넓은 바다다. 내가 젊은 날 알고 있던 고기떼가 몰려다니는 해역은 해류나 환경의 영향으로 언제든 달라질 수 있다. 또 나만의 고기 잡는 방식도 오늘날엔 비생산적일 수도 있다. 거친 바다로 새롭게 고기잡이를 나온 젊은 어부들에게 늙은 어부가 들려줄 것은 생생한 바다의 이야기일 뿐이다. 그 이야기에서 젊은이들이 보석 같은 삶의 노하우를 발견한다면 그것은 그의 행운일 따름이다.

"옛날에 내가······"라며
자랑을 늘어놓기 바쁜 당신에게

2007년 고려사이버대학교에 입학한 뒤 내가 전직 대학교수이자 의사였다는 사실을 안 학생들이 나를 부담스러워했다. 먼저 나에 대한 호칭이 '교수님', '박사님'으로 바뀌었다. 그래서 대놓고 말했다. 나를 학우님이나 선배님 혹은 후배님으로 불러 달라고, 그렇지 않으면 불러도 모른 척하겠다고.

그 뒤로는 사람들이 온라인이나 오프라인 모임에서 나를 '학우님'이라고 불렀다. 교수님, 박사님에서 학우님으로 강등(?)되었을 때 나는 얼마나 기분이 좋았는지 모른다. 똑같이 배우는 입장에서 '내가 박사네'하고 목에 힘주고 앉아 있다면 참 우스울 것이다. 학교에서 나의 역할은 박사가 아니라 학생이니까 말이다.

나이 들수록 "옛날에 내가······" 하면서 목에 힘이 들어가게 마련이다. 친구끼리 앉아서 옛날 회고담을 나눌 때 "나도 그랬지, 너도 그랬지" 하면서 이야기를 나누는 정도는 괜찮다. 그러나 세대가 다른 사람이 모인 자리에서 "내가 옛날에······" 하면서 자랑 아닌 자랑을 늘어놓으면 보이지 않는 눈총, 그리고 험담밖에 들을 게 없다.

나이 들면 젊은 세대에게 대접 받으려 하기보다는 차라리 아부하는 게 좋다. 비굴하라는 말이 아니라 젊은이들의 관심사에 동참해 보고 공감하려고 애쓰라는 것이다. 특히 자녀를 위한 가벼운 재롱은 꼭 필요하다. 자식에게 명령하고 당연한 듯 요구하지 말고 무슨 일이든 부탁하듯 말해야 한다.

생각해 보라. 아이들이 어릴 때 부모의 마음에 들기 위해 얼마나 재롱을 떨었던가. 밉상 부리고 미운 짓 하면 회초리밖에 돌아올 것이 없다는 걸 아이들은 아주 잘 아는 것이다. 이제는 거꾸로 부모들이 성장한 자녀들에게 재롱을 떨어야 한다. 치사하다고? 자녀들과 행복하게 지내기 위해 그 정도 치사함은 참을 만하지 않는가.

다만 재롱을 점잖게 떨어야 한다. 재롱이 아닌 것처럼 재롱을 부리라는 것이다. 권위나 위엄은 버리고 서운함을 직설적으로 표현하지 않는 것. 자주 웃고 나의 자잘한 고통과 힘듦을 내색하지 않는 것. 그리고 언제나 명령이 아닌 부탁으로 대화를 풀어 가는 것이다. 거기에 젊어서 하지 않던 귀여운(?) 짓을 가끔 하면 더 좋다.

"아들아, 아버지 용돈 만 원만 주련?"

오늘을 어제의 기분으로 살지 마라

• • •

나이 아흔을 넘기며 맞는 / 하루하루 / 너무나도 사랑스러워
뺨을 어루만지는 바람 / 친구에게 걸려 온 안부 전화 / 집까지 찾아와 주는 사람들
제각각 모두 / 나에게 / 살아갈 힘을 / 선물하네

—시바타 도요, 《약해지지 마》 중에서

"오늘도 또 깨끗한 새 정신으로 공부해 주기 바란다."

이 말은 내가 초등학교 때 조회 시간에 들었던 교장 선생님의 훈시다. 내가 4학년 때 우리나라는 광복을 맞았다. 그해 새로 부임해 온 교장 선생님은 아침마다 운동장에 전교생을 모아 놓고 조회를 했다. 아침 체조가 끝나면 교장 선생님의 훈시가 이어졌는데 매일 같은 내용이었다.

같은 말이 지겨워진 우리는 교장 선생님이 단상 위에 올라가면 선수를 쳐 그 말을 합창하고는 깔깔거렸다. 그럼에도 교장 선생님은 아랑곳 않고 "학생 여러분, 오늘도 깨끗한 새 정신으로

공부해 주기 바랍니다"라고 결연에 찬 목소리로 말했다. 결국 나는 한 편의 코미디를 보듯 졸업할 때까지 3년 내내 그 훈시를 들었다. 그리고 졸업과 동시에 교장 선생님의 말씀은 기억 속에서 사라져 갔다.

수십 년이 흘렀다. 퇴임을 한 어느 날, 연구실에 혼자 앉아 있다가 문득 교장 선생님의 말이 떠올랐다.

"매일 아침 깨끗한 새 정신으로 공부하기를 바란다!"

생각해 보면 참으로 절묘한 말이었다. 깨끗한 새 정신을 가지라는 말은 머리를 맑게 비우라는 것이다. 어제의 기분을 오늘로 이어가지 말고 새로운 마음가짐으로 시작하라는 뜻이다.

그 옛날 교장 선생님이 들려준 훈시는 삶을 지루하지 않게 살아가는 지혜였다. 어제 하루가 힘들고 우울했거나 뜻밖의 일로 어긋났더라도 그것으로 끝내고 새 하루를 맞아야 한다. 쓰레기통을 비우고 컴퓨터를 리셋하는 것처럼 말이다. 깨끗한 정신으로 오늘 내가 해야 할 일, 내가 만나는 사람, 나에게 일어날 모든 일을 맞아야 한다. 의대생 시절 공부하던 전공 교과서에 "환자를 진찰할 때 언제나 처음 보는 사람처럼 대하라"는 지침이 있었다. 환자에 대한 선입견을 갖지 말되, 오로지 그 환자에게 집중하라는 의미다. 깨끗한 정신으로 하루를 맞으라는 것은 오늘 하루에 집중하라는 뜻도 된다.

똑같은 하루지만 누군가에게는 어제의 연장일 뿐이고, 또 누군가에게는 새로운 하루의 시작이다. 누구의 하루가 더 활기차고 즐거울지는 분명하다. 나이가 들수록 하루하루가 비슷하게 흘러간다. 일상에 큰 변화가 없기 때문이다. 어제가 오늘이고, 오늘이 내일이다. 늘 반복되는 생활, 반복되는 생각이 지겹다. 내 자신이 마뜩찮게 느껴진다. 나는 왜 이렇게 사는지 자괴감에 빠지기도 한다. 여기서 멈춰야 한다. 우리에게 주어진 시간은 오늘 하루뿐이라고 생각해야 한다.

매일 아침 나는 삼청동 공원을 산책하며 하루를 시작한다. 공원을 산책하면서 그날 하루를 계획한다. 특별한 일은 없다. '아내와 함께 연구소에 나가 우선 커피 한 잔을 마신다(오늘은 내가 아내에게 커피를 타 주자). 그리고 이메일을 열어 보고(오랜만에 제자들에게 안부 메일을 보내자), 사이버 대학 강의를 듣고 게시판에 학우들이 올린 글을 살펴본다(재미있는 댓글을 달아 보자. 어제 손자가 가르쳐 준 새로운 이모티콘을 써 봐야지). 오후에는 손주들이 온다고 했으니 오늘은 일찍 귀가한다(손주들이 좋아하는 일을 같이 해 보자)…….' 괄호 안의 생각은 나의 계획이다.

존 러스킨은 "인생은 흘러가는 것이 아니라 채워지는 것"이라고 했다. 하루하루를 보내는 것이 아니라 내가 가진 무엇으로 채워 가는 것이다. 하루하루 '깨끗한 새 정신'으로 살아야 좋은 인생을 살 수 있다. 65년 전 교장 선생님의 훈시를 지금에야 그 뜻을 깨닫고 가슴에 새긴다. 늦었지만 기쁜 통찰이다. 나는 마음속으로 교장 선생님 흉내를 낸다.

"오늘도 또 깨끗한 새 정신으로 하루를 살자."

내가 오늘 무엇을 하느냐가 중요하다. 내 인생의 하루를 그것과 바꾸고 있으니까.

내가 나이 듦에 대처하는 방식

• • •

나이를 먹어 좋은 일이 많습니다.
조금 무뎌졌고 조금 더 너그러워질 수 있으며 조금 더 기다릴 수 있습니다.
무엇보다 저 자신에게 그렇습니다. (중략) 고통이 와도 언젠가는,
설사 조금 오래 걸려도 그것이 지나갈 것임을 알게 되었습니다.

―공지영, 《빗방울처럼 나는 혼자였다》 중에서

네팔 룸비니 동산에 갔을 때다. 룸비니 동산은 석가모니 부처
가 태어난 불교의 성지다. 2600년 전 석가족의 왕비 마야 부인은
친정으로 아기를 낳으러 가다가 이곳에서 산통을 느끼고 사라수
나무 밑에서 석가모니를 낳았다. 아름다운 숲이 우거진 낮은 언
덕을 상상했는데 막상 보니 룸비니 동산은 밋밋한 정원처럼 보
였다. 문득 앞서 가는 한 무리의 여행객들 사이에서 낯익은 한국
말이 들렸다.

"여기가 룸비니 동산이야? 볼 게 하나도 없네."

실망한 목소리다. 성지라기에 잔뜩 기대하고 왔는데 신비롭기

는커녕 네팔 어디에서나 볼 수 있는 시골 풍경에 지나지 않으니까 말이다. 그러나 불교를 조금이라도 알고 이해한다면 구석구석 성스럽지 않은 곳이 없다. 넓은 땅 위에 서 있는 사라수 나무는 2600년 전 석가모니의 탄생을 지켜보았을 것이다. 오히려 성스러움과 신비함은 아주 평범하거나 그보다 못한 환경에서 나온다. 예수 또한 베들레헴의 시골 마을 마구간에서 탄생하지 않았나. 평범한 풍경 속에 감춰진 2600년 전 시간을 더듬어 보고 느낄 수 있다면 룸비니 동산은 볼거리가 무궁무진하다. 반대로 눈으로 볼 수 있는 것만 헤아린다면 아무것도 볼 수 없다.

나이 들어 맞이하는 인생은 룸비니 동산과 비슷하다. 발견하고자 한다면 많은 것들을 보고 느끼고 찾아낼 수 있다. 나이를 먹으면 늙고 병들고 무기력해질 것이라고 생각하는 사람들에게는 그것이 나이 듦의 전부다. 그러나 내가 생각하는 노년은 잔잔한 호수를 떠가는 나룻배다. 나룻배는 동력이 거의 없다. 젊은 날에 소진했기 때문이다. 조금 남아 있는 힘으로 저어야 하는 나룻배는 천천히 갈 수밖에 없다. 배의 속도에 맞춰 주위 풍경도 천천히 흘러간다. 평소 보지 못한 많은 것들에 눈길이 닿고, 작은 소리도 가깝게 들려온다. 나무의 푸른 이파리, 나무에 둥지를 튼 새들의 지저귐, 일렁이는 물결, 그리고 노를 젓는 내 손등에 도드라진 힘줄까지 새로운 의미로 다가온다.

노년은 인생에서 느린 속도가 허락된 시간이다. 노인은 뭐든 천천히 해도 용납이 된다. 노인이 큰길을 뛰어가거나, 허겁지겁 음식을 먹거나, 불같이 화를 내는 모습을 보고 불편함을 느끼는 것은 이 때문이다. 또한 오감을 온전히, 충분히 느낄 수 있는 시기도 노년이다. 혹자는 나이가 들면 감각이 떨어진다고 한다. 하지만 생물학적 감각은 떨어질 수 있어도 마음으로는 더 깊고 풍부하게 느낄 수 있다. 긴 세월 살아오며 겪은 수많은 경험과 여유로워진 시간이 결합하여, 이전에는 무심코 지나친 감각을 깨울 수 있게 되는 것이다. 그 발견을 통해 인생의 많은 것을 새롭게 누리고 즐길 수 있는 시기가 노년이다.

나는 거의 날마다 아내와 함께 연구소에 나간다. 연구소는 부부의 놀이터다. 연구소에는 각자의 방이 있다. 사회학을 전공한 아내와 정신과 의사인 나의 공통분모를 살려 가족, 노인, 부부 등 다양한 인간관계에 관해 연구한다. 연구라고 하니 거창한 프로젝트 같지만 관련 글쓰기와 여러 질문에 대한 조언이 대부분이다. 나는 인터넷으로 사이버 강의를 듣고 청탁 원고를 쓰고 종종 제자들의 안부에 답장을 보낸다. 옆방에 아내가 있으니 편안하다. 당뇨가 있는데도 아내는 가끔 설탕을 넣은 커피를 들고 온다. 그 커피향이 좋다. 지인들은 물론 낯선 사람들의 방문도 반갑다. 특정 범죄 사건에 정신과적 조언을 구하는 기자들, 또 산에 대한 인터뷰를 하러 오는 이들도 있다. 글을 쓰고 차를 마시고 책을 읽고 그러다 문득 창밖으로 시선을 돌리면 바위가 보인다. 긴 세월

동안 비바람에 닳고 깎인 바위는 영락없는 사람의 옆모습인데 사람들이 나를 닮았다고 했다. 정말 나를 닮았는가 싶어 찬찬히 뜯어본다.

젊은 시절에 이런 느긋한 여유를 즐기기란 쉽지 않다. 늘 내일 내일, 다음다음을 생각하느라 몸과 마음이 바쁘기 때문이다. 학부시절부터 본 때 묻은 책들, 목욕탕에 가득한 하얀 김, 아들내외가 간식거리로 사온 전병과자, 어렸을 때 어머니에게 떼를 쓰며 울던 기억들…… 나이가 들어 비로소 눈뜬 오감은 인생의 많은 것을 보고 듣고 느끼고 맛보게 한다.

그런데 나이가 들었다고 모두 이런 즐거움을 느끼며 사는 것은 아니다. 스스로 원하지 않으면 절대 구할 수 없다. 룸비니 동산처럼 말이다. P. 맥스웰이란 사람이 한 말이 있다. "나이 먹는다는 사실을 두려워하는 사람에게 노년기는 발견의 시간이라고 말해 주고 싶다. 만약 그가 무엇을 발견하라는 말이냐고 묻는다면 나는 '혼자 힘으로 발견하셔야 합니다. 그렇지 않으면 발견이 아닐 테니까요'라고 대답할 수밖에 없다." 동감이다.

네팔인 친구 라즈반다리 씨와 히말라야 고산 트래킹을 갔을 때였다. 2주 동안 5000미터 고봉을 걷는 일정이었다. 한 걸음 한 걸음 내디디면서도 내 눈은 늘 고봉에 가 닿아 있었다. 저기 어디쯤에 목적지가 있을 것이라 생각했다. 꽤 높이 올라갔을 즈음, 앞서 걷던 라즈반다리 씨가 갑자기 땅바닥에 앉더니 나보고 옆에 와서 누워 보라고 했다. 그는 뜬금없이 물었다.

"이 선생, 무슨 소리 안 들립니까?"

"무슨 소리요? 아무것도 안 들리는데요?"

라즈반다리 씨는 자꾸만 무슨 소리가 안 들리느냐고 여러 번이나 물었다. 미안해서 들린다고 거짓말을 했는데, 가만히 누워 있으니 정말 희미한 소리가 들려왔다. 풀벌레 소리였다. 바람소리도 들렸다. 옆으로 눈을 돌리자 벌레들이 꾸물거리고 개미도 열을 지어 기어가고 있었다. 아! 거대한 히말라야도 이런 작은 미물을 품고 있었구나! 나는 놀랐다. 히말라야를 다닌 지 수년이 넘었는데 나는 언제나 높은 산봉우리만 바라본 것이다.

노년은 일상적이고 사소한 것에서 충만한 즐거움을 느낄 수 있는 시기다. 생물학적으로 늙는다는 것은 모든 인간에게 공통적인 현상이지만 우리의 늙어 가는 모습은 제각각이다. 세월은 많은 것을 가져갔다. 건강과 에너지, 일과 의욕 그리고 미래. 그러나 나에게는 남은 것이 있다. 많은 시간과 깊어진 눈과 즐길 줄 아는 여유다. 그것으로 남은 인생을 즐기며 살아갈 것이다.

날이 며칠 춥더니만 연구소 욕실 물이 얼었다. 해마다 겨울이면 얼곤 했는데 올해도 그냥 넘어가지 않았다. 아내가 물이 안 나오는데 어떡하냐고 걱정하기에 가서 봐 주는 척했다. 그러나 나는 걱정하지 않는다. 3월 어느 날이면 또 여지없이 물이 콸콸 나오곤 했다. 이런 여유는 노인이 부려야 어울리지 않겠는가.

내가 웃으면 아내도 웃고,
아내가 웃으면 나도 웃는다

• • •

서로 다른 점을 각자의 타고난 개성으로 인정하지 않고
'틀린 점'으로 취급하는 순간, 상처가 자리잡기 시작한다.
처음 만났을 때의 마음처럼 '다르다'를 '다르다'로 기쁘게 인정하자.
세월이 흘러 '다르다'가 '틀리다'로 느껴진다면
이전보다 꼭 두 배만 배려하는 마음을 갖자.

—최일도, 《참으로 소중하기에 조금씩 놓아주기》 중에서

주방에서 커피를 타며 흘깃 바라본 아내는 컴퓨터 앞에서 글을 쓰고 있다. 아내는 눈이 잘 안 보이는지 등을 움츠려 모니터 가까이 다가간다. 결혼한 지 50년, 아내와 함께 살아온 세월이다. 그동안 아내는 이 고집불통인 남자를 어떻게 받아 주었는가! 언젠가 아내에게서 자신은 지난 30대 시절이 하나도 생각나지 않는다는 말을 들었다. 경제적인 어려움을 겪으며, 네 명의 아이들을 낳고 키우고 살림하느라 시간이 어떻게 흘러가는지 몰랐다는 것이다. 아내의 기억 속에 남편인 나는 시국 사건으로 감옥에 가 있거나, 쥐꼬리만 한 월급을 가져다주거나, 병원 일에 정신없는

모습으로 그려질 뿐이었다. 30대가 삭제된 것 같다는 말에 나는 미안하고 또 미안했다. 늘 믿음직스럽고 지혜로운 아내에게도 그늘이 있었다는 사실에 마음이 아팠다.

아내는 여동생의 친구였다. 어릴 때부터 알고 지내다가 아내가 대학에 들어가면서 누가 먼저랄 것도 없이 편지가 오갔다. 아내는 서울대학교를, 나는 대구에서 학교를 다녔다. 그런데 아내가 선을 본다는 소식을 듣고 부랴부랴 프러포즈를 했다. 편지에 아무것도 적지 않고 "나는 너와 ○○하고 싶다. ○○를 채워 보라"는 문제만 썼다. ○○에 들어갈 말은 무수히 많았지만 아내는 '결혼'이라고 생각했단다. 지금 생각해 보니 참으로 어처구니없는 프러포즈다.

둘 다 가난했던 우리는 예식장을 빌리기도 어려웠다. 신혼여행도 등산복 입고 텐트를 짊어지고 기차 타고 산으로 갔다. 깊은 산, 바람에 펄럭대는 텐트 안에서 첫날밤을 보내며 내가 말했다.

"이 다음에 돈 많이 벌면 우리 세계일주 하자."

아내는 고개를 끄덕였다.

생각해 보면 아내와 나는 뜨거운 감정보다 오누이처럼 편하고 다정했다. 갑자기 사랑에 빠진 것이 아니라 물 흐르듯 자연스럽게 이어진 사이였다. 그래서 우리는 서로에게 아내, 남편이기보다 동료라는 생각이 강했다. 물론 나와 아내 모두 학자라는 점도 작용했을 것이다. 우리 부부가 50년 긴 세월 동안 큰 갈등 없이 지낼 수 있었던 것은 바로 파트너십, '사랑의 열정'이 아니라 '사랑의 관리' 덕분이었다.

부부 싸움을 하게 되면 우리는 먼저 말을 멈췄다. 다음에는 존댓말을 썼다. 부부 싸움을 하는 순간 마음속에는 상대에 대한 온갖 부정적인 감정이 일어난다. 존댓말은 그런 나쁜 감정을 누그러뜨리는 데 효과적이었다. 아내와 나는 갈등을 없애는 합리적인 싸움을 하려고 애썼다. 시간이 흘러 그런 노력들이 쌓이면서 서로를 애틋해하는 결실로 맺어진 것은 아닌지 모르겠다.

결혼은 한 인간과 인간이 만나, 배우자를 통해 풍부한 인생을 만들어 가는 것이다. 행복한 결혼을 결정짓는 것은 경제력이나 학벌이 아니다. 행복은 생의 기쁨과 슬픔, 괴로움을 함께 나누면서 서로 주고받는 긍정적인 상호작용이다. 서로에 대한 불만과 갈등을 두 사람이 함께 해결해 가는 과정에 부부의 미래 모습이 담겨 있다.

내가 진료실에서 만난 문제 부부들은 공통적으로 "우리 남편(아내)은 결혼한 이후 지금까지 하나도 변하지 않았다"고 하소연한다. 40대의 중년 부인도, 70대의 노신사도 똑같이 말한다. 인간이 변하기란 정말 어렵다. 죽기 직전 눈을 감을 때까지도 철들지 않는다는 말이 있다. 남편도 변하지 않고 아내도 변하지 않는다. 배우자가 자신이 원하는 모습으로 변하기를 기다리고 원망하며 10년, 20년을 보내다가 결국 노년에 이르면 부부는 서로에게 원수가 되어 있다. 상대를 있는 그대로 바라보고, 불만스러운 점은 단지 조금 고쳐 주기를 바라는 마음. 그게 행복한 부부관계를 유지하는 비결이다.

그런데 배우자를 있는 그대로 봐 주는 것은 중년 이후의 부부들에게 더 필요한 일이다. 나이가 들면 남녀의 모습이 바뀐다. 남성은 중년기로 접어들면서 공격적인 성향이 관계 지향적으로 변한다. 여성은 감정 표현이 자유로워지며 거침이 없어진다. 그러니 남편은 권위적인 자세를 고집해서는 안 되며 예전의 수동적이고 온순한 아내의 모습에 집착하지 말아야 한다. 아내 또한 은퇴 후 남편들이 정서적으로 많이 기댄다고 해서 부담스럽게 느끼지 않아야 한다. 즉 서로의 변화를 인정하고 그러한 변화에 적응해 나가는 것이 중요하다.

세월이 흘러 중년 그리고 노년을 지나면서 내 몸의 에너지는 빠지고 사회적 영향력도 줄어들었다. 이 초라한(?) 시기에 내 곁에서 가장 좋은 친구이자 소중한 사람은 바로 배우자다. 남편과 아내는 자녀, 친구, 이웃 등 다른 사람으로는 결코 대체할 수 없는 존재다. 오랜 세월 동안 같은 집에서 함께 지내고 자녀를 키우고 시대적 체험을 함께 나눈 인생의 공감자가 부부다. 노부부는 함께 늙어 가는 동지이자 나이 듦 자체를 즐기면서 살아가는 동반자다.

부부 관계를 증진시키고자 할 때 가장 중요한 것은 그 시기다.

노년기가 되어 이 방법을 실천하기보다는 그 이전부터, 되도록이면 결혼 초기부터 서로 노력하고 함께 실천하는 것이 좋다. 왜냐하면 부부 관계를 증진시키는 일은 실천한다고 즉각적으로 효과를 볼 수 있는 것은 아니기 때문이다.

나에게 아내는 내 인생의 동료였다. 아쉬운 것은 우리 사이에 알콩달콩, 아기자기함이 없었다는 점이다. 팔순 가까운 나이에 늙은 아내에게 너스레를 떨며 온갖 아양을 부려 보지만 아내는 못 봐주겠다는 표정이다. 돌이켜 생각하면 부부사이에 사소한 재미가 많아야 노년이 즐겁다.

지금, 내가 웃으면 아내도 웃고 아내가 웃으면 나도 웃는다. 참 감사한 일이다.

배우자가 먼저 죽을까 봐 걱정되는 당신에게

1960년대 우리나라 남성의 평균 수명은 51.1세였고, 여성은 53.7세였다. 부부의 수명 차이가 평균 2.6세밖에 되지 않았다. 그러나 2000년 조사에는 남성이 71.7세, 여성은 79.2세로 여성이 배우자보다 평균 7.5년을 더 사는 것으로 나타났다. 10여 년이 지난 지금은 더 차이가 날 것이다. 여기에 보통 남성이 여성보다 나이가 서너 살은 많으니 여성은 남편 없이 혼자 10여 년을 더 사는 셈이다.

남편에게 경제력이나 생활력을 기대고 있는 여성들은 남편 없이 혼자 살아가는 생활이 어려울 것이다. 돈만 있으면 된다고 생각하는 이들도 있겠지만, 인간은 적당한 스트레스가 있어야 한다. 극단적으로 심심한 불행과 불편한 행복 중 선택은 각자의 몫이겠지만, 분명한 것은 나이가 들면 혼자보다 부부가 함께할 때 정서적 안정감이 높다. 서로를 향한 잔소리와 원망이 자극과 활력이 되기도 한다.

김초강 전 이화여자대학교 교수가 말하길 부부는 '남편 먼저 안 보내기 작전'과 '아내 두고 죽기 없기' 계획을 세워야 한다고 했다. 건강에 힘쓰고, 생계 대비도 하며 함께 오래 살 계획을 세우라는 것이다. 백년해로라는 말이 골동품처럼 취급되는 요즘이지만, 나는 평생 연분은 인간만이 만들어 가는 것이며, 한 사람에 대한 평생의 사랑과 봉사는 여전히 아름다운 가치라고 생각한다.

노인의 귀가 큰 까닭

• • •

누군가 당신의 말을 진지하게 귀 기울여 들어줄 때는 정말 기분이 좋다.
누군가 내 이야기에 귀를 기울이고 나를 이해해 주면,
나는 새로운 눈으로 세상을 다시 보게 되어 앞으로 나아갈 수 있다.

－마셜 로젠버그, 《비폭력 대화》 중에서

　60여 년 전, 아버지 손을 잡고 대구 경북중학교에 입학시험을
보러 갔다. 문득 아버지가 학교 입구에 서 있는 버드나무를 가리
키며 당신이 이 학교에 다닐 때 심은 거라고 하셨다. 나는 버드
나무를 올려다보며 꼭 이 학교에 입학해 아버지가 공부하던 교
실에서 공부해야겠다고 다짐했다. 중학교 입학 후 칠성동에 종
합운동장이 건설되었다. 운동장 둑에 플라타너스를 심는데, 우
리 학교 학생들이 동원되어 나도 몇 그루를 심었다. 훗날 결혼하
여 아버지가 되고 나서 아들과 함께 종합운동장을 찾았다. 나는
플라타너스 앞에서 "이 나무는 아빠가 중학교 다닐 때 심은 거란

다" 하고 말해 주었다.

그런데 아들은 "그래요?" 할 뿐, 내가 왜 자기를 이곳에 데려왔는지 이해하지 못하겠다는 표정이었다. 소년 시절의 나는 아버지가 어린 시절 심었다는 나무를 보고 감동했는데 같은 상황에서 내 아들은 별 느낌이 없었다. 나에게 동기를 부여해 준 아버지의 방식이 내 아들에게는 통하지 않았던 것이다. 부자지간의 정을 근사하게 느끼게 해 주고픈 아비의 마음은 싱겁게 끝나 버렸지만 얻은 것이 있었다. 같은 상황에서도 아들과 내가 느끼는 감정이 다를 수 있다는 점이다.

부모 자식과의 관계만이 아니다. 모든 인간관계가 그렇다. 우리는 내가 느낀 것을 상대도 똑같이 느낄 거라고 쉽게 생각한다. 그 생각이 어긋나면 상대방이 이해가 안 되고 오해를 품게 된다. 오해는 미움으로 변하고, 결국 상처를 주고 관계는 나빠진다. 인간관계의 갈등은 상대가 내 마음을 몰라준다고 생각하는 것에서 시작한다. 다른 사람이 내 마음을 모르는 건 지극히 당연한 것인데도 말이다.

상대의 감정에 이입해 생각하는 것이 공감이다. 또 상대의 입장에서 생각하고 상대가 나와 다를 수 있음을 인정하는 것이 배려다. 공감과 배려의 능력은 인생의 경험과 비례하지만 반드시 그런 것만은 아니다. 오히려 나이가 들면 육체적, 정신적으로 나약해지면서 성격이 수동적으로 변한다. 누군가에게 기대려 하고 자기 중심적으로 생각한다. 자신의 욕구에 반하는 상황에서는 쉽게 노여움을 타기도 한다. 그래서 노인이 되면 어린아이가 된다는 말도 있다. 나이가 들면서 변화하는 이러한 성격적 특징을 알면, 내가 나이가 들었을 때 어떻게 반응하고 행동해야 할지 스스로 제어할 수 있을 것이다. 또 그런 노력이 있어야 배우자나 자녀, 손자 손녀와도 덜 부딪치며 잘 지낼 수 있다.

　손녀딸이 어릴 때였다. 손녀는 나를 좋아하지 않았다. 한집에서 같이 살게 되면서 저녁을 먹으러 가면 싫어하는 내색이 얼굴에 역력했다. 왜 그런가 물었더니 할아버지가 밥을 먹을 때 자꾸 흘린다는 것이었다. 손녀의 눈에는 옷깃에 묻은 밥알을 손으로 떼먹는 할아버지가 지저분해 보였던 모양이다. 나는 밥알을 흘리지 않으려고 조심 또 조심했다. 그러자 처음에는 가족 그림에 고양이는 그렸어도 할아버지는 안 그리던 손녀가 손수 그린 크리스마스카드를 보내왔다. '아무리 어린애지만 밥알 좀 흘렸기로서니 할아버지를 미워하는 게 말이 되는가!'라고 서운해하고 화를 낼 법도 하지만 손녀의 깔끔한 성격이면 충분히 그럴 수도 있다고 생각했다. 할아버지라고 해서 깔끔함에 예외가 되어서는 안 된다고 이해하니 간단한 일이었다.

　나이가 들어 다른 사람과 갈등이 생길 때 가장 좋은 해결 방법은 말하기보다 듣는 것이다. 다른 사람의 말을 들을 때 습관적이고 충동적인 반응을 보이지 않아야 한다. 상대의 말에 귀 기울이고 그 말에서 내가 어떤 감정을 느끼는지, 그리고 내가 원하는 것은 무엇인지 파악한 다음, 내 생각을 솔직하게 말하는 것이 좋다. 가족 사이에서도 서로가 무엇을 원하는지 솔직하게 말하고 적당한 합의점을 찾는 것이 중요하다.

우리 몸에서 귀는 제일 늦게까지 성장한다고 한다. 그래서 노인의 귀는 크다. 귀가 큰 사람이 장수하는 것이 아니라 나이가 들면 자연스럽게 귀가 커지는 것이다. 그런데 귀가 크다는 것은 그만큼 듣기에 치중하라는 의미로 해석할 수 있지 않을까.

이제 그만 자신에게
너그러워져라

• • •

아무것도 변명하지 말라. 아무것도 지우지 말라. 있는 그대로 보고 말하라.
그러면 당신에게는 사실을 새롭게 조명해 주는 것들이 보일 것이다.

─루드비히 비트겐슈타인(영국의 철학자)

예전에 모 일간지에 '나의 이력서'라는 주제로 글을 연재한 일
이 있다. 사회적으로 성공한 사람들이 자기 인생을 돌아보는 내
용이다. 주로 정치인, 기업인들이 많이 썼다. 먼저 연재한 이들의
글을 몇 개 읽어 보니 한 가지 의문이 생겼다. 그들은 자신의 업
적을 나열하고 잘했다고 기록했는데 그들이 공직에 있었던 시기
를 따져 보면 여러 사건이 있었다. 이력서대로라면 그 일들이 잘
처리되어야 했지만 비리가 있는 경우도 있었다. 혼자만 잘했다
고 떠드는 격이었다. 그런 이력서는 읽을 필요가 없다.

지금은 고인이 된, 전 이화여대 총장 김옥길 선생에게 생전에

자서전을 써 볼 것을 권유한 적이 있다. 선생은 자신이 없다고 했다. 일단 쓰게 되면 있는 그대로의 사실에다 무엇이든 보태게 된다는 것이다. 한 가지라도 자신을 좋게 포장하는 건 싫다고 했다. 자서전인데 조금 보태서 쓰는 정도는 괜찮지 않을까, 하는 내 생각이 무색해졌다.

누구도 성공한 삶, 좋은 삶만을 살 수는 없다. 어떤 일도 연속해서 잘 되기는 어렵다. 실수하고 실패하고 잘못을 저지르고, 그러다 간혹 한 번씩 잘될 뿐이다. 지난 삶을 돌아볼 때 어떤 면을 보느냐는 사람마다 다르지만 대부분의 사람들은 좋은 면과 잘한 것만을 기억한다. 특히 잘못이나 실패를 드러내고 공개적으로 말하기란 쉽지 않다.

인생에서 한 번의 실수가 완전한 실패를 뜻하지 않듯, 한 번의 성공으로 성공한 인생을 살았다고 말할 수는 없다. 성공과 실패, 좋은 일과 나쁜 일, 이 모두가 인생을 이루는 작은 일에 불과하다는 생각을 가져야 한다. 그래야 나와 내 삶을 진실하게 바라볼 수 있다. 잘못한 일, 틀린 생각, 오류, 엉터리 이론……. 이런 오점을 알고 자신을 객관적으로 판단하는 사람을 나는 존경한다. 자기의 치부를 이야기할 수 있다면 그는 매우 용기 있는 사람인 것이다.

나이가 들면 자신에게 너그러워져야 한다. 너그러움에는 나의 지난 잘못을 마주할 수 있는 것도 포함된다. 나 자신을 솔직히 바라볼 수 있다면 진짜 제대로 나이를 먹은 것이다.

내 인생의 전반부에 나에게 강의를 들었던 학생과 후반에 강의를 들은 학생은 전혀 다른 내용을 기억하고 있을 것이다. 젊은 시절 나는 학생들에게 내 인생의 좋은 면, 성공 사례만을 주로 이야기해 주었다. 그리고 나이가 들어서는 실패 사례를 많이 이야기했다. 부끄러운 점, 감추고 싶은 점을 있는 그대로 말해 주었다. 그런데 후반부에 내 강의를 들었던 학생들의 호응도가 더 높았다. 학생들은 안도했다. '교수님에게도 저런 모습이 있었구나' 하며 동질감을 느끼고 '나는 그러지 말아야지'라고 결심했던 것이다. 한 번은 내가 사이버 대학 게시판에 글을 올렸는데, 거기에 이런 댓글이 달렸다.

"선생님은 남들이 보기에 치부라고 할 수 있는 걸 어쩌면 그렇게 솔직하게 이야기하나요. 정말 고맙습니다."

세상에서 가장 어려운 세 가지 일은 증오를 사랑으로 갚는 것, 버려진 자를 받아들이는 것, 그리고 자기 잘못을 시인하는 것이라고 한다. 언젠가 잡지에서 인상적인 기사를 읽었다. 자녀들이 아버지가 갑작스럽게 죽자 장례식이 끝난 후 주위 사람들에게 뒤늦게 부고를 전했는데 그 내용이 감동이었다. 아마도 아버지는 생전에 크고 작은 잘못으로 여러 사람에게 피해를 끼쳤던가 보다. 자녀들이 볼 때도 아버지의 잘못은 명백했다. 그래서 아버지의 잘못을 적고 그로 인해 고통을 받은 분들께 자녀들이 대신 사과의 말을 전하는 부고장이었다. 잘잘못에 대한 용서를 구하지 못하고 세상을 떠난 아버지, 그 아버지의 영혼을 조금이라도 편하게 해 드리고 싶은 자녀들의 마음이 의미심장하다.

인생에서 살아온 날보다 살아갈 날이 적은 시점에 이르면 실수와 실패, 잘못된 일들을 돌아보면 좋겠다. 기록으로 남기는 것도 좋다. 후회 혹은 속죄의 고백이 아니다. 있는 그대로의 기록이다. 그게 진짜 회고록이다. 어떻게 살았건 간에 살아온 모든 인생을 솔직하게 내보이는 것이야말로 인생을 멋있게 마무리하는 방법이다. 그러면 홀가분한 마음으로 신 앞에 설 수 있다. 나의 부족했던 삶을 통해 인생 후배들이 많은 것을 배운다면 그 또한 내가 남겨 줄 수 있는 가장 가치 있는 선물이 아닐까.

'그때 나는 왜 그랬을까?'라며
자꾸만 후회하는 당신에게

'그때 다른 선택을 했더라면 어떻게 되었을까.' '그 일이 왜 나에게 일어났을까.' '좀 더 참아 볼 것을……'

누구에게나 나쁜 과거, 아쉬운 기억, 후회가 있다. 나이가 들어 갈수록 회상, 아쉬움, 불만 등 기억의 가짓수는 늘어 간다. 우리는 곧잘 과거 속에 빠진다. 이미 지나간 것이라는 사실을 알면서도 과거는 곧잘 현실을 가로막는다. 불가에 '지금 네가 선 자리를 꽃방석으로 만들라'는 말이 있다. 과거도 미래도 보지 말고, 지금을 보라는 말이다. 그럴 수만 있다면 얼마나 좋겠는가. 하지만 노력해야 한다. 과거는 우리에게 아무것도 주지 않는다. 미래도 마찬가지다. 우리는 늘 오늘을 살 뿐이다.

석불을 보기 위해 경주 남산에 수십 번 올랐다. 그곳에는 오랜 세월 동안 깨지고 헐어지고 사라졌지만 곳곳에 100여 개나 되는 석불이 남아 있다. 신라인들은 왜 이렇게 많은 석불을 만들었을까. 아마도 남산에서 이상향을 꿈꾼 것이 아닌가 싶다. 죽어서 서방정토西方淨土에 갈 게 아니라 현실에 극락을 만들어 놓고, 그곳에 수시로 놀러가 인생의 고단함을 잠시나마 내려놓고 쉬어 갔던 것이다.

과거는 과거다. 살아온 시간이 길수록, 몸이 바쁘지 않을수록 과거 속에 살기 쉽다. 제일 좋은 것은 과거를 잊어버리는 것이지만 완전히 잊기란 불가능하다. 그렇다면 갖고 놀아라. 과거는 심심할 때 잠깐 불러내 가지고 노는 것쯤으로 생각하면 어떠한가.

Chapter 3

마흔 살에 알았더라면
더 좋았을 것들

좋은 기억이란 무엇인가.
기쁜 일이나 행운, 성공, 잘된 일을 말하는 걸까?
아니다. 좋은 기억은 내가 순간순간 만나는
어떤 상황에서 좋은 쪽, 긍정적인 쪽으로
선택하려는 노력으로 만들어진다.

'내 뜻대로 되는 게 하나도 없다'라는
말은 틀렸다

● ● ●

자극과 반응 사이에는 빈 공간이 있다.
그 공간에 우리의 반응을 선택하는 자유와 힘이 있다.
그 반응에 우리의 성장과 행복이 달렸다.

―스티븐 코비, 《의미 있게 산다는 것》 중에서

미국의 한 노인 병원에서 의사로 근무하는 친구가 있다. 이 친구가 환자들에게 '일생 동안 가장 후회되는 것은 무엇인가'에 대해 질문하고 통계를 냈더니, 1위가 '내 마음대로 하고 살 것을……'이었다. 반증하자면, 그동안 원하지 않는 삶을 살았다는 뜻이 된다. 그런데 과연 그럴까?

예전에 아내에게 농담 투로 "내 마음대로 되는 게 하나도 없다"고 투덜거렸더니 이런 답이 돌아왔다.

"종로 한복판에 가서 사람들에게 물어보자. 당신 살아온 이야기 들어보면 다들 당신 마음대로 살았다고 할 거다."

아내 말이 맞다. 남들이 보기에 나는 자기주장이 강한 사람이었다. 내 주장대로 살았다. 하지만 남들이 보는 '나'와 내가 느끼는 '나'의 모습은 다르다. 그 차이 때문에 나는 내 마음대로 살지 못했다고 여기고, 나의 내면을 모르는 이들은 내가 하고 싶은 대로 살았다고 느끼는 것이다.

그러나 크게 보면 사람은 자기 마음대로 살지 못하는 게 당연하다. 우선 태어나는 것부터 내 의사와는 전혀 상관없다. 자신이 원하는 부모와 환경을 골라 태어난 이는 아무도 없다. 또 수많은 타인과 관계를 맺으며 살아간다는 점에서 하고 싶은 것 다 하면서 사는 것은 불가능하다. 로빈슨 크루소처럼 무인도에 혼자 살지 않는 한 말이다. 다만 타인과의 관계망 속에 서로 영향력을 주고받고, 그 가운데에서 나의 행동을 결정지으며 살아갈 뿐이다. 그 행동 하나하나에 나의 의지가 얼마나 들어갔느냐에 따라 내 마음대로 살았다, 못 살았다가 좌우되는 것이다.

아내의 말처럼 나는 내 마음대로 하면서 살았다. 나는 어린 시절 장티푸스에 걸려 죽을 뻔한 후 어머니의 과보호 속에 성장했고, 자라는 동안 정신적인 억압을 받았다. 그러나 그 억압에서 벗어나기 위해 고뇌하고 애쓰며 결국 내 의지대로 삶을 이끌어 간 것이 아닌가 싶다.

몸이 허약해 동네 건달들에게 이유 없이 자주 맞아 모멸감을 느꼈던 때는 당수(가라테)를 배워 거리를 활보하고 다니기도 했다. 4·19 혁명과 군사독재라는 시대의 격랑을 통과하며 경북대학교 의과대학 학생회장으로 시위를 주도해 체포되었다. 그런데 감옥 안에서 나는 내 마음의 밑바닥을 들여다보고 앞으로 어떻게 살아갈지에 대해 모색하며 오히려 의미 있는 시간을 보냈다.

꿈에 그리던 히말라야에 갈 기회가 생겼지만 아이젠이 없어 난감했을 때는 대장간을 찾아다니며 운동화에 쇠침을 덧대어 '핸드메이드 아이젠'을 만들어 가져갔다. 정신과 의사가 되고 나니 의료 환경이 얼마나 척박했는지 제대로 읽을 만한 의학서가 없었다. 그래서 직접 외국 서적들을 번역하여 공부했다.

지난날을 생각해 보면 나는 하고 싶은 일이 있으면 꼭 장애물을 만났다. 그리고 그 장애를 넘는 데 안간힘을 썼다. 그런 점에서 나는 내 마음대로 살았다고 할 수 있지 않을까. 인생은 내가 가고 싶은 길 앞에 기차 레일을 착착 깔아 주지 않는다. 혹 정해진 기차 레일이 있다면 오히려 나를 엉뚱한 곳으로 데려갈지 모르니 조심해야 한다. 하고 싶은 일을 가로막는 장애물을 넘어서고 이겨낼 때 비로소 진짜 원하는 것을 갖게 된다. 그런 사람만이 '내 마음대로 살았다'고 말할 자격이 있는 것은 아닐까.

나이가 들어 '내 마음대로 살지 못했다'고 생각하는 것은 삶에 대한 후회보다는 아쉬움이다. 순간순간 내린 나의 선택이 쌓이고 쌓여 만들어지는 게 인생이기에 그때 다른 선택을 했다면 인생이 달라지지 않았을까, 생각하는 것이다.

보통 시도해서 잘못된 일보다 하지 못한 일에 대한 후회가 더 큰 법이다. 하지만 나이가 들면 내 마음대로 살지 못한 것에 대한 후회보다는 '좀 더 잘할 수 있었는데 그렇게 못했네. 그래도 괜찮아' 하면서 지난 삶을 긍정하고 만족해야 한다. 결국 누구나 자기 하고 싶은 대로 살았기 때문에 오늘에 이른 것이니까 말이다.

여기서 '내 뜻대로 산다'는 것의 의미를 정리해 보자. 보통 내 마음대로 사는 것이란 하고 싶은 것을 다 하고 사는 것이라고 생각한다. 간섭이나 제재 없이 자유롭게 행동하고 말하는 것이라고 여긴다. 그 속엔 내가 꿈꾸는 삶이 저절로 쉽게 이루어지길 바라는 속내도 있다. 사실 누구나 이렇게 살고 싶다.

그러나 하고 싶은 대로 산다는 것의 진정한 의미는 내가 살고 싶은 삶을 만들어 가는 노력을 뜻한다. 인생에서 크고 작은 장애를 만났을 때 의지를 발휘하고 이리저리 머리를 굴려 극복하는 것이다. 무엇에도 굴복하지 않고 삶을 원하는 방향으로 이끄는 노력이 내 뜻대로 사는 것이다. 그러니 "내 뜻대로 되는 게 하나도 없어!"라고 투덜대기 전에 내가 충분한 노력을 기울였는지 돌아볼 일이다.

'긍정'이란 말의 의미를 잘못 알고 있는 사람들에게

내 젊은 시절 사진을 보면 좀 강한 인상이다. 큰 키에 눈썹은 짙고 입술은 굳게 다물었다. 그런데 시간이 흐를수록 점점 부드러워지더니 이젠 흰 수염만 붙이면 영락없는 산타클로스다. 나이 들면서 찍은 사진 속의 나는 눈과 입에 늘 웃음이 묻어 있다.

긍정하고 만족하고 감사하면 자연스럽게 편안한 얼굴이 만들어진다. 누구나 아는 사실이다. 그러나 보통 '긍정'이라 하면 모든 걸 그대로 받아들이는 것으로 오해한다. 긍정이 나쁜 것도 무조건 좋게 받아들이라는 의미가 절대 아니기 때문이다. 즉 긍정은 모든 걸 좋다고 생각하는 것이 결코 아니다.

진정한 긍정은 일단 나에게 일어난 상황을 수긍하고 그 다음 해결책을 찾는 것이다. 삶이 좋은 쪽으로 흐르도록 하는 에너지다. 나에게도 늘 좋은 일만 일어나지 않을 것이라는 사실을 깨닫는 것이다. 이런 자세가 있다면 나쁜 일이라도 최악으로 흐르지 않도록 내 마음과 행동을 움직일 수 있다.

누구든 아침에 일어나면 몸이 무겁다. 습관적으로 출근 준비를 서두르고 있다면 잠깐, 오늘 하루를 어떻게 보낼지 생각해 보라. 긍정적인 사람은 오늘 좋은 일이 있을 거라 믿는다. 그러나 진정한 긍정의 고수는 오늘 어떤 일이 일어나든 잘 견딜 것이라고 생각한다. 그 생각이 하루를 결정할 것이다. 그 하루가 모여 평생이 된다.

부모가 아이에게 남겨 줄 수 있는
최고의 재산

● ● ●

모든 도시와 건축은 사라지게 마련이다.
세운 자의 영광을 나타내기 위해 아무리 튼튼하게 지었다고 해도,
중력의 힘에 의해 반드시 건축과 도시는 무너지고 만다. (중략)
영원한 것은 우리가 같이 그곳에 있었다는 사실이며 그 기억만이 진실한 것이다.

—승효상, 《오래된. 것들은. 다. 아름답다》 중에서

내가 공부하는 사이버 대학 게시판에 어린 시절 이야기를 올
리자 반응이 좋았다. 동네에 부랑아로 떠돌던 '미친 여자'를 집
으로 불러 밥상을 차려 준 어머니, 초등학교 보건 체조 시간에 허
리를 뒤로 젖힐 때마다 눈이 마주치던 여학생, 병원 침대에 누워
보고 싶어 자동차에 치어 봤으면 좋겠다고 생각했던 철없던 이
야기 등 특별한 사건은 아니었다. 누구나 어머니에 관한 따뜻한
에피소드가 있고, 어느 동네에나 미친 사람이 있었으며, 생각만
해도 가슴 뛰는 첫사랑이 있었을 것이다. 다만 내 이야기가 스위
치가 되어 그들의 뇌 어딘가에 잠자고 있던 어린 시절의 추억들

이 새록새록 생각났던 것이리라. 안톤 슈낙의 수필집 《우리를 슬프게 하는 것들》에 나오듯, 어린 시절의 모든 이야기는 별처럼 인생에서 빛난다. 잡을 수는 없지만 반짝이는, 보는 것만으로 따뜻해지는 무엇.

옛날 생각이 자주 나는 걸 보면 나도 늙었음을 인정하지 않을 수 없다. 어느 날 문득 용수철처럼 튀어나온 기억들은 웃음을 짓게 하고 마음을 안정시키고 그로 인해 내 주위를 훈훈하게 만든다. 삶은 작은 이야기의 연속이다. 시시껄렁해 보이는 작은 이야기들이 모여 인생의 큰 무늬를 이룬다. 그러니까 매 순간 열심히 살아야 한다는 뻔한 이야기를 하려는 게 아니다. 다만 좋은 기억을 많이 만들면서 살아가라는 것이다.

좋은 기억이란 무엇인가. 기쁜 일이나 행운, 성공, 잘된 일을 말하는 걸까? 아니다. 좋은 기억은 내가 순간순간 만나는 어떤 상황에서 좋은 쪽, 긍정적인 쪽으로 선택하려는 노력으로 만들어진다. 언제부터인가 나는 순간순간을 즐거운 쪽으로 생각하고 만들어 가려 했다. 일이든 공부든, 취미나 봉사든, 모두 내가 즐겁게 살기 위한 쪽을 선택했다.

마흔 살 넘어 재형저축 적금을 탔다. 1973년 이화여대로 이직한 뒤 월급에서 의무적으로 불입금이 빠져나갔는데, 그동안 죽 잊고 있다가 만기가 된 것이다. 1983년에 천만 원이란 공돈이 생긴 셈이었다. 돈을 들고 찾아간 곳은 여행사였다. 그리고 천만 원어치 여행 계획을 짜 달라고 부탁했다.

나는 결혼할 때 예식장 빌리기도 어려울 만큼 돈이 없었다. 그래서 텐트 안에서 첫날밤을 지내며 아내에게 말했다. "돈 벌면 우리 세계 일주하자!" 두 사람 다 가난했으니 무슨 말인들 못할까. 나로서는 아내를 즐겁게 해 주고 싶은 마음뿐이었다. 그런데 그 막연한 약속을 지킬 수 있게 되었으니 신기하고 놀라웠다.

나는 아내와는 상의도 없이 일을 저질렀다. 부동산 투기가 붐을 이루던 당시, 천만 원은 변두리에 소형 아파트 한 채를 살 수 있을 만큼 큰돈이었다. 집을 사서 세를 놓으면 부수입도 괜찮을 테고 노후 보장도 할 수 있었을 것이다. 하지만 내 머릿속은 즐거운 상상으로 가득했다. 나는 아내 모르게 여행 계획을 세웠다. 당시 딸아이가 고등학교 3학년이어서, 아내는 나를 기막히다는 듯한 눈빛으로 쏘아보았지만 결국 따라나섰다. 그렇게 우리는 40일 동안 온 유럽을 돌아다녔다. 근사한 호텔에서 잠을 잤고 사진으로만 보던 명화들을 감상했다. 파리 개선문 옆에서 돗자리를 펴고 앉아 나눈 이야기는 끝날 줄 몰랐다. 그렇게 천만 원을 다 썼다.

여행에서 돌아온 뒤 돈은 가뭇없이 사라졌다. 그러나 후회는 없었다. 아내와 나에게는 여행의 즐거움과 기억들이 남았다. 가끔 나는 아내에게 이렇게 묻곤 했다.

"아파트 투자해서 얼마 더 버는 게 낫나? 지금 이 즐거운 기억을 갖고 살아가는 게 낫나?"

그때마다 아내는 빙그레 웃을 뿐이었다.

아이들에게도 나름대로 즐거운 기억을 심어 주려 애썼다. 결혼하고 처음으로 갖게 된 내 집. 작은 집이었지만 나는 아이들 방을 손수 꾸며 주었다. 잠수함 모양으로 꾸미고 천장을 뚫어 지붕으로 연결하는 봉을 세웠다. 어린 시절 내가 살던 대구의 우리 집 마당에는 큰 감나무가 있었다. 감나무를 타고 올라가면 대구 시내가 훤히 보였다. 높은 곳에서 내려다보는 풍경은 신기했다. 막힌 가슴이 탁 트였다. 감나무는 어머니의 과보호 속에 오로지 집과 학교만 오가던 나에게 유일한 안식처가 되었다. 아마도 내 아이들 방에 천장을 뚫어 하늘을 볼 수 있게 한 것은 어린 시절 기억 때문이었을 것이다. 봉을 잡고 올라가면 먼 곳까지 보였고 밤에는 별이 방안으로 쏟아졌다. 장남이 천문학자가 된 것도 어찌보면 우연은 아니었던 듯하다. 부모로서 풍족하게 해 주지는 못했지만 자식들에게 행복한 기억을 남겨 주려 애썼던 것만은 좋은 추억으로 남아 있을 테니 다행이다.

일본의 자녀교육 전문가 가나모리 우라코가 말했다.

"부모가 자식에게 남겨 줄 수 있는 최고의 재산은 물질적인 것이 아니라 바로 '내 부모는 정말로 행복하고 즐거운 삶을 살았다'고 느끼는 것이다."

삶의 좋은 기억은 나의 선택으로 만들어진다. 이제 나는 내 삶의 마지막 모습이 나쁘게 기억되지 않기를 바랄 뿐이다. 그래서 노화로 인한 아픔도 자연스럽게 받아들이고 게으르지 않으려 노력하며 즐거운 모습을 보여 주는 것이다. 자식들에게 훌륭하지는 않더라도 즐겁고 행복한 삶을 살았던 아버지로 기억되었으면 해서 말이다.

훗날 내가 세상을 떠난 뒤에도 아들, 딸, 며느리, 사위, 손주들이 나의 기일에 모여 맛있는 음식을 먹으면서 아버지이자 할아버지인 내 이야기를 나누기를 바란다. 다들 바빠서 한자리에 모이기 힘든 세상인데, 나의 죽음을 계기로 자녀들이 모인다면 얼마나 좋은가. 그날 인간 이근후에 대한 기억을 자식들 나름대로 퍼즐 조각처럼 맞춰 보고 웃음을 터뜨리면 좋겠다. 나의 좋은 면이나 재미난 추억거리를 말해도 좋고 험담을 해도 좋으리라. 이야기가 깊어지면 각자가 처한 삶의 어려움을 형제들과 나눌 것이다. 그런 이야기들이 힘든 세상을 살아가는 따뜻한 힘이 되지 않을까. 상상만 해도 마음이 흐뭇해진다.

내가 누구인지 알게 되면
다른 사람과 경쟁할 필요가 없다

● ● ●

"어째서 우리는 자신의 마음에 귀를 기울여야 하는 거죠?"
"그대의 마음이 가는 곳에 그대의 보물이 있기 때문이지."

—파울로 코엘료, 《연금술사》 중에서

정신과 의사이자 베스트셀러 작가로 유명한 이시형 박사는 나의 중·고등학교 1년 선배다. 직업마저 같은 우리의 인연은 참으로 깊고 오래되었다. 한때 언론에서는 이시형 박사와 나를 한자리에 불러 대담을 하게 했다. 서로 상반되는 점을 드러내어 경쟁 아닌 경쟁을 붙여 보려는 의도였다. 모 신문사에서 이시형 박사에게는 한국 여성의 심리를, 나에게는 남성의 심리를 분석하게 하여 2년 동안 번갈아 연재한 일도 있다.

어떤 이들은 대놓고 나에게 이시형 박사의 사회적 성공을 어떻게 생각하느냐고 물었다. 잘나가는 친구에게 질투를 느끼지 않느냐는 속내였다. 솔직히 이 박사와 나는 서로를 너무 잘 알기에 경쟁은커녕 서로를 깨끗이 인정하지 않을 수 없는 사이다. 이 박사는 대중적으로 성공할 요인을 충분히 갖고 있었다. 그것은 나에게 없는 장점이었으니 그의 인기와 성취는 그의 것이라고 나는 진작 인정했다.

이시형 박사는 굉장히 창의적이고 실리적인 면이 강하다. 20대에 공군에 자원한 그가 훈련 중 일본 도쿄 비행장에서 자신이 타고 온 비행기가 출발해 버리자 미 공군 극동사령부에 직접 연락하여 다음 비행기를 탄 일이 있다. 일개 하급 장교의 행동 치곤 군법 회의감이었다. 누구도 상상하지 못한 일이지만 그는 문제 해결을 위해서는 그것이 가장 빠른 방법임을 알고 행동에 옮겼다.

이 박사가 미국 예일대학교에서 공부를 마치고 한국에 들어왔을 때 이런 에피소드도 있다. 당시 학계는 유학파들에게 배타적이었다. 학회에서 A교수가 이 박사가 마음에 안 든다는 투로 말하기에 왜 그러느냐 했더니 "건방져. 코가 크잖아!"라고 했다. 이런 불편한 감정은 단번에 풀어야 하기에 마침 지나가는 이 박사를 불러 A교수에게 소개했다. 학교 1년 선배고, 미국에서 갓 돌아왔으니 많은 도움을 주시라고 했다. A교수도 어색한 상황을 무마하려고 "내가 이근후 교수에게 당신 코가 커서 건방지다고 흉 좀 봤소" 하고 털어놓았다. 그러자 이 박사가 이렇게 말했다.

"건방져서 죄송합니다. 그런데 코를 대패로 깎을 수도 없고 어떻게 할까요?"

순간 우리 셋은 모두 웃음을 터뜨렸다. 이런 뒤끝 없는 그의 태도가 많은 사람들의 사랑을 받은 까닭이다.

이 박사는 돈에 대해서도 정확했다. 30년 전만 해도 작가나 교수가 원고료 운운하며 먼저 말을 떼기란 참 껄끄러웠다. 돈만 밝힌다는 소리를 듣기 딱 좋았다. 나는 단지 글 쓰는 게 좋아 원고료는 주는 대로 받고, 안 주면 안 받았다. 그런데 한 번은 기자들이 평소와는 다르게 "선생님, 원고료는 어떻게 드릴까요?" 하고 묻기에 이상하다 했더니, 앞서 이시형 박사가 원고료를 얼마 달라고 당당하게 요구했다는 것이다. 내가 제대로 원고료를 받기 시작한 것은 모두 이 박사 덕분이다.

이 박사 또한 나를 아주 잘 알고 있다. 한 번은 나의 제자들이 내 흉을 보는 것을 이 박사가 우연히 듣고는 "너희는 스승을 전혀 모르고 있으니 정신과 의사를 할 자격이 없다!"고 나무랐다. 생명을 다루는 직업인 만큼 늘 바짝 긴장해야 하는 것이 의대의 면학 분위기였지만 나는 누구보다 자유로운 학습을 강조했다. 이 때문에 제자들이 나를 허술하게 보고 험담을 한 모양이다. 이 박사는 나의 헐렁한 성격 뒤에 감춰진 치밀함을 알고 있었기에 제자들에게 스승의 심성도 파악하지 못한 주제에 무슨 정신과 의사를 하려느냐고 충고했던 것이다.

서로에 대해 이렇듯 잘 알고 있으니, 경쟁이니 질투니 하는 세간의 이목은 부질없었다. 앞서 말했지만 창의적이고 실리적인 성품은 그가 성공한 요인이다. 오늘날 일반인들이 심리학과 정신의학에 쉽게 접근하도록 물꼬를 튼 장본인도 이시형 박사다. 그의 유명한 저서 《배짱으로 삽시다》에서 보듯, 눈치나 체면보다 자기답게 사는 게 훨씬 중요하다. 그가 말하는 배짱이 무엇인가. 바로 자기를 사랑하는 마음이다. 내가 나를 사랑한다는데 다른 사람 눈치를 왜 보겠는가. 인생의 성공은 결국 자신을 얼마나 사랑하느냐로 판가름 난다는 사실을 그는 대중에게 쉽게 설파했다. 또 그 자신이 스스로의 삶을 통해 보여 주었다.

나를 사랑하면 주관이 세워진다. 타인과 세상의 눈치를 보지 않고 소신껏 말하고 행동하게 된다. 누구와도 경쟁할 필요가 없다. 내가 할 수 있는 일, 해야 하는 일에 집중할 뿐이다. 자신을 사랑하는 법을 알려면 먼저 자신이 누구인지 알아야 한다. 진정으로 자기가 누구인지 알면 인생은 훨씬 쉬워진다. 어떻게 살아야 하는지 스스로 기준을 정할 수 있기 때문이다.

나의 경우 대학에 들어가면서 '나'에 대해 객관적으로 돌아볼 수 있었다. 어머니의 지나친 보호 아래 어린 시절을 보낸 나는 늘 어머니의 그늘에서 벗어나려고 발버둥쳤다. 그러나 쉽지 않았다. 어머니의 뜻에 반대로 행동하는 게 고작이었다. 바다에 가지 말라고 하면 산을 오르는 식이었다. 대학 시절 몸을 사리지 않고 시위에 적극적으로 가담한 데는 이런 이유도 있었다. 결국 4·19 때 시위 주동자로 잡혀 감옥에 갔다. 같은 방에 도둑과 사형수가 있었다. 그런데 징역 10개월을 선고 받은 도둑은 분노에 차 하루 빨리 나갈 날만을 손꼽아 기다리는 반면, 사형수는 세상의 모든 도를 터득한 듯 수도승처럼 지냈다. 더 억울한 사람은 도둑보다 사형수였을 것이다. 그들을 보며 인간이란 존재와 삶이란 무엇인지 진지하게 고민했다. 이것이 진로를 정신과로 정하게 된 계기였다. 정신과를 전공하고 정신분석 공부를 하면서 나는 나를 알게 되었고, 내 안의 상처를 스스로 치유했다. 어머니의 품 안에서 벗어나고자 했던 억압에서 자유로워질 수 있었다. '나'라는 사람을 비로소 알았기에 가능한 일이었다.

나 자신을 모르면 타인의 기준에 맞춰 살게 된다. 세상의 잣대에 나를 맞추면서 타인과 경쟁한다. 그 경쟁에서 이겨야 좋은 인생, 성공한 인생이라고 착각하게 된다. 남과 경쟁하여 이기려는 것에서 성취욕과 즐거움을 찾지만 그 기쁨은 오래가지 못한다. 경쟁은 끝이 없기 때문이다.

나를 모른 채 남과 경쟁하는 데만 에너지를 쏟다가 삶의 마지막에 이르러서야 '내가 왜 그렇게 살았을까' 후회하는 이들이 주위에는 아주 많다. 그 후회가 닥치기 전에 한번, 내 마음대로 살아 봐라. 내 마음대로 산다는 것은 나를 안다는 것이다. 내가 누구인지 알면 내 삶의 리더가 된다.

내 삶을 누가 리드했느냐에 따라 삶의 성공이 결정된다. 누가 알아주기를 바라는 삶이 아니라 내가 좋아서 살아가는 삶이 되어야 한다.

또 하나, 다른 사람과 경쟁하려는 생각을 멈추면 나처럼 이시형 박사와 같은 좋은 동반자를 얻게 된다. 이 박사와 나의 공통점은 각자의 삶과 일을 사랑했다는 점이다. 이시형 박사를 알게 된 지 반세기다. 동시대에 태어나 같은 분야에서 각자의 방식대로 일하며 서로에게 좋은 영향을 끼칠 수 있었으니 참 고마운 일이다.

내가 지나온 삶을
후회하지 않는 이유

· · ·

내 인생은 순간이라는 돌로 쌓은 성벽이다. (중략) 나는 안다.
내 성벽의 무수한 돌 중에 몇 개는 황홀하게 빛나는 것임을. 또 안다.
모든 순간이 번쩍거릴 수는 없다는 것을. 알겠다. 인생의 황홀한 어느 한 순간은
인생을 여는 열쇠 구멍 같은 것이지만 인생 그 자체는 아님을.

—성석제, 《번쩍하는 황홀한 순간》 중에서

의사들은 누구나 '혹 나 때문에 환자가 잘못된 것은 아닐까?'
하는 스트레스가 있다. 진찰을 잘못하지 않아도 '혹 그때 내가
이렇게 했으면 달라지지 않았을까?' 하고 생각한다. '내가 오른
손으로 악수를 했는데, 만약 왼손으로 악수했다면 살았을 수도
있다'라고 생각하며 괴로워하는 식이다. 이런 '하얀' 죄의식을 평
생 느끼며 살아야만 하는 것이 의사의 운명이다.

의사는 포기가 빠르다. 판단이 빠르다는 뜻이다. 환자의 상태
를 보고 회복 가능성의 여부를 빨리 진단한다. 의사는 막연한 기
적에 희망을 거는 것보다 현실적인 치료를 더 중요하게 생각하

기 때문이다.

정신 질환은 마음을 수술하는 것이다. 찢어진 피부는 꿰매고 세균 감염에는 항생제를 쓰면 되지만, 마음이 아픈 것은 치료 과정이 훨씬 복잡하다. 사람의 마음은 신체와 달리 백이면 백 사람이 모두 다르다. 55니 66이니 옷 사이즈처럼 규격화할 수 없다. 치료 방법은 철저히 개인 맞춤형이어야 한다. 보통 의사의 고충과는 또 다른 어려움이다.

안나 프로이트는 정신분석학의 대가인 프로이트의 딸이자 정신과 의사다. 가까이 지내는 선배 의사가 영국에서 그녀를 만나고 와서 이런 이야기를 들려주었다. 그녀는 정신 질환을 앓는 어린이를 잔뜩 모아 놓고 치료 중이었다. 그런데 아이들의 증세가 심각해 사람으로 보이지 않을 정도였다. 선배는 답답한 마음을 감추고 안나에게 물었다.

"이 아이들은 완치가 가능합니까?"

그녀가 대답했다.

"아니요. 나는 의사로서 할 수 있는 가장 좋은 방법으로 치료를 해 줄 뿐입니다."

나의 진료 원칙도 안나 프로이트와 비슷하다. 아무리 심한 정신장애 환자라도 그들의 인식 수준에서 느낄 수 있는 기쁨과 즐거움이 있다. 그 기쁨을 찾아 주는 일이 정신과 의사로서 내가 할 수 있는 일이다.

만성 정신 질환자들을 수용한 병원에서 만난 K는 20년 넘게 말을 하지 않는 환자였다. 젊은 정신과 의사들은 회복 불가능한 환자라며 그를 상담조차 하지 않았다. 나는 그가 좋아하는 먹을거리를 사 놓고 그를 기다렸다. 멀뚱한 표정으로 나를 바라보기만 하던 그는 차츰 나와 이야기를 나누면 맛있는 음식을 먹을 수 있다는 걸 알게 되었다. 그가 입을 열기까지 무려 2년이 걸렸다. 그리고 내가 그 병원을 그만둘 쯤에 그는 옆에 있던 환자가 무슨 말을 했는지 일러바칠 정도로 말이 많아졌다. 물론 K가 사회로 나가 보통 사람처럼 살 수는 없다. 그러나 그는 비록 병원이라는 한정된 공간이지만 나 아닌 다른 사람들과 이야기를 나눌 수 있게 되었다. 지금까지와는 전혀 다른 차원의 세계에서 살게 된 것이다. 그것만으로도 나의 치료는 성공이라고 할 수 있지 않을까.

또 다른 환자는 지구가 곧 멸망한다는 정보를 우주 밖에서 전달 받았으며 곧 자신을 태울 우주선이 도착할 것이라고 했다. 그는 감시 받고 있다면서 늘 주위를 살폈고 사람을 믿지 못했다. 나는 그의 얘기를 진심으로 경청했다. 한 번씩 질문을 던지기도 했다. 그러던 어느 날 그는 아주 조심스럽게 내 귀에 속삭였다. "이 박사님도 우주선에 태워 드리겠습니다. 그러나 절대 다른 사람에게는 이 사실을 말해서는 안 됩니다." 그래서 나는 알았다고 말했다. 나에 대한 믿음이 생긴 것이다.

50년 동안 헤아릴 수 없이 많은 환자를 진료해 왔다. 보통 상식으로 이해하기 힘든 이상한 사람도 만났고, 말도 뜻도 아무것도 통하지 않는 그야말로 '벽'이라고밖에 할 수 없는 이들도 꽤 있었다. 그들 모두, 환자와 가족들이 원하는 한 끝까지 진료했다. 후회는 없다. 매번 완치 불가능성에 속상해하며 의사로서 죄의식을 느껴야 했다면 아마 나부터 정신과 치료를 받아야 했을 것이다.

모든 환자에게 100퍼센트 정상인처럼 행동하는 완치를 기대하기보다, 어떤 환자에게는 단지 조금 나아지는 것이 100퍼센트일 수도 있다는 사실을 받아들였기에 환자를 진심으로 대할 수 있었다. 결과가 불만족스럽다고 해도 내가 할 수 있는 만큼 하는 게 더 중요한 것이다.

그래서 그런지 후회는 없다. 인생도 마찬가지다. 지나온 삶을 돌이켜 보면 더 잘 할 수 있었을지도 모른다는 아쉬움은 잠깐씩 들지만 후회하지는 않는다. 나는 그때 내가 할 수 있는 만큼은 분명히 했다. 그것으로 된 것이다.

순간순간 뭔가 부족한 듯 느껴지고 잘한 것인지 의심스럽더라도, 내 몫의 주어진 일을 거부하지 않고 해냈다면 나이 든 뒤에 돌아보는 삶은 그런대로 만족스럽다. 마치 어려운 책을 끝까지 읽은 뒤 마지막에 이해되듯이…….

나이 들수록 사소한 분노를
잘 다스려야 한다

• • •

누군가 너를 화나게 했는가? 그것은 네가 그것을 화나는 일로
받아들였기 때문이다. 누군가 너의 감정을 자극했는가?
그것은 네가 그 일을 기분 상하는 일로 판단했기 때문이다. (중략)
단지 외부에서 일어나는 어떤 일 때문에 너의 감정에 불을 붙이고
습관처럼 그 감정에 이끌려 행동하지 말라.

—에픽테토스, 《삶의 기술》 중에서

얼마 전 지하철에서 70대 노인과 60대 젊은 노인이 좌석 문제
로 주먹다짐을 했다는 기사가 신문에 실렸다. 기자가 보기에는
연세 지긋한 노인들이 그깟 자리 때문에 치고받고 했다는 사실
이 황당하게 느껴졌나 보다. 나이 들면 참을성도 많고 모든 걸 긍
정하며 감정을 잘 다스릴 거라고 생각하지만 누구나 그런 것은
아니다.

어린애처럼 사소한 것에 쉽게 화를 내는 사람들이 우리 주위에
는 아주 많다. 그들은 어른 말을 듣지 않는 젊은이를 못마땅해하
거나 노인을 무시한다고 혀를 찬다. 부모를 먼저 생각하지 않는

자식들을 야속해하고 자기들끼리 맛있는 걸 먹고 왔다고 서운해하기도 한다. 그런 감정들이 차곡차곡 쌓여 있다가 어느 순간 폭발하면 그야말로 '늙은이의 심술'로 드러나게 되는 것이다.

'곱게 나이 먹어야지' 하는 말 속에는 나쁜 감정을 드러내지 않고 모나지 않은 행동으로 가족과 주위 사람들에게 폐를 끼치지 않겠다는 뜻이 담겨 있다. 곱게 나이 드는 것은 하루아침에 이뤄지지 않는다. 젊을 때부터 꾸준히 감정 관리를 해야 한다.

인간은 때로 큰 불행보다 오히려 일상에서 일어나는 작은 감정들에 쉽게 휩쓸린다. 이를테면 기분 나쁨, 짜증, 분노, 화에 휩쓸려 하루를 망치고 나아가 일생을 원하지 않는 쪽으로 흘러가게 만든다. 그러니 곱게 나이 들기를 원한다면 시시때때로 부딪치는 작은 감정들을 잘 다룰 수 있어야 한다.

환자 A씨가 생각난다. 부모에게 폭언을 퍼붓고 폭력을 휘두르다가 병원에 실려 왔다. 그는 평소에도 쉽게 화를 내고, 화가 나면 물불을 가리지 못하는 성격이었다. 얼마간의 치료를 받고 안정을 되찾은 다음 "왜 그렇게 화가 나세요?"라고 물었다. 그는 자신도 모르겠다고 답했다. 사실 모르겠다는 그 말이 정답이다. 알면 고치면 되기 때문이다. 내 마음을 어지럽히고 내 정신을 흔들어대는 화. 인생의 어느 시기에는 화에 대해 진지하게 생각해 보아야 한다. 그것은 젊을수록 좋다.

일반적으로 화의 원인은 쉽게 알 수 있는 것과 왜 내가 화를 내는지 알 수 없는 것, 두 가지로 나뉜다. 전자는 대개 주변 상황과 관계되어 있다. 예를 들어 시끄러운 소리를 싫어하는 사람에게 소음은 화나게 만드는 요인이다. 더위를 참지 못하는 이에게 더위는 짜증을 일으킨다.

반대로 화의 원인이 합당하지 않거나 왜 그런지 알 수 없다면 대부분 내면적인 심리에 문제가 있다. 과거에 해결되지 않은 마음의 상처가 잠재되어 있다가 현재에 비슷한 경험을 하게 되면 아주 사소한 자극에도 내면의 분노가 튀어나와 쉽게 화내고 공격적인 행동을 보인다.

이런 두 가지 형태의 원인을 염두에 두고 화의 이유를 생각해 보자. 분노는 약이 오르는 것처럼 아주 가벼운 정도에서부터 몸을 가누지 못할 정도의 격노까지 다양하게 나타난다. 먼저 자연스러운 생리적, 정신적 욕구에 만족하지 못하고 좌절하면 분노가 일어난다. 신나게 빨고 있는 젖병을 빼앗으면 아기가 짜증을 내듯 사람은 누구나 욕구가 좌절되면 바로 분노로 연결된다. 분노를 일으키는 장애물은 사람이나 어떤 사건일 수도 있다. 아니면 자신의 신체적인 불만이 이유가 되기도 한다.

두 번째로 자존심에 상처를 받으면 분노가 일어난다. 사람들 앞에서 창피를 당해 본 이라면 어떤 느낌인지 알 것이다. 다른 사람에게서 거절을 당하거나 부당한 질책, 비난을 받은 경험도 쉽게 분노로 연결된다. 개인의 자존심에 위협을 받거나 상처를 받으면 분노가 일어나는 것이다.

세 번째 분노는 보고 배우는 경우가 많다. 자기 자신의 분노도 있지만 이를 표현하는 과정에서 타인의 분노 표현 방식이나 다른 상황에서 자신이 분노했던 방식을 모방하고 학습하는 것이다.

분노가 표출되는 방식은 사람에 따라 다르다. 성격이 분노 표현에 영향을 미치기 때문이다. 화가 나면 남을 해치는 사람이 있는가 하면, 어떤 이는 스스로를 못살게 하는 등 자학한다. 대부분의 사람들은 분을 이기지 못해 움츠러들거나 안으로 분을 돌려 자신을 괴롭힌다. 자신에게 향한 분노는 종종 자살로 이어진다.

그렇지 않으면 분노를 보다 쉽게 표출할 수 있는 대상에게 분을 푼다. 우리 속담에 '종로에서 뺨 맞고 한강 와서 눈 흘긴다'는 말이 있듯이, 자신의 분노를 자기보다 약한 이들에게 전가하는 것이다. 사람이 아닌 애완동물에게 공격적인 행동을 하기도 한다. 뭐니뭐니 해도 분노 표현의 극치는 살인이다. 좌절감을 안겨준 당사자나 분노를 유발시킨 대상을 죽임으로써 분을 푼다.

《법구경》에는 "애욕보다 더한 불길이 없고 성냄보다 더한 독약이 없다"고 쓰여 있다. 셰익스피어의 고전 《오셀로》에서 오셀로 장군은 아내가 부정을 저질렀다고 오해하고 분노에 눈이 뒤집힌 나머지 아내를 목 졸라 죽인다. 나중에 모략이었음을 깨달은 그는 스스로 목숨을 끊고 만다. 억제하지 못한 한순간의 분노가 그의 삶을 비극으로 끝나게 만든 것이다. 순간의 사소한 감정을 절제하지 못해 불행한 사건으로 확대되는 일은 우리 일상에서도 수없이 일어난다.

그렇다면 어떻게 타오르는 분노를 다스릴까. 첫째로 참는 힘을 길러야 한다. "참을 인忍 자 셋이면 살인도 면한다"는 속담처럼 화를 삭이는 처방은 바로 참는 데 있다. 시간이 약이라고 했다. 화를 누르고 참는 동안에 올바른 이성적인 판단을 할 수 있게 된다. 화가 치밀었을 때 바로 행동하면 결국 후회만 남는다. 일단 참는 연습을 먼저 해 보자. 한 템포 늦추어 행동하는 습관을 들이는 것이다.

둘째, 스스로 자존하는 힘을 키워야 한다. 자존감이 낮기 때문에 자격지심으로 분노하는 경우가 많다. 아무리 주위에서 자신을 존중해 준다고 해도 스스로를 존중하는 힘이 약하면 쉽게 분한 마음이 일어나게 된다. 그릇이 부실하면 물이 잘 담기지 않는 것과 같은 이치다. 안 담기는 물이 죄가 아니라 부실한 그릇이 잘못이다.

셋째, 분노를 직면하고 인정하며 그 원인을 생각해 봐야 한다. 대부분 분노를 일으킨 원인이 자신의 바깥에 존재한다고 믿지만, 알고 보면 내면적인 문제와 연관될 때가 더 많다.

석가모니는 말했다. "고요한 마음에는 분노가 없다. 스스로 그 목숨의 정열을 제어하고 평등한 지혜의 선정으로 해탈하면 다시는 마음속에 분노가 일지 않는다." 참으로 맞는 말이다. 하지만 참는 것이 능사는 아니다. 오직 참는 것을 목적으로 삼게 되면 울화나 화병 같은 신체적인 증상이 일어난다.

"화를 낼 줄 모르는 사람은 바보고 화를 내지 않는 사람은 현명한 사람이다"라는 영국 속담을 생각하면, 분노는 자연적으로 일어나지만 이를 제어하는 것은 인위적인 노력임을 알 수 있다. 인위적인 노력이 자연스러운 것으로 전환될 때, 진정으로 화를 다스렸다고 할 수 있다. 이는 오랜 시간 습관처럼 분노를 길들여야 이를 수 있는 경지다. 젊어서부터 일상에서 일어나는 분노와 화, 그 불길의 원인이 무엇인지 정확히 알고 살펴라.

화에 부드럽게 대처하는 지혜로운 현자가 바로 미래의 당신이기를 바란다.

거절 당하면 화부터 나는 당신에게

우리는 대화를 나누는 과정에서 본의 아니게 서로의 마음에 상처를 주고 상대를 아프게 할 때가 많다. 대화의 목적이 상대와 나의 마음을 서로 연결하는 데 있지 않고, 어떤 결과를 얻는 데만 있다면 그 말은 폭력적으로 흐를 수 있다. 그렇다면 어떻게 해야 서로 상처 주지 않고 대화를 잘 나눌 수 있을까?

이상적인 대화는 명령이 아닌 부탁이다. 부탁의 대화법은 나이 들수록 특히 갖추어야 한다. 젊었을 때부터 이 대화법을 습관화해야 나이 들어 자연스럽게 나온다.

가족 사이에서도 마찬가지다. 자녀들이 내 마음을 몰라주면 서운하다. 내 뜻과 어긋나게 행동하면 화가 난다. 하지만 돌아보라. 지금 내가 자녀들에게 무엇을 하라고, 해 달라고 명령하거나 요구하고 있지 않은지. 자녀들은 이제 성인이 되어 부모의 품을 떠나 독립적인 어른이 되었다. 그러니 더 이상 자녀들에게 명령하고 지시하지 말라. 장성한 자녀들이 반드시 나의 말을 들어줘야 한다는 생각을 이제 그만 버려라. 명령과 지시는 거부를 부를 뿐이다. 자녀들이 내 말을 듣지 않는다고 노여워할 일이 아닌 것이다. 노여움이 든다면 부드럽게 표현할 수 있는 방법을 써라. 바로 부탁하는 것이다. 자동차가 없는 아내와 나는 외출할 일이 있으면 자녀들에게 묻는다.

"혹시 지금 외출하니? 같은 방향이면 네 차에 태워 줄 수 있겠니?"

잘 쉬는 연습을
게을리 하지 마라

• • •

마음을 닦는다고 하지만, 사실 마음은 닦을 것이 없습니다.
실체가 없는 것을 닦을 수는 없는 법이기 때문입니다.
허공을 닦을 수 없는 것과 마찬가지로, 이 마음은 다만 쉬어 줄 수 있을 뿐입니다.
'쉬는 것이 깨달음'인 것입니다.

—월호, 《언젠가 이 세상에 없을 당신을 사랑합니다》 중에서

요즘 영화는 화면 전개 속도가 무척 빠르다. 아직도 가끔 〈벤
허〉, 〈누구를 위하여 종은 울리나〉 같은 오래된 영화를 즐겨 보
는 나로서는 전체 흐름을 따라가기가 쉽지 않다. 옛날 영화들은
주인공의 다음 행동을 짐작할 수 있을 만큼 느리다. 느리다는 것
은 요즘 관점에서 보면 그렇다는 말이다. 영화만이 아니다. 길거
리를 나서면 바쁜 사람으로 가득하다. 하나같이 잰걸음으로 걷
는다. 식사도 빨리, 공부도 빨리, 연애도 빨리……. 남보다 빠르
게, 앞서 나가는 것이 성공을 결정하는 중요한 요소가 되었다.

뚜렷한 목표가 없어도 '남들이 그러니 나도' 하는 생각으로 뛰

기도 한다. 사회가 그렇게 뛰도록 다그친다. 정상에 오른 사람들도 결코 만족하지 못한다. 손 놓고 있으면 뒤처지는 기분이 들어 불안하다. 정말 피곤한 삶이다.

전문가들은 쉬면서 일할 것과 여가를 선용하라고 충고한다. 그런데 요즘 사람들은 쉼이나 여가조차 남들이 좋다고 하는 것을 따라야 직성이 풀리는 것 같다. 여름휴가 때는 동해안과 남해안 해변에 사람들이 인산인해를 이루고 겨울에는 스키장에 몰린다. 펜션이 유행하여 산속과 바닷가에 그림 같은 집들이 우후죽순 들어선다. 뭐니뭐니 해도 요즘 대세는 캠핑이다. 외국 영화에나 등장하는 캠핑카를 빌려 휴가를 보내려는 사람도 늘고 있다. 얼마 전엔 캠핑 장비가 꽤 비싼 것을 알고 놀랐다. 게다가 그걸 마련하려고 몇 달치씩 할부를 끊기도 한단다. 텐트 한 장으로도 야영이 충분한 시절이 있었는데 요즘 사람들은 숟가락, 젓가락까지 완벽하게 갖추고 떠난다. 휴식 준비에 너무 많은 에너지를 쏟은 탓에 푹 쉬고 난 뒤에도 피곤은 여전하다. 휴식이 또 하나의 스트레스가 된 격이다.

휴식마저 사람들이 이리저리 쏠리며 비슷한 형태를 띠는 것은 남들과 다르게 행동하면 뭔가 중요한 것을 놓치거나 손해를 볼지도 모른다는 생각 때문이다. 그 생각만 버리면 보이는 것도 많고 즐길 수 있는 것도 많다. 자신의 몸과 마음을 가장 편하고 즐겁게 할 방법을 찾아내는 것이 나만의 진짜 휴식이다. '휴식休息'의 한

자를 풀이하면 '사람이 나무 옆에 앉아(休) 스스로 마음을 들여다보고 숨 쉬는 것(息)'이다. 이 글자 풀이만으로도 휴식은 아주 단순하고 쉽고 편안하다.

박완서 선생이 쓴 휴가에 대한 글이 떠오른다. 여름휴가를 맞아 바다로 산으로 사람들이 썰물처럼 빠져 나간 텅 빈 서울, 홀로 남은 듯한 느낌이지만 선생은 이상하게도 마음이 차분해졌다. 거리를 쏜살같이 달리던 자동차도, 북적이던 사람도 드문드문 오갈 뿐, 선생은 남들이 모두 휴가를 떠난 빈 도시에서 역설적으로 휴가를 즐긴 셈이었다.

내가 즐겨하는 휴식의 방법은 명상이다. 고요한 공간에 앉아 눈을 감고 호흡을 통해 몸과 마음을 다독인다. 그런데 명상에 대한 편견이 깨진 일이 있다. 네팔 오지에서 한 명상가의 제안으로 명상 체험을 했다. 나는 바위를 마주하고 앉은 채 두 눈을 감는 명상, 그야말로 교과서적 명상을 상상했다. 그러나 4천 미터가 넘는 고산에서 명상가는 펄쩍펄쩍 뛰게 하고 숨을 크게 쉬는 호흡법을 가르쳐 주었다. 내가 익히 알던 고요한 좌선이 아니었다. 하늘이 내려다보이는 높은 산에서 온몸을 자유롭게 흔들어대는 명상을 하면서 속이 어찌나 후련하던지. 좌선만 명상법으로 알았던 나에게는 신선한 충격이었다.

여유로움이란 다음을 위한 저축이요, 생체 리듬을 북돋우는 영양제 역할을 한다. 남들이 하는 휴식법에서 벗어나 보자. 무엇보다 일 따로 휴식 따로 하겠다는 생각을 바꿔 보자. 에디슨이 많은 발명을 했던 비결도 "앉을 수 있는 곳에 앉고 누울 수 있는 곳에서는 누워 쉬었기" 때문이다. 하루에 조용한 시간을 틈타 크게 숨을 골라 보자. 하루에 한 번만이라도 이런 여유를 가진다면 굳이 요란한 휴가를 갈 필요가 없을 것이다.

《우리는 개보다 행복할까?》의 저자 매트 와인스타인은 개들에게 가장 먼저 가르치는 것은 "앉아!"와 "가만있어!"라고 말한다. 개들도 배우는 이것을 어떤 사람들은 평생 배우지 못한다. 그들은 "바빠"와 "급해"를 입에 달고 정신없이 달려간다. 가끔 앉아서 가만히 있는 것은 삶에서 아주 중요한 일이다.

히말라야에서 함께 명상을 했던 네팔인이 말했다.

"세계인들이 명상을 한다면 세상은 평화로울 것입니다."

맞다. 물론 세계 평화보다 우리에게 중요한 것은 쉬고 싶을 때 제대로 잘 쉬는 것이다. 젊은 시절부터 잘 쉬는 법을 알아야 인생 후반기에 후회가 적다. '일을 더할 것을……' 하고 후회하는 사람보다 '일보다 나를 위한 여유를 가져 볼 것을……' 하고 후회하는 사람이 더 많다.

더 늦기 전에
노년의 삶을 그려 보라

• • •

사과나무에 매달린 사과는 향기가 없으나 사과를 칼로 깎을 때
비로소 진한 향기가 코끝을 스며드는 것처럼 (중략) 누구든 죽음을 목전에 두면
지울 수 없는 향기와 냄새를 남긴다는 사실을 어느 날 문득 알게 되는 것.
그리하여 나의 맨 마지막 향기는 과연 어떤 것일까, 하고 곰곰이 생각해 보는 것.

—안도현, 《네가 보고 싶어서 바람이 불었다》 중에서

언젠가 외계인이 등장하는 영화를 봤다. 영화에서 외계인은
흡혈귀처럼 인간의 몸에서 수분을 빼앗아 에너지를 얻어 연명한
다. 재미있는 점은 외계인들이 나이 든 사람을 싫어한다는 것이
다. 육체적 노화로 인해 젊은 사람보다 몸속 수분 함량이 떨어지
기 때문이다. 외계인은 노인을 쳐다만 볼 뿐 공격하지 않는다. 그
장면을 보면서 노인은 외계인들에게도 홀대를 받는 존재이구나
싶어 실소가 났다.

사람들이 노인을 보면서 "늙으면 다 그래? 나이 들면 다 저렇
게 되나 봐"라고 할 때가 있다. 대개는 나이 든 이들이 행동이 느

리거나 말귀를 못 알아들을 때, 고집을 부릴 때 등이다. 노인의 이런 특징이 노화에 따른 어쩔 수 없는 것임을 알면서도, 젊은이들은 자신만큼은 영원히 늙지 않을 것처럼 말한다. 언젠가는 나도 늙고 죽는다는 사실을 평소에는 망각하고 사는 인간은, 그래서 축복 받은 존재인지도 모르겠다.

아마도 세상에 늙고 싶은 사람은 없을 것이다. 그러나 인간은 누구나 늙는다. 오늘 아침 택시를 타고 오면서 차창 밖으로 마주쳤던 싱그러움이 폴폴 풍기는 대학생도 일정한 시간이 흐르면 중년이 되고 노인이 된다. 인생의 시간은 어떤 일이든 나에게 닥치는 순간 너무 빨리 흘렀다고 느낀다. 어느 날 들여다본 거울 속에서 아버지 혹은 어머니의 얼굴을 발견하고 당황하듯 갑작스럽게 나의 늙음과 마주칠 것이다.

늙음이 머지않아 닥쳐올 일이라면 그날을 위해 늙음을 공부해 둘 필요가 있다. 지금까지 살아온 삶을 바탕으로 '나는 이렇게 나이 들고 싶다'는 설계를 세우는 것이다. 계획하고 가꾸지 않는 노인의 삶은 당사자만 힘든 게 아니라 자녀와 이웃 등 주위 사람을 피곤하고 불안하게 만든다. '도대체 나이 듦이란 무엇인가'를 미리미리 음미해 보는 일은 무엇보다 지금 나의 삶을 잘 살기 위한 것이기도 하다. 미래의 모습은 지금 나의 모습이라고 하지 않은가.

먼저 늙는다는 과정이 의학적으로는 어떤 의미가 있을까를 따저 보자. 우선 생물학적인 신체 변화다. 주름이 많아지고 키도 작아지고 몸무게도 줄어든다. 기력도 젊을 때 같지 않다. 한마디로 생체 조직이 무기력해지고 쇠퇴한다. 뇌의 기능이 감소하여 판단력이 흐려지고 기억력도 떨어진다. 그런데 당사자가 아니고서야 노화로 인한 몸의 불편함을 알기는 쉽지 않다. 나도 예순 살이 넘어서야 내 어머니가 나이 들어 겪으셨을 이런저런 통증과 몸이 따라주지 않아 발생되는 일상의 불편함을 느꼈다. 내색 않고 묵묵히 참아내셨던 어머니에게 혹 '나이 들면 다 저런가?' 하는 생각으로 서운하게 해 드린 적은 없었는지 마음이 아프기도 했다.

또 노년에는 정신적인 변화도 크다. 성격이 젊을 때와는 많이 달라진다. "늙으면 아이가 된다"는 속담이 여기서 나왔다. 내향적, 수동적 성격으로 변하여 겁이 많아지고 고집이 세진다. 지나간 일들을 자주 회상하며 우울감에 빠질 때도 많다. 의존성이 높아지고 친숙한 대상에 대한 애착심이 생기고 질투와 의심이 증가하기도 한다.

이런 성격의 변화는 노인이 되어 갑자기 나타나는 것은 아니다. 모든 노인에게 공통적으로 일어나는 특징도 아니다. 성격은 일생 동안 발달하고 성숙한다. 어느 순간에 성격이 완성되는 것이 아니라 꾸준한 경과 속에서 죽을 때까지 발달한다. 청·장년기에 어떤 태도로, 어떤 마음가짐으로 살았는지에 따라 노년의 시기에 드러나는 성격이 결정된다고 할 수 있다.

정신분석가인 에릭 에릭슨은 인생의 단계적 과정을 건강하게 적응하며 지나온 노인은 타인과 융화하는 인격을 가진다고 주장했다. 반대로 건강한 적응에 실패한 노인은 외로움을 겪기도 한다고 했다. 건강한 적응이란 인생에서 일어나는 수많은 일에 부딪히면서 긍정적으로 단련되는 것을 말한다.

노인의 삶은 크게 몇 가지 유형으로 나눌 수 있다.

첫째, 세상과 인연을 끊고 사회 활동을 중지하는 사람이다. 말하자면 은둔형이다. 젊었을 때의 화려했던 모습에 비하면 늙어버린 나는 너무 초라하다. 이런 모습으로 사람들 앞에 나타나 실망을 주느니 말없이 사라지는 것이 좋겠다고 생각한다. 화려한 스포트라이트를 받은 여배우들이 나이가 든 뒤 대중에게 모습을 드러내지 않으려는 심리와 비슷하다.

둘째, 세상 돌아가는 것을 보면서 분노하는 사람들이다. 사사건건 마음에 들지 않는다. 울분을 삭이지 못하는 이들도 있다. 자기가 하면 그렇게 하지 않을 텐데, 젊은 사람들이 세상을 망쳐 놓는 것 같아 울분이 터진다. 분노형이다.

반대로 모두 내 탓이라고 자학하는 사람도 있다. 셋째, 자학형이다. 지금까지 살아온 인생이 모두 부정적으로 생각되고 사는 것이 치욕스럽다며 스스로를 학대한다. 젊었을 때는 한가락 했는데 늙고 병든 지금은 세상에 폐를 끼칠 뿐, 아무런 소용도 없는 존재라고 스스로를 괴롭히는 것이다. 자식들이 못사는 것도 내 탓이라고 생각하는 등 모든 잘못을 자기에게 돌린다.

넷째, 무장형의 노인도 있다. 젊었을 때보다 더 열정을 쏟으면서 살아가는 노익장들이다. 스스로 동기부여를 하는 이들이지만 간혹 의욕이 지나쳐 주위 사람들을 곤란하게 만들기도 한다.

마지막으로 몸은 비록 늙었지만 마음은 인격적으로 성숙한 노인들이다. 이들은 인생의 경과를 정직하게 바라보며 자연스러운 변화를 있는 그대로 받아들인다. 바로 이상적인 노인의 삶이다. 성숙형 노인들은 서양 속담처럼 마치 앙금이 없는 포도주와 같다. 좋은 포도주는 오랜 숙성을 통해 앙금마저 녹아 버려 투명한 빛을 띤다. 이들은 표정부터 편안해 보인다. 자기중심을 잃지 않지만 부드러운 중재자로서의 모습도 갖추었다. 우리가 소망하는 '곱게 나이 든다'는 것은 성숙한 유형의 노인일 것이다.

'노인'하면 어떤 모습이 떠오르는가? 그리고 당신은 어떻게 나이 들어가기를 바라는가? 앞서 말했지만 노년의 모습은 그동안 어떻게 살아왔는지, 지난 삶의 태도로 자연스럽게 결정되는 경향이 짙다. 이것이 바로 젊었을 때부터 '나는 어떤 노인의 유형으로 살고 싶은가'를 가늠해 봐야 하는 이유다.

아름다운 노년 만들기의 핵심은 자기에 대한 성찰과 변화에 있다. 오늘날의 사회는 지난 60년의 인생을 가지고 그 이후 10~20년의 세월을 살아갈 수 있도록 허용하지 않는다. 노년의 시기는 과거의 정리도 중요하지만 정리만 하고 살기에는 너무 길다. 그러므로 노인도 미래지향적으로 변화해야 한다. 그 변화는 바로 '내가 어떤 모습으로 노년을 살아갈까' 젊었을 때부터 머릿속에 그려 보는 것에서 출발한다.

요새 부쩍 우울하다고 말하는 이들에게

나이가 든다는 것은 한편으로 슬픈 일이다. 힘도 떨어지고 병도 생기고 의욕도 없고 다른 사람들의 존경도 사라진다. 어쩔 수 없다. 인간은 누구나 기본적인 불안을 가지고 있다. 본능적인 불안이다. 우울감도 마찬가지다. 누구나 우울감을 갖고 산다. 살다 보면 나를 즐겁게 만드는 것보다 슬프고 화나게 만드는 일이 더 많으니까 말이다.

그런데 마치 불안이나 우울감이 전혀 없어 보이는 낙천적인 사람이 있다. 그는 원래 그런 기질을 타고난 사람일까. 아니다. 그들은 우울에서 벗어나기 위해서 낙천적인 것을 선택했을 뿐이다. 정신과 의사인 나 또한 갑자기 가슴이 휑하고 맥이 쭉 빠지거나 눈물이 날 때가 있다. 그럴 때는 그 감정을 인정해 버린다. 그러고는 그 감정에서 벗어나기 위해 책을 보거나 공부에 집중하고, 사람을 만난다. 이처럼 우울하면 해법을 찾아야 한다. '나는 슬프지 않다'며 슬픔을 부정하거나 '왜 슬플까?'라는 생각에만 빠져 있으면 결코 우울에서 벗어날 수 없다.

나에게 일어나는 일들의 대부분은 나의 의지와는 상관없다. 다만 그것을 어떻게 바라보고 이해하느냐는 내 몫이다. 정신과 의사가 환자들에게 해 주는 일은 해결 방법을 찾아 주는 것이 아니다. 우울증으로부터 벗어나고자 하는 동기를 부여해 주는 것이다. 동기를 부여해 주면 일어나는 것은 환자의 의지에 달렸다. 우울증 극복의 첫 단추는 슬프다는 사실을 먼저 인정하는 데 있다.

아직도 부모와 화해하지 못한
사람들에게 하고 싶은 말

● ● ●

"어머니란 존재는 참 특별한 거야. 이렇게 나이가 들었어도
그래도 어머니가 살아 계셨기에 이 늙은 가슴 한구석에
어른이 되지 않는 한 어린애가 있을 수 있었던 거야."

—문혜영, 《셰익스피어도 바퀴벌레를 보고 웃었을 거야》 중에서

연구실 책꽂이에 어머니 사진을 끼운 액자를 올려 두었다. 손
님 중에 눈 밝은 이는 그 사진을 발견하고는 내 얼굴과 번갈아
본다. 닮았기 때문이다. 그러고는 한결같이 어머니의 인자한 표
정에 감탄한다. 누군가는 어머니 얼굴에서 세상을 초탈한 듯하
면서도 평화롭고 따뜻한 기운이 느껴진다고 했다. 그런 말을 들
으면 나는 말없이 웃기만 한다.

생전에 어머니는 '살아 있는 부처님'이라는 소리를 들으셨다.
불심佛心이 깊기도 했지만 평생 이타적으로 사셨기 때문이다. 어
머니는 늘 사람에 대한 측은지심을 지니고 계셨다. 동네에서 놀

림 받는 거지도 집으로 불러 따뜻한 밥상을 차려 주셨다. 내 자식도 건사하기 어려운 전쟁 통에 보육원에서 전쟁고아를 돌보기 시작하여 여든넷, 돌아가시기 전까지 봉사하셨다.

그러면서도 어머니는 자신의 삶을 사랑한 용기 있는 신여성이었다. 외할아버지가 딸이라는 이유로 학교에 보내 주지 않자 혼자 서울로 상경해 진명여고에 입학했다. 뒤쫓아 온 외할아버지는 어머니를 고향으로 데려가려 했지만 어머니는 운동장에 앉아 꼼짝도 하지 않았다. 학교에 다니도록 허락해 달라는 뜻이었다. 어머니 나이 열다섯, 당시는 개화기 때였다. 결국 딸의 절절한 부탁에 할아버지도 승복했다.

어머니는 나라가 발전하려면 여성이 깨쳐야 하고, 남녀가 평등해야 한다고 주장했다. 그래서 부엌을 입식으로 바꾸고, 된장과 간장은 공장에서 대량으로 만들어 가정에서 여성의 노동력을 줄이자는 운동을 펼치기도 했다. 1950년대 누구도 이해하지 못할 만큼 파격적인 생각이었다.

나에게는 아직도 어린 시절 어머니에 관한 몇 가지 에피소드가 강렬하게 남아 있다. 독자였던 내가 몸이 약해 자주 병치레를 하자 집안 어른들이 조상신을 달래는 굿을 했다. 뒤늦게 이를 알고 달려온 어머니는 굿상을 뒤집어엎고 무당을 내쫓으며 말했다.

"세상에 어느 조상귀신이 자기 자식들에게 해를 주려 하겠습니까!"

듣고 보니 옳은 말이었는지 누구도 이의를 제기하지 않았다.

다른 기억은 사과 한 알 때문에 벌어진 사건이다. 어머니는 먹을 것이 있으면 나보다 두 살 아래인 여동생과 나에게 똑같이 나누어 주시곤 했는데, 그날도 사과 한 알을 반으로 갈라 나눠 주셨다. 오빠인 내가 더 많이 먹어야 한다고 생각했던 나는 심통을 부렸다. 그러자 어머니는 내 몫의 사과를 반 토막 냈다. 원래도 작았는데 더 줄어들다니! 나는 더욱 투정을 냈다. 그랬더니 어머니는 반 토막 난 사과를 또 반으로 자르시는 것이었다. 심통을 부릴수록 사과는 점점 작아져서 엄지손가락만 해졌다. '반이라도 먹을 걸…….' 그만 나는 울고 싶어졌다.

시대를 앞서가는 강인함과 지혜로움을 갖춘 어머니였지만 자식들은 당신이 정해 준 안전한 범위 내에서 성장하기를 바라셨다. 나는 어머니가 시키는 대로 해야 했다. 학교와 집을 오가는 길밖에 몰랐고 친구들과 노는 일도 극히 제한적이었다. 어머니는 남들에게서 외동아들이라 귀하겠다는 말이 듣기 싫어 나에게 늘 허름한 옷을 입혔다. 너무 엄격하셨기에 가끔은 내가 주워 온 자식이 아닌가 생각할 정도였다.

어머니는 점점 내가 뛰어넘을 수 없는 절대적인 존재로 자리를 굳혀 갔다. 하지만 성장하면서 어머니라는 벽이 답답하게 느껴졌다. 어머니에게서 벗어나고 싶었다. 당시 나는 늘 어머니에 대한 반항심과 걱정을 끼쳐 드리면 안 된다는 의무감 사이에서 갈등했다. 한 예로 위험하니 절대 강물에 들어가지 말라는 어머니의 뜻과 강물에서 놀자는 친구들의 의견 사이에서 갈등하던 나는 물이 딱 배꼽까지 잠기는 깊이에서만 놀았다. 또 삼촌이 축구화를 사 주는 바람에 축구부에 들어갔지만 선생님이 나에게 공을 차 볼 기회를 주지 않았던 일도 있었다. 나는 축구화를 주장에게 빌려 주고는 골문 뒤에서 공을 차는 아이들을 바라보기만 했다. '아! 축구를 할 수 있다면 맨발로라도 공을 찰 텐데…….' 나중에야 어머니가 내가 다칠까 봐 선생님에게 견학만 하게 해 달라고 특별히 부탁을 했다는 것을 알았다. 나는 아무리 발버둥 쳐도 어머니의 그늘에서 벗어날 수 없을 것 같았다.

스무 살, 대학생이 된 뒤 나는 어머니를 찻집으로 불렀다. 그러고는 다짜고짜 말했다.

"그동안 어머니가 저를 사랑한 것을 쌀가마니 혹은 돈으로 치면 얼마나 되겠습니까?"

어머니가 왜 그러느냐고 물었다.

"어머니가 나에게 준 사랑은 너무 무거워 짊어지고 갈 수가 없습니다. 얼마인지 말씀해 주시면 그걸 다 갚고 어머니에게서 자유로워지고 싶습니다."

내 말에 어머니는 아무 말 없으시다가 한마디 툭 던졌다.

"너도 결혼해 봐라. 그게 내 대답이다."

얼토당토않은 이야기지만 그만큼 어머니가 주신 관심과 사랑을 몽땅 돈으로 갚아 버리고 그 치마폭에서 벗어나고 싶었다. 그 억압된 감정을 나는 산악회와 학생회 활동을 하면서 풀었다. 산을 오르면서 늘 '나는 누구인가, 어머니는 누구인가, 그리고 나는 어떻게 살 것인가'를 생각했다. 학생 대표로 5·16 군사정변에 항의하다 감옥에 수감된 것도 그 연장이었다. 정의감도 있었지만 내 생각대로 살겠다는 의지의 표현이었던 것이다.

어머니에게서 독립하고자 했던 몸부림, 거기에서 촉발된 삶에 대한 고민이 없었다면 나는 정신과 치료를 받아야 하는 처지가 되지 않았을까 싶다. 정신적 성장의 늦둥이, 그게 나였다. 정신과 의사로서 자리를 잡아 가면서 나는 비로소 어머니에게서 독립했다고 믿었다.

세월이 흘러 어머니의 강인한 성정도 조금은 부드러워지셨고 나도 마흔의 중년이 되었다. 어느 날 마당이 허전해 보여 벚나무를 심었더니 어머니가 당장 베어 버리라고 하셨다. '왜놈 나무'라는 이유였다. 나는 벚나무는 원래 제주도가 원산지인데 일본으로 건너가 그들이 자기네 나무라고 주장하는 것이라며 논리적으로 설명했다. 어머니의 대답은 "그래도 바꿔라"였다. 나는 내주장을 굽히지 않았다. 그리고 그날 저녁 병원에서 일을 마치고 돌아왔더니 벚나무 허리가 댕강 잘려져 있었다. 그 순간 '어머니는 아직 어머니시구나' 그런 깨달음이 목덜미를 서늘하게 지나갔다. 마흔 살의 아들은 우두커니 베어진 벚나무를 바라볼 뿐이었다.

이제 어느새 나도 '벗나무를 베라'고 단호하게 말씀하시던 어머니의 나이가 되었다. 어머니처럼 머리가 희어지고 눈꺼풀이 푹 덮였으며 이마에 굵은 주름이 가득하다. 그토록 벗어나고 싶었던 어머니였지만, 영화처럼 돌려본 내 인생에서 어머니는 어디에나 계셨다.

한 인간으로서의 성장과 성숙은 어머니에게서 벗어나는 과정에 있다. 부모는 자식이 가장 먼저 뛰어넘어야 할 외적 대상이다. 부모보다 더 뛰어나고 월등한 삶을 살라는 뜻이 아니다. 부모의 삶에서 자신이 가야 할 길을 찾아내야 한다. 그 과정에서 자식은 부모를 미워하고, 부모 때문에 좌절하고 절망하기도 한다. 또 어느 부모이건 자식에게 미움을 받는 시기가 있다. 자식에게서 미움 받지 않는 부모는 없다.

"자식 이기는 부모 없다"는 말이 있다. 그러나 내가 살아 보니 그 말은 틀렸다. 내 어머니도 이미 알고 계셨다. "너도 결혼해 봐라." 자식은 부모를 이길 수 없다. 이긴 것처럼 보이지만 절대 이길 수 없다.

결국 나는 어머니의 삶을 닮고 말았다. 옳다고 믿는 일은 고집스럽게 해내는 성격도 그렇거니와 수십 년째 이어 온 네팔 의료 봉사와 보육원 봉사 활동, 우리나라 최초로 대학에서 여성학을 가르친 일, 내 집을 마련하고 아내와 내 이름을 함께 적은 부부

문패를 건 일 등 나도 모르게 어머니와 똑같은 길을 걷고 있었던 것이다. 어머니에게서 벗어나 내 의지대로 살았다고 믿었는데 세월이 흘러 돌이켜보니 나는 결국 어머니 손바닥 위에 있었을 뿐이었다. 어머니의 삶을 이해하기 위해 사람은 나이를 먹는가 보다. 어머니의 사랑이 도대체 얼마냐고 따졌던 아들 때문에 어머니는 얼마나 황당하고 속상하셨을까. 그러나 사진 속의 어머니는 웃고 있을 뿐이다.

수년 전 세상을 떠난 조병화 시인의 묘비에는 "어머니 심부름으로 이 세상 나왔다가 이제 어머니 심부름 다 마치고 어머님께 돌아왔습니다"라고 적혀 있단다. 참으로 편안한 묘비명이다. 어머니 삶의 10분의 1만큼이나 살았다면 좋을 텐데, 어머니 보시기에 어떠할지 모르겠다.

부모가 살아 있을 때는 부모인 줄 모르고 부모를 여읜 뒤에야 부모인 줄 안다고 했다. 자식이 부모의 마음을 진심으로 이해하기란 어느 만큼 인생을 살아낸 뒤에야 가능하다. 나이 듦은 부모의 세월을 헤아려 보고 이해할 수 있는 아주 소중한 기회다. 평생 부모를 원망하며 알게 모르게 쌓인 작은 오해와 갈등을 푸는 것 또한 노년에 할 일이다. 부모로부터 완전한 독립은 부모에게서 받은 마음속의 크고 작은 상처를 스스로 치유하는 것에서 완성되는 것이 아닐까.

직장을 그만두어야 하는
사람들에게 하고 싶은 말

• • •

떠난다는 것은 포기하는 것이 아니다. 계속 움직이는 것이다. (중략)
직장이든 습관이든 버리고 떠난다는 것은 꿈을 실현할 수 있는 쪽으로
계속 움직이기 위한 방향 전환이다.

—롤프 포츠, 《떠나고 싶을 때 떠나라》 중에서

내심 나의 퇴임을 준비하기 위해서 선배들의 정년 퇴임식을
유심히 지켜보았다. 한 선배는 정년을 무척 아쉬워했다. 퇴임식
장에서 제자들이 무슨 말로 스승을 대해야 할지 몰라 난감해하
기에, 내가 먼저 다가가 "축하드립니다!"라고 인사를 건넸다. 정
년을 축하 받아야 할 경사로 생각하는 것은, 아무나 할 수 있는
것이 아니기 때문이다. 우선 건강이 뒷받침되어야 한다. 또 자기
분야에서 인정받아야 한다. 인생에는 수많은 장애물이 있고 원
하지 않은 길로 접어드는 일이 비일비재하다. 그런 점에서 직장
인으로 정년을 맞는 사람들은 선택된 사람들이다.

그런데 나의 진심 어린 축하에 선배는 정년이 부당하다는 말로 응수했다.

"인위적으로 연령을 정해 퇴직을 시키는 것은 잘못이지. 헌법 소원이라도 내서……."

나는 웃으면서 "어쨌거나 선배님은 오늘 크게 축하 받으셔야 합니다"라고 답했다.

정년은 대나무의 마디처럼 인생에서 또 다른 시작을 알리는 분명한 계기가 된다. 인간의 수명이 길어진 만큼 정년도 늦춰져야겠지만 한편으로는 몸이 아직 건강하고 에너지가 넘칠 때 정년을 맞아 새로운 일, 다른 일을 할 기회를 찾을 수 있으므로 부정적으로만 받아들일 일은 아니다.

퇴임식에서 멋진 고별사를 남긴 선배 교수를 기억한다. 이화여대 김흥호 교수다. 그는 조촐하게 마련된 정년 퇴임식에서 이렇게 말했다.

"지금 나는 영국으로 공부하러 출발하는 신입생입니다."

'출발'이라는 말이 내 귀에 꽂혔다. 선배는 퇴임이 인생의 끝이 아니라 또 다른 도전의 시작이라는 뚜렷한 목적을 가지고 퇴임을 맞이했다. 전철로 말하자면 환승이다. 보통 우리는 인생의 전철을 타고 가면서 어디 좋은 곳에서 내려야지 하고 막연하게 생각한다. 그러다 결국 등 떠밀려 낯선 역에 내리는 상황이 벌어진다. 그 다음에는 생경한 풍경에 당황하며 화를 내거나 어디로 가야 할지 막막해한다. 심하면 스스로를 괴롭힌다.

그러나 직장에서 퇴출 당하거나 정년 퇴임을 했다고 하여 내가 나를 퇴출시켜서는 절대 안 된다. 아직 선택의 기회는 남아 있다. 길을 잃고 수수방관하며 시간을 흘려버릴 것인가 아니면 새로운 환승역을 찾아갈 것인가. 전철과 인생이 뒤로 돌아가지 않는 만큼 우리의 선택은 앞으로 가는 수밖에 없다.

이렇듯 퇴직의 충격을 최소한으로 줄이려면 미리 환승 준비를 해야 한다. 나는 50세 후반부터 환승 준비를 했다. '이러이러하게 정년을 맞으면 좋겠다'라고 머릿속으로 그렸다. 가장 먼저 고려한 것은 나이였다. 마음이 아무리 젊어도 늙음이라는 자연 현상 앞에서는 어떤 장사도 힘을 쓰지 못한다. 기력은 날이 갈수록 떨어질 텐데 의욕만 앞서면 무슨 소용이겠는가? 그래서 60세부터는 하던 일을 차근차근 정리하여 3분의 1 수준으로 줄였다.

그리고 은퇴한 뒤 내가 새롭게 마음 쏟을 일을 생각했다. 일을 줄이는 대신 또 새롭게 일을 벌이는 셈이었다. 앞뒤가 맞지 않는 것 같지만 정년 이후의 삶을 당황하지 않고 실리적으로 사는 데 꼭 필요한 과정이다. 두 생각을 실현하기까지는 5년이 걸렸다. 일을 줄이는 것은 어렵지 않았다. 정년 이후의 내가 그려 갈 삶과 연관되지 않은 일들을 차근차근 정리하면 되었다.

그보다는 정년 이후에 무슨 일을 할까 결정하는 데 고심했다. 아내와 자녀들과도 의논을 했다. 정년 이후부터는 가족과 더 많은 시간을 보내야 하고 이런저런 도움이 필요하기에 전적으로 나만의 일이라고 고집해서는 안 되기 때문이다. 한 번뿐인 내 인생인데 엉뚱한 일을 꾸며 볼까 싶은 생각도 했지만 앞으로 남은 시간이 얼마나 될지 모르는데 좀 진지해야겠다고 마음을 잡았다.

이제껏 내가 평생 해 온 일이 생활인으로서의 직업이라는 의미가 컸다면, 정년 이후의 삶은 그동안 쌓아 온 경험과 지혜, 역량을 토대로 되도록 많은 사람을 위해 쓸 수 있는 일로 넓히기로 했다. 내 경우, 정신과 의사로서 평생 해 온 일의 연장선에서 사회를 위해 할 수 있는 일이 무엇인지 따져 보았다. 바람직한 가족의 모습을 연구하는 사단법인 가족아카데미아는 그렇게 시작되었다. 아내와 나, 단 둘이 시작한 소박한 모임이었다. 그 작은 씨앗이 이제는 한국 사회에 가족의 가치와 역할을 제시하는 단체로 성장하여 여간 뿌듯하지 않다.

나에게 정년 퇴임은 인생의 모든 경험과 지식을 종합하여 새로운 시작을 하는 기회였다. 요즘에는 정년 퇴임이 끝이 아니라 또 다른 시작이라는 인식이 보편화되었다. 한편 원하지 않은 명예 퇴직이나 조기 퇴직을 당하는 경우는 당황스럽기만 할 것이다. 요즘처럼 불안정한 사회에서 타의에 의해 직장을 그만둬야 하는 일은 누구에게나 일어날 수 있다. 그러나 이런 상황에서도 좌절하지 않고 또 다른 시작을 하겠다는 기회로 삼아야 한다. 그 준비는 지금 내가 다니는 직장에서 열심히 일하고 배우는 데서 시작해야 한다.

젊어서는 늘 새로운 꿈을 꾸고 다른 직장으로 떠나고 싶어 한다. 하지만 지금 바라는 그곳 또한 누군가는 떠나고 싶어 하는 곳이다. 궁극적으로는 나이가 들어 정말 하고 싶은 일이 무엇인지 계획하고 조금씩 준비해 가도록 해야 한다. 직장은 바로 그 징검다리다.

은퇴 후에 나를 찾는 사람이 없으면
어쩌나 걱정하는 당신에게

나이가 들어 경제적인 노동 능력을 상실하면 마치 모든 것이 끝난 것처럼 생각하는 경향이 있다. 그러나 이제껏 나와 내 가족을 위해 살았다면, 나이 들어서는 다른 이들에게 베풀면서 살아가는 것이 좋다.

물론 봉사는 젊었을 때부터 몸에 익지 않으면 당장 실천하기가 매우 어렵다. 그럼에도 내가 할 수 있는 일을 천천히 찾아보는 노력이 필요하다. 나의 경력과 연륜이 분명 필요한 곳이 있다.

70대의 류문기 씨는 양로원에서 신문 읽어 주기 봉사를 해 오고 있다. 눈과 귀가 어두운 노인들, 세상사에 관심을 끊은 노인들을 위해 그는 평생 목사로서 갈고닦은 이야기 실력을 유감없이 발휘하고 있다. 버려진 현수막을 모아서 가방을 만들어 나눠 주는 어느 할머니도 있다. 날마다 혼잡한 출퇴근 시간에 도로 교통 수신호를 해 주는 전직 택시 기사 어르신도 있다.

나이가 들어 다른 사람들을 위해 베푸는 것은 아무리 하찮은 일이라도 의미가 있다. 의미 있는 노년을 꿈꾼다면 받아야 할 것들을 챙기기 전에 무엇을 해 줄 수 있을까를 고민해야 한다.

직장에서 물러난 뒤 아무도 나를 찾지 않을까 봐 너무 걱정하지 말자. 나이 들어도 할 수 있는 가치 있는 일들이 많다. 부디 하릴없이 시간을 버리지 마라. 아프다는 하소연, 신세 한탄, 심심풀이 잡기로 낭비하기엔 시간이 너무 아깝다.

신혼부부에게 건네는
세 가지 당부

• • •

두 사람이 가족공동체를 이루는 것은 새로운 세계를 만든 겁니다.
지금까지 없었던 새로운 세상을 둘이 힘을 합쳐 만드는 거예요.

–법륜, 《스님의 주례사》 중에서

요즘에는 이혼이 별스럽지 않은 일이 되었다. 아가씨처럼 보이는 여성도 벌써 이혼을 경험하고, 남편에게 눌려 살던 아내가 "늙어서 보자"며 농담처럼 던진 말이 황혼 이혼으로 나타나고 있다. 그동안 많은 주례를 서면서 신랑 신부에게 딱 세 가지를 당부해 왔다. 하고 싶은 말이야 많지만 세 가지 정도가 적당하다. '내가 살아 보니 이렇더라'라는 식의 말이 젊은이들의 공감을 일으키기란 쉽지 않은 일이다. 그것들은 너무 단순하고 쉬워 보이는 말이기 때문이다.

그래서 가끔 주례사 끝에 물음표를 달아 놓았다.

"정말 이렇게 사는 삶이 어렵겠습니까?"

좋은 삶을 살아가는 방법이 분명히 존재하는데 그걸 무시하고 불행을 예약하며 살겠느냐는 뜻이다. 인생 선배의 당부를 진심으로 받아들인다면 부부는 함께 끝까지 삶을 완주할 수 있을 것이다. 그들의 행복한 레이스를 바라는 기원이 담긴 세 가지 당부는 이렇다.

첫째, 신나게 살되 창의적으로 살아라. 결혼은 완성이 아니라 출발이다. 젊은 부부에게 가장 큰 재산은 시간이다. 무언가를 빨리 이루려고 조급해하지 마라. 그보다 부부간 많은 대화를 통해 서로의 잠재력을 찾아 주고, 키워 주고, 능력을 최대한 발휘하도록 서로 도우라. 이렇게 저렇게 살아야 한다는 규격화된 삶은 당장 안정되고 편안할지 모르지만 도무지 재미가 없다. 보람도 없다. 무에서 유를 창조하는 것은 정말 신나는 일이다.

예를 들어, 혼수가 적으니 많으니 하면서 서로에게 상처를 주지 말라. 처음 하는 살림인데 왜 아파트는 몇 평 정도 되어야 하고 자동차는 중형차 이상이어야 하고 전자제품은 최신으로 사야 하는가. 왜 모든 걸 갖춰 놓고 시작하려는가. 완벽한 시작은 삶을 재미없게 만든다. 우리 세대는 단칸방에서 방 두 개짜리로 넓혀 가고, 전셋집을 전전하다 마침내 집을 사는 감격을 누렸다. 하나씩 채워 나갈 때의 기쁨은 겪어 보지 않은 사람은 모른다. 갖고 싶으나 형편이 여의치 않아 참고 있던 살림살이 하나를 마침내 구입했을 때 그 기쁨! 그것은 신기하게도 아주 오랫동안, 수십 년이 흐른 지금까지도 생각하면 웃음이 나게 한다. 아마도 그 소소한 행복이 쌓여 우리 부부와 가정을 지켜 준 것이리라.

둘째, 부부가 함께 하나의 가치관을 추구하라. 부부의 공통된 가치관을 찾아내기 위해서는 결혼 전, 늦어도 결혼 직후까지는 서로의 가치관에 대해 충분히 얘기하는 시간을 가져야 한다. 그래야 같은 목표를 위해 힘껏 뛸 수 있다. 누구에게도 무엇에도 양보하고 싶지 않은 가치를 품고 살아갈 때, 우리는 비로소 삶의 본질을 좀먹는 허례와 허식으로부터 자유로울 수 있다. 그래야 쓸데없이 비교하고 낙심하고 분별없이 모방하는 일도 없게 된다.

어떤 소설가가 행복하지 않아도 좋으니 좋은 소설만 썼으면 좋겠다고 했다. 그 소설가에게 최선의 가치란 좋은 소설을 쓰는 것이다. 그래서 그에게는 소설 말고 어떠한 것도 의미가 없었다. 호사스러운 음식도 재미난 일도 그에겐 하찮을 수밖에 없었다.

우리 사회가 전반적으로 호화롭고 사치스럽게 변해 가는 것도 삶의 가치에 대해 진지하게 생각할 줄 모르고 다른 사람들의 가치 기준에 휩쓸려 다니는 데서 비롯되는 것이다. 가치 기준이 확실하고 그 가치를 실현하기 위해 애쓰는 사람은 남의 눈치를 보지 않는다. 스스로 정한 가치를 좇아 열심히 살아갈 뿐이다.

셋째, 마지막으로 봉사하는 삶을 살아야 한다. 결혼식에는 많은 사람들이 와서 축하를 해 준다. 요즘처럼 바쁘고 정신없이 돌아가는 세상에 일일이 남의 결혼식 찾아다니며 축하하는 일은 여간한 정성으로 되는 게 아니다. 예식장 오가는 데만도 서너 시간이 걸린다. 축의금 품앗이 때문이라고 비약하지 말라. 어떤 하객도 꽃처럼 아름다운 신혼부부를 바라보면 행복하기를 바라는 기도가 절로 나온다. 인생에서 가장 많은 축하를 받는 때가 결혼식이다. 결혼은 이 고마움을 갚으며 살아야 하는 과정이다.

또 평생 살아가다 보면 불특정 다수로부터 많은 도움을 받게 된다. 그 신세를 그냥 감사하다고 말하는 정도로 스쳐 지나갈 것이 아니라 베풀어야 한다. 감사한 사람들에게 혹은 타인에게 무언가를 베풀면 신세 갚음이 된다. 이 고마움의 사슬은 끊임없이 이어지게 되어 이 세상은 보다 많은 사랑과 기쁨으로 가득 차게 된다. 이것이 세상이 돌아가는 보이지 않는 원칙이다.

지난 연말 우리 부부는 평소 다니던 보육원에 가서 그림을 바꿔 달아 주며 그곳 아이들과 따뜻한 마음을 나눠 가졌다. 연말이라 얼굴 한번 보자는 모임도 많았고, 이런저런 행사도 많았지만 대부분 사양했다. 우리 부부에겐 아이들의 정서를 다독거려 줄 그림을 거는 일이 더 중요했기 때문이다. 가끔 우리 집 자녀들이 무사히 잘 자라 주고 사회에서 제몫을 하는 걸 보면 우리 부부의 작은 봉사와 나눔의 덕이 아닌가 싶다.

세 가지 당부를 하고 그래도 뭔가 아쉬운 나는 주례사 마지막에 '부부가 사랑하는 법'을 사족으로 붙인다.

"살다가 사랑이 좀 시든다 싶거든 한번 곰곰이 따져 보십시오. 저 사람은 나의 어떤 점을 좋아할까, 나는 저 사람의 어떤 점이 좋은가. 그것을 파악하여 상대의 좋은 점을 사랑하고, 그가 좋아하도록 나를 가꾸십시오. 그런 삶이 어렵겠습니까?"

'여태 살아 준 내가 바보다'라며
배우자를 원망하는 사람들에게

나이가 들면 바쁘게 살아온 지난날과 달리 신체적으로 약해지고 생활 세계가 축소되어 가며 활동력이 감소된다. 이 시기에 젊은 부부처럼 살아서는 곤란한 일을 겪게 된다.

생각해 보면 노년기에 접어든 아내나 남편만큼 내 삶을 공감할 수 있는 존재는 없다. 부부는 오랫동안 한 집에서 아이를 낳아 키우며 비슷한 경험을 하며 살아왔다. 자녀가 모두 성장하고 나면, 부부는 앞으로 남은 시간을 함께 늙어 가는 동지이자 늙음이라는 현상을 즐기는 친구다. 상대가 자존심 상하지 않도록 조심하고 서로 격려하며 인정해 주어야 한다.

옛날에 왜 그랬느냐, 당신 버릇은 평생 고치지 못한다, 여태 살아 준 내가 바보다 등 노년의 부부는 과거를 곱씹으며 마치 이날을 기다렸다는 듯 서로에게 상처 주기 쉽다. 그런 원망 속에 부부의 남은 삶은 과거보다 더 불행해진다. 그때 내 마음은 이랬노라, 이렇게 해 주길 바랐었다는 말로 상대의 공감을 이끌고 어루만져 주어야 한다. 나이가 들면 성 역할이 달라져야 한다. 젊었을 때 남편은 바깥 일을 하고 아내는 가사와 양육을 맡았다면, 노년기에는 성별이 아니라 관심, 능력, 육체적인 힘 등을 따져 가사를 분담하는 것이다. 방송에서 황혼의 남편이 외출한 아내를 기다리며 빨래를 걷고 화분에 물을 주고 쌀을 씻어 안치면서 말했다. "별 일 아니라고 생각했는데 시간이 많이 걸리네요." 아내의 노동, 아내의 수고, 아내의 시간을 이해하게 된 남편이다.

Chapter 4

사람은 무엇으로 사는가

인생에서 나는 많은 사람을 만났다.

내가 만난 사람들이 곧 내 인생이다.

친구, 제자, 동료, 환자들 그리고 여행지에서 만나고,

봉사하며 만났던 사람들.

수많은 인연이 모두 나의 길이었다.

결혼한 지 50년이 지나서야 하는
부끄러운 고백

• • •

"당신과 함께 있어서 좋았소. 여보, 당신은 매우 훌륭한 동료였소.
매우 사랑스러운, 정말 만족스러운 삶이었소.
이보다 더 나을 수는 없을 거요. 좋고, 또 좋았소. 당신과 함께 있어서 좋았소."

─스콧 니어링이 헬렌 니어링에게, 《아름다운 삶, 사랑 그리고 마무리》 중에서

결혼한 지 50년, 이제야 고백하지만 나는 좋은 아내를 가진 행복한 사람이다. 아내는 일생 동안 나의 허물과 부족함을 모두 받아 주었다. 가끔 "나는 당신 기세에 눌려 살았다"고 농을 하면 아내는 과거 나의 잘잘못을 줄줄이 사탕처럼 쏟아낸다. 아이 넷을 업고 안고 손을 잡은 채 분유나 설탕 배급을 받느라 줄 선 이야기며, 결혼할 때 진 빚을 갚기까지 두 다리 뻗고 자 본 적이 없다느니……. 평소에는 한마디 말도 없던 아내의 고백이다.

그때마다 나는 대꾸하지 않는다. '그때 내가 아무것도 몰랐구나' 반성하는 마음이 크지만 실은 아내가 나에 대한 욕을 실컷

함으로써 시커멓게 탄 속이 후련해지기를 바라는 것이다. 그동안 서운했던 거 다 말해 보라고 멍석을 펴 준다고 해서 속을 털어놓을 이는 없을 것이다. 나는 아내의 마음을 살짝 건드려 불만을 드러내도록 한다(남편들이여, 수시로 매를 버는 행동을 해서 아내의 마음에 쌓인 독을 풀어 줄 일이다).

정신과 의사와 대학교수로서 살아온 나에게 사람들은 인격자, 도인이란 별명을 지어 주었다. 사람을 좋아하는 나는 내 손에 무언가 들어오면 필요한 이들에게 나눠 주기 바빴다. 정신과 의사인 만큼 감정에 동요하지 않고 희로애락을 잘 조절했으니 도인이라는 말도 나왔던가 보다. 그러나 도인의 아내는 정말 피곤했을 것이다. 지금 생각해 보면 도인과 함께 사는 아내가 진정한 도인이지 싶다.

우리 부부의 행복은 순전히 100퍼센트 아내의 공이다. 그것은 아내가 나의 성격을, 나의 직업을, 나의 삶을 이해해 줬기 때문에 가능했다. 나 또한 아내를 동지적 관계로 생각했다. 신혼 초 우리 집 대문에는 '이근후 이동원', 나와 아내의 이름이 나란히 적힌 문패가 걸려 있었다. 한때 고故 김대중 대통령이 부부 문패를 달았다고 크게 화제가 된 적이 있는데, 나는 그보다 훨씬 전에 공동 문패를 달았으니 내가 원조다. 우리 집 문패를 보는 사람마다 너무 튀는 행동에 '누가 부부 아니랄까 봐 티 내느냐'는 등 못마땅한 표정으로 한마디씩 하고 지나갔다. 그 정도로 당시에는 굉장한 파격이었다.

결혼하자마자 시국 사건에 연루되어 수감되었을 때다. 감옥 안에서 나는 머릿속으로 아내와 나의 미래를 그렸다. '내가 정신과 의사니까 사회학을 전공한 아내가 심리학을 좀 더 공부해서, 아담한 건물을 짓고 부부가 함께 연구하며 환자를 보면 어떨까' 하는 막연한 생각이었다. 훗날 아내도 내 생각에 동의하고 대학원에서 심리학을 공부했다. 아내와 나의 합작품인 가족아카데미아의 씨앗이 이때 뿌려진 셈이다.

보통 아무리 부부라 해도 일에 대한 성취는 각자의 몫이다. 특히 학자인 아내와 나는 각자 고유한 학문 영역을 가지고 있어서 서로의 생각을 존중했다. 하지만 서로에게 조언도 아끼지 않았다. 사람의 마음을 섬세하게 들여다봐야 하는 나에게는 사회학자인 아내가 큰 틀에서 지적해 주는 조언이 꽤 유용했다. 아내 또한 마찬가지였다. 정신과 의사인 나의 연구 성과가 아내의 사회 현상 연구에 도움이 되었다. 아내와 나는 자연스럽게 서로의 학문을 넘나들며 각자의 연구 분야에 깊이를 더했던 것 같다.

이화여대에서 함께 교수로 근무하면서 우리가 의기투합했던 것은 여성학 강좌 개설이었다. 나와 아내가 속했던 팀이 우리나라 최초의 여성학 강의의 산파 역할을 했다. 나는 여성학을 강의하는 남자 교수로 당시에는 남자들에게 욕깨나 먹었다. 나는 여학생들에게 "여성학 강의는 남자 친구와 함께 와서 들어야 한다.

여성학은 여성을 위한 것이 아니라 인간을 위한 강의다"라고 말했다. 남녀평등을 주장하는 강의는 아니었다. 남자와 여자가 평등하게 똑같은 역할을 한다는 것은 생물학적으로도 불가능한 일인 만큼 연대로서의 인간학에 가까운 여성학을 가르쳤다.

학문적 동지이자 인생의 동무로서 살아온 우리 부부는 한 종교 단체에서 1999년 가족가치관 상을 받았다. 상을 받으면서 우려했던 점은 우리 부부의 삶이 이상적인 부부의 모델이 되어서는 안 된다는 것이었다. 우리 부부의 삶을 그대로 좇아 산다고 성공할 수 없다. 단지 하나의 사례로 '저렇게 살아도 좋겠다'는 정도면 된다. 사람마다 성격이나 환경 등 모든 것이 다르므로 이상적인 부부의 모습은 천차만별이기 때문이다. 그럼에도 부부 서로가 동의하고 만족한다면 그 자체로 이상적인 부부 아닐까.

부부 생활의 가장 중요한 팁이라면, 서로의 공통점은 나누고 나쁜 점은 모른 척 덮어 주는 것이다. 그 나쁜 점의 기준이 패가망신하는 일이 아니면 덮어 주어야 한다.

결혼의 낭만을 꿈꾸는 사람은 낭만을 잃고, 오히려 낭만 따위는 잊어버리고 서로 좋은 동반자가 되기 위해 노력하는 사람들은 낭만적인 부부가 된다고 한다. 어느새 호호 할머니 파파 할아버지가 된 우리 부부는 인생의 어느 시절보다 낭만적인 하루하루를 보내고 있다.

따로 또 같이 행복해지기 위해
반드시 필요한 것, 가훈

• • •

타인의 행복을 위해 자기 삶을 희생해서는 안 됩니다.
탄탄하고 오래 지속되는 참된 사랑은
자기 자신의 행복과 타인의 행복을 동시에 추구하는 사랑입니다.
우리는 함께 행복해야 합니다.

—엠마뉘엘 수녀, 《나는 100살, 당신에게 할 말이 있어요》 중에서

2013년 올해는 대가족으로 모여 산 지 햇수로 11년째다. 10년
이면 강산도 변한다고 하지 않는가. 올해는 우리 가족공동체의
지난 10년을 찬찬히 돌아보고 아들, 며느리, 딸, 사위, 손주들의
솔직한 이야기를 들어볼 계획이다. 그 결과에 따라 가족공동체
의 모습도 새롭게 변화하고 발전할 수 있을 것이다.

10년 전 초등학생이었던 손자가 대학생이 되었으니 시간이 꽤
흘렀다. 그동안 주위에서 가족공동체가 별 문제 없이 유지되는
비결이 뭐냐는 질문을 종종 받곤 했다. 비결은 '예띠의 집 헌장'
에 담겨 있다. '예띠의 집'은 우리 가족공동체 이름이다. 히말라

야에 사는 전설적인 설인 '예띠'의 이름에서 따 왔다. 목숨을 걸고 산을 오르는 셰르파들은 예띠가 자신들을 지켜 주는 수호신이라고 믿는다. 그래서 '예띠'라는 이름에는 셰르파를 지켜 주는 것처럼 가족들이 가정이라는 울타리 안에서 건강하고 행복하게 살아가기를 바라는 마음이 담겨 있다.

'예띠의 집 헌장'은 일종의 가훈이다. 가훈을 고리타분한 훈계조의 문장으로 생각하기 쉽지만 이는 오해다. 과거 선조들의 가훈은 일상생활과 굉장히 밀접해 있었다. 맛있는 것만 골라 먹지 마라, 말조심하라, 남의 보증을 서지 마라, 혼례비용을 절약하라, 며느리를 고를 때는 권력보다 사람됨을 보라, 조상의 묘에 비석을 쓰지 마라 등 세부적인 행동 규칙으로 따르기 쉽게 되어 있다. 가족이라야 부모와 한두 명의 아이가 전부인데 굳이 가훈까지 필요하냐고 반문하는 이들도 있지만 모든 가족이 행복하기 위한 약속으로서 섬세한 가훈은 오늘날 더더욱 필요하다.

예띠의 집 헌장이 만들어지기까지 몇 번의 난상 토론을 거쳤다. 집안의 모든 결정은 가장이나 연장자가 아니라 가족 모두의 논의를 거쳐 정해야 한다는 게 내 원칙이었다. 며느리, 사위, 어린 손주들까지 온 가족이 머리를 맞대고 각자 바라고 고민해 온 것을 꺼내 놓았다. 이 문장은 넣어야 된다, 빼야 된다 하면서 단어 하나하나에 정성을 들였다. 하나같이 일리가 있는 말이었기에 충분히 이야기를 나누었다. 그렇게 모두의 동의 끝에 만들어진 것이 예띠의 집 헌장이다.

첫째, 우리는 예띠의 집에서 서로 사랑하며 행복한 가정을 꾸밉니다.

둘째, 우리는 각 가정이 고유한 가치관과 종교관을 갖고 간섭 없이 살아가기를 원합니다. 서로 '같음'은 나누면서 즐기고 '다름'은 인정하고 존중합니다.

셋째, 우리는 아무리 좋은 세상도 나 없이는 없는 것, 그리고 아무리 소중한 나도 세상 없인 없다는 것을 공감합니다.

넷째, 우리는 진취적이고 긍정적인 생각을 나누면서 항상 이웃과 함께 봉사하고 이를 실천하도록 노력합니다.

다섯째, 우리는 우리들의 자녀들이 예띠의 집에서 꿈을 키우고 몸과 마음이 건강하게 자라 사회의 일꾼으로 성장할 것을 소원합니다.

예띠의 집 헌장은 부모 자식 관계가 아니라 각기 독특한 개성을 가진 다섯 가정에 속한 식구들이 모두 행복하자는 데서 출발했다. 먼저 서로 다름을 인정하자는 것이다. 가치관, 종교관, 생활 방식을 존중하고 서로의 사생활에 간섭하지 말자는 것이 핵심이다. 종교만 해도 나는 불교에 가깝지만 사위와 딸은 교회에 다닌다. 종교가 없는 자녀들도 있다. 그러나 우리는 서로의 종교를 배타적으로 생각하지 않으며 간혹 서로의 종교가 가진 장점에 대해 이야기를 나누기도 한다. 가족 모임은 되도록 둘째 딸 내외가 교회에 나가는 날을 피해서 잡는다. 그들에게는 무엇보다 종교 행사가 먼저임을 알기에 나머지 가족들이 알아서 배려하는 것이다.

예띠의 집 헌장에는 우리 가족이 살아갈 삶의 방향이 담겨 있다. 이를테면 한 나라의 헌법과 같다. 헌법은 쉽게 변하지 않는다. 그리고 가족 헌장 아래 구체적인 생활 규칙을 만들어 공동생활을 하는 데 어느 한 사람도 피해를 입지 않도록 했다. 일주일에 한 번 주말에 자녀가 돌아가면서 부모님 모시고 식사하기, 다른 형제의 집은 초대 없이 절대 방문하지 않기(설령 맛있는 음식을 나눠 주고 싶어 근질거려도 불쑥 찾아가지 않기), 가족 소식은 이메일로 전하기 등이다. 이것은 하자, 저것은 하지 말자는 규칙을 그때그때 합의하여 고쳐 나갔고, 필요에 따라 새로운 규칙을 만들기도 했다. 규칙이 행동을 제약하는 듯 보이지만 내 생각은 다르다. 오히려 규칙은 어떤 면에서 가족 간의 대화다. 규칙을 마련해 나가는 과정에서 소통하고, 상대를 이해하는 계기가 만들어지기 때문이다. 물론 모든 규칙을 완벽하게 지킬 수는 없다. 그러나 규칙이 있는 것과 없는 것은 분명 다르다.

지난 삶을 돌아보면 나는 늘 아내와 함께 우리 가족이 지켜야 할 규칙들을 세웠던 것 같다. 특히 자녀 교육에는 더 엄격해서 자식 넷을 키우며 과외 한 번 시켜 본 적이 없고, 각각 500만 원으로 결혼시키고, 자기 살 집은 스스로 마련토록 했다. 네 자녀를 결혼시킬 당시 의사나 대학교수는 목에 힘깨나 주는 직업이었다. 그러다 보니 으레 폼 나는 예식장을 잡았을 거라고 생각하는 사람들이 많았다. 하지만 나는 자식들을 호텔이나 화려한 예식장 대신 대학 강당과 구내식당 시설을 이용하여 결혼식을 치르게 했다. 다들 그게 의아했는지 인터뷰를 하러 온 신문사도 있었고, 한 세미나에서는 가정의례 모범 사례로 발표되기도 했다. 자식들은 이런 아비를 어떻게 볼까. "아버지는 결국 늘 아버지의 뜻대로 자식들을 설득하는 분"이라며 나의 고집을 에둘러 꼬집지만, 지금처럼 대가족을 이루며 살게 된 것도 자식들의 의견이 모아진 결과니, 자식 넷 모두 각자의 기준대로 스스로 행복을 만들며 살아가고 있음을 확인하게 된다.

또 우리 집은 제사를 지내지 않는다. 대신 부모님의 기일이 10일 상간으로 있기 때문에 부모를 회상하는 '메모리얼 주간'으로 정해 다례와 조촐한 식사 모임을 가진다. 다들 먹고 살기도 바쁜데 일 년에 네댓 번 제사를 지내는 것은 낭비라고 생각해서다. 제사 때문에 수많은 가족 불화가 일어난다. 대가족제에서 많은 일손으로 치러졌던 제사를 오늘날 한두 명의 며느리가 감당하기에는 벅찬 일이다. 제사의 본뜻을 잃어버리고 오히려 산 사람을 힘들게 하는 제사라면 차라리 지내지 않음만 못하다. 물론 내가 태

223

어난 뿌리를 확인하는 자리라는 점에서 제사의 필요성은 인정한다. 그래서 나는 그 뜻을 살리되 형식을 바꿨다. 기일을 잡아 '메모리얼 데이'로 정하고, 그날 온 가족이 모여 조부모님과 부모님을 추억하며 가족의 의미를 돌아보는 것이다. 손 많이 가고 기름진 제사상 대신 소박한 저녁식사를 하면서 나에게는 어머니 아버지, 아내에게는 시어머니 시아버지, 자식들에게는 할머니 할아버지, 손자들에게는 증조할머니 할아버지가 되는 분들의 이야기를 들려준다. 그리고 손자들로 하여금 지난 일 년 동안 자기 집안에서 일어난 소소한 일들을 조상님께 알려 드리는 형식으로 고하게 했다. 나는 가족 모두가 제삿날을 즐거운 날이라고 생각하기를 바란다.

한 사회 안에서 자연스럽게 만들어진 질서를 우리는 규범과 규칙, 사회 통념이라고 표현한다. 그러나 때로는 그것에 너무 얽매여 정말 소중한 것을 희생하기도 한다. 집안의 대소사, 예법, 자녀 교육, 부모 모시기, 노후 계획 등 일상의 문제를 풀어 감에 있어 사회적 기준과 규범에 얽매여 가족끼리 갈등하고 서로에게 상처를 주는 예가 얼마나 많은가. 시대의 흐름에 따라 규범과 규칙이 변화하지 못하는 탓이지만 누군가 혁신적인 생각으로 흐름을 끊지 않는 한 고통은 계속된다. 나는 한 집안의 리더라고 할 수 있는 부모에게 필요한 덕목은 바로 이런 혁신이라고 생각한다. 혁신이라고 하여 거창한 무엇이 아니다. 가족을 불행하게 만드는 규범은 과감히 버리고 가족 모두를 행복하게 만드는, 그 가정만의 독특한 분위기를 만들기 위해 노력하는 것. 그것이 바로 혁신이다. 사회 통념이나 규범, 규칙으로 인해 희생 당하는 가족 구성원이 없도록 다른 사람 눈치 보지 않고 가족의 행복과 기쁨, 즐거움을 위한 가족만의 기준을 만들어 가는 것이다. 독자이자 세종대왕의 후손인 내가 이다음 죽었을 때 조상 제사를 소홀히 했다고 꾸짖음을 받을까. 아니, 그럴 것 같지는 않다.

매일 똑같은 문제로 다투는
가족 때문에 지친 당신에게

"결혼 초나 지금이나 우리 부부는 똑같은 문제를 갖고 다툽니다. 달라진 게 없어요."

"그 성질 어디 가나요. 그래서 한평생 내가 이렇게 고생을 하는 게 아닙니까."

"어릴 때부터 도대체 부모 말은 들으려고 하지 않았다니까요."

나는 정신과 전문의로 있으면서 가족 갈등으로 힘겨워하는 사람들을 많이 만났다. 그들은 반복되는 갈등으로 화가 나고 억울하고 마음이 아프다며 하소연했다. 그런데 그들의 이야기는 대개 비슷하다. 배우자나 자녀, 부모가 전혀 변하지 않았다는 것. 하지만 그 말은 곧 그 자신도 전혀 변하지 않았다는 반증이다. 왜 우리는 유행이나 기술의 변화는 쫓아가려고 애쓰면서도 가족 관계를 시대의 변화에 맞게 바꿔 보려는 노력은 하지 않는 걸까?

나로서는 아버지와 맞담배를 피우는 것은 감히 상상도 못할 일이지만 소설가 박범신은 아들과 담배를 함께 피우며 이야기를 나눈다고 한다. 그들 부자에게 맞담배는 마음을 터놓고 소통하기 위한 장치일 뿐, 자식의 무례함이나 아버지의 잘못된 교육이 아니다.

우리는 가족 사이에 갈등이 일어나면 감정적으로 부딪치며 서로가 변하기를 기대할 뿐 좀처럼 문제를 해결하려 들지 않는다. 문제가 발생하면 없던 것으로 하거나 참거나 아니면 피하려고 하지, 정작 문제의 핵심을 직면하면서 개선하거나 풀어 가려는 모습은 부족하다. 그래서 가족 갈등은 언제나 똑같은 문제를 놓고 똑같은 감정 싸움이 반복된다. 게다가 나이 들면 힘이 빠지고 지치니 더욱 비켜 가려 할 뿐 해결 의지는 적어진다.

가족 갈등은 감정이 아니라 이성으로 풀어야 한다. 매일 똑같은 문제로 다투지 않으려면 이성적으로 부딪쳐라. 그래야 문제를 조금이나마 풀어 갈 수 있을 것이다.

내가 만난 사람들이
곧 나의 인생이다

● ● ●

중국의 현자가 물었다. "학문이 무엇입니까?" 그러자 이렇게 답했다.
"사람을 아는 일이다." 또다시 질문했다. "선善은 무엇입니까?"
현자가 말했다. "사람을 사랑하는 일이다."

—레프 톨스토이, 《살아갈 날들을 위한 공부》 중에서

진료실 밖에서도 사람들은 나를 정신과 의사로 대한다. 오랜
만에 만난 동창이 "너 나 분석하고 있지?" 하면서 경계한다거나,
처음 만난 사람도 내가 정신과 의사라고 하면 눈빛이 달라질 때
도 있다. 어느 때는 정신과 의사에 대한 이런 편견이 참 부담스럽
다. 누가 나의 마음을 꿰뚫어 보고 있다고 생각하면 기분 좋은 사
람은 없을 테니 말이다.

그래도 나는 정신과 의사를 하기 잘했다고 생각한다. 정신과
의사는 내가 누구인지 모르는 이들에게 자신이 누구인지 알도록
안내한다. 스스로를 믿지 못하는 이들을 먼저 믿어 준다. 좀 과장

하자면 신의 역할을 조금 부여 받았다고나 할까. 놀랍고 대단한 직업이다.

간혹 "나는 모든 사람을 환자로 봅니다"라고 진담 섞인 농담을 던지는데, 상대를 알고 싶다는 친근감의 표현이다. 또 세상에 완벽한 정신세계를 가진 사람은 없다는 뜻이기도 하다. 그만큼 사람은 혼자 살아갈 수 없으며, 다른 사람을 통해 나를 알고 세상을 알아간다. 다양한 사람을 만나 인연을 쌓으며 삶을 조금씩 완성해 가는 것이다.

요즘 사람들은 타인에 대한 좋고 싫음을 분명하게 나눈다. 사람에 대한 호불호가 명확해야 '쿨하다'는 말을 듣는다고도 한다. 그러나 나는 반대다. 나는 사람을 바라볼 뿐이다. 대개 정신과 의사는 상대의 문제점만 본다고 생각하기 쉽지만 나는 상대를 보고 그에게서 특별한 점을 찾는다. 단점과 장점은 동전의 양면과 같아서 어떻게 바라보느냐의 차이에 따라 장점도 되고, 단점도 된다. 그래서 특별한 점이다. 실제로 진료할 때 환자가 가진 특징을 장점으로 살려 치료에 이용하는 경우도 많다.

환자 중에 웃음이 시도 때도 없이 터지는 이가 있었다. 그는 밥먹을 때도 웃고, 화나는 일 앞에서도 웃음이 터졌다. 장례식장에서 다른 사람은 우는데 자기 혼자 웃고 있다면서, 제발 웃음을 멈추게 해 달라고 하소연했다. 검사를 해 보니 뇌에 기질적 문제가 있었고 그로 인한 행동 장애가 있는 상태였다. 나는 그에게 왜 웃

음이 나는지 그 이유를 적어 오라고 했다. 웃을 때 떠오르는 생각
도 적으라고 했다. 애써 의미를 부여하지 말고 생각나는 대로 쓰
라고 했더니 그는 날마다 이유를 적어 나에게 가져왔다. 수백 편
이 넘었다. 나는 그에게 말했다.

"웃는 게 나쁜 것은 아닙니다. 어떤 사람은 못 웃어서 난리인
데 당신은 가만히 있어도 웃음이 나니 얼마나 좋습니까. 당신 웃
음에 자신감을 가지십시오."

그에게 필요한 것은 웃음을 긍정적으로 받아들이는 마음이었
다. 그래야 적절한 상황에서 웃도록 행동을 조절하는 다음 단계
로 나아갈 수 있다. 웃음이 나오면 웃어라! 나는 그에게 주문했
다. 그리고 그가 적어온 '웃음이 나는 이유'를 시집으로 묶어 주
었다. 여러 권으로 만들어 주위 사람들에게 선물하라고 했다. 그
는 환하게 웃었다. 울면서 웃는 웃음이 아니었다. 본격적인 웃음
조절 치료는 그렇게 시작되었다.

환자뿐 아니라 사람들과 인연을 맺을 때도 마찬가지다. 나는
이름을 잘 기억하지 못한다. 대신 그가 가진 장점이나 기질, 달란
트로 기억한다. 대놓고 "당신은 무슨 일을 잘 하냐"고 묻기도 한
다. 보통 사람들은 그런 질문에 답하기를 좋아하고, 질문을 한 상
대방에게 호감을 가진다. 나는 그의 장점이나 달란트가 필요한
일이 생기면 연락하고 의향을 묻는다. 그가 흔쾌히 응하면 인연
은 계속된다. 나의 촘촘한 인연의 그물망은 그렇게 엮어져 왔다.

환자들도 나의 '인연 레이더망'에 존재한다. 정신과 환자의 경우 병원과 집이 치료 공간의 전부다. 그러나 나는 환자를 진료실에서만 만나지 않았다. 나는 그들의 장점을 살려 봉사 활동에 참여하도록 유도했다. 진료실에서 의도적으로 내가 벌이는 봉사 활동을 재미나게 이야기해 주면 어떤 환자들은 "선생님, 저도 가면 안 될까요?"라고 수줍게 묻는다. 나는 그때를 놓치지 않는다. 그들이 사회에 재적응할 기회를 주려는 목적도 있지만, 정신적으로 조금 문제가 있다고 할 줄 아는 게 아무것도 없는 것은 아님을 환자 자신이나 주위 사람들에게 보여 주고 싶은 것이다.

　인생에서 나는 많은 사람들을 만났다. 내가 만난 사람들이 곧 내 인생이다. 친구, 제자, 동료, 환자들 그리고 여행지에서 만나고, 산에서 만나고, 봉사를 하면서 만났던 사람들……. 수많은 인연들이 모두 나의 길이었다. 주위 사람들은 "이근후에게 한번 코가 꿰이면 평생 꿰인다"고 말한다. 반은 험담이고 반은 칭찬이다. 지속적이고 오래 관계를 맺는다는 뜻인데, 나는 내게 다가온 인연을 소중하게 생각한다. 끈질긴 면도 없지 않다.

　자기를 좋아해 주는 사람이 있으면 인생이 즐겁다. 나를 필요로 하는 사람이 없다면 외롭고 힘들다. 자, 50여 년 경력의 정신과 의사가 일러 주는 인간관계의 비결은 상대의 특별한 점을 기억하라는 것이다. 상대의 장점을 알면 인간관계가 쉬워진다. 장점은 그를 이해하는 키워드가 된다.

말실수를 하고 후회한 적이
많은 사람들에게

우리는 속마음이야 어떻든 입 밖으로 나오는 말을 더 믿는 경향이 있다. 말을 조심하고 아껴야 하는 이유다. 평생 진료실에서 수많은 인생을 지켜본 나는 삶을 더 풍요롭고 행복하게 살아갈 수 있는 도구로서의 '말'을 강조해 왔다. 과장을 좀 보태자면 말만 조심히 해도 인생의 절반은 성공한 셈이다.

말 잘하는 법에 대해 궁금해하는 사람들이 많은데 별로 어렵지 않다. 해야 할 말과 하지 말아야 할 말을 구분하면 된다. 적어도 하지 말아야 할 말만 안 해도 성공이다. 나는 과연 말을 조심히 잘 쓰고 있는 것일까? 말을 할 때는 다음의 열 가지를 명심하라.

첫째, 상스러운 말은 하지 마라. 욕이나 비하하는 말은 말 가운데 가장 낮은 하수下手다.

둘째, 상대가 제일 싫어하는 말은 절대 하지 마라. 누구나 정말 듣기 싫은 말이 있다. 그 말은 뇌관이다. 건드리면 폭발한다.

셋째, 남과 비교하는 말은 피하자. 세 살 먹은 아이부터 팔십 살 먹은 노인까지, 남과 비교하면 정말 기분 나쁘다.

넷째, 인격을 무시하는 말로 공격하지 마라. 자존심을 건드리면 관계를 회복하기 어렵다. 두고두고 원망만 들을 뿐이다.

다섯째, 상대 가족을 헐뜯지 마라. 본질과는 아무 상관도 없는 상대의 가족은 어떤 상황에서도 건드리지 마라.

여섯째, 폭탄선언은 제발 참아라. "우리 헤어져", "이혼하자", "사표 내야지" 등 이런 이야기는 정말 마지막에 하는 말이다.

일곱째, 유머 있는 대화의 기술이 필요하다. 무슨 이야기든 심각할 필요는 없다.

여덟째, 분명한 말은 오해를 남기지 않는다. 확실한 '예스'와 확실한 '노'는 연습해야 잘할 수 있다.

아홉째, 비비 꼬는 꽈배기 말은 하지 마라. 마음이 꼬여 있을 때는 침묵하는 게 낫다.

열째, 사람을 죽이는 독 있는 말도 있다. 말은 세상에서 가장 무서운 독이 되기도 하고 명약이 되기도 한다.

내가 어떤 사람인지는 평소 쓰는 말을 살펴보면 알 수 있다. 내가 얼마나 잘 살았는지, 어떤 인생을 살고 있는지 궁금하다면 지금 어떤 언어를 쓰고 있는지 살펴볼 일이다.

손자 손녀를 키우면서
깨달은 것들

• • •

할머니는 젊은 시절 자기 자식들을 키울 때보다는
손자들을 돌볼 때 더 친근하고 더 현명하며 이해심이 더 풍부하다.
(중략) 오직 그들만이 손자들에게 특별한 믿음을 끌어낼 수 있고,
과거에 대해 의미 있는 가르침을 줄 수 있다.

─조지 베일런트, 《행복의 조건》 중에서

1990년 첫 손자가 태어났다. 나이 55세에 공식적인 할아버지가 된 것이다. 오래 전 아내가 첫아들을 낳아 아버지가 될 때와는 다른 기분이었다. 기쁘기도 했지만 할아버지라는 호칭이 어색하고 뭔가 섭섭한 생각도 들었다. 그러나 그런 기분은 잠시였다. 작고 고물거리는 아기를 품에 안는 순간 신비로운 기운이 가슴속으로 흘러들었다. 앞으로 이 아이와 내가 만들어 갈 이야기가 아주 많을 거라는 기대가 마음을 설레게 했다.

하지만 요즘 사람들은 조부모 되는 것을 그리 달가워하지 않는다. 조부모가 되면서 동시에 노인이 된다고 생각하기 때문이

다. 손자를 볼 즈음이면 직장에서 퇴직하고 사회에서 은퇴하는 시기와 맞물리기도 한다. 그러니 손자 손녀가 태어나는 순간 기쁨과 서운함이 뒤섞인 미묘한 감정에 혼란스러움을 느끼는 건 당연한 일이다.

또 옛날에 비해 조부모의 역할이 크게 위축되기도 했다. 전통적으로 조부모는 한집안의 어른으로 손자 손녀들의 학문과 인간됨을 가르쳤지만 요즘 아이들의 교육은 몽땅 부모 몫이다. 조부모가 손자 손녀 양육에 이러쿵저러쿵 아는 체를 했다가는 자식이나 며느리, 사위에게서 핀잔을 듣기 일쑤다. 한편 자녀가 결혼하여 독립한 뒤 부모 세대는 자녀 양육에서 벗어났다는 해방감을 느끼며 인생을 즐기고 싶어 한다. 이제 인생에서 큰일은 웬만큼 치렀으니 남은 시간은 온전히 나를 위해 쓰고 싶어 하는 것이다. 물론 손자 손녀는 사랑스러운 존재지만 가끔 만나서 예뻐해 주는 정도면 좋겠다는 것이 솔직한 마음이다. 이렇듯 사회 변화와 개인 중심의 가치관이 조부모 역할을 위축시키며 그 존재 가치마저 빛을 잃어 가고 있다.

그러나 누구나 자녀에서 부모로, 다시 조부모가 되어 가는 과정을 밟는다. 삶의 종반부에서 맞닥뜨리는 조부모 단계는 인생의 핵심이자 하이라이트다. 조부모가 되는 것은 인생에서 한 단계 올라섰음을 뜻한다. 조부모의 자리는 이제껏 한 번도 겪어 보지 못한 새로운 역할을 경험하게 하며, 지금까지와는 다른 시각으로 세상을 바라보게 만든다. 지난 삶을 돌아보고 부족한 것을 채울 수 있는 기회가 되기도 한다. 당신이 어렸을 때나 자녀들이 어렸을 때 이후로 많은 것들이 어떻게 변했는지 알아볼 수 있는 시간이 되는 것이다.

나는 손주들이 태어나고 자라는 동안 내 아이들을 키울 때 어땠는지 자주 생각했다. 유감스럽게도 기억나는 게 많지 않았다. 솔직히 아내 혼자 아이들을 키웠다고 해도 과언이 아니다. 병원 일에 쫓겨 정신없이 사는 동안 아이들이 순식간에 자라 버렸다는 것, 아버지가 의사인데도 풍족한 환경에서 키우지 못한 것, 아이들과 대화로 해결한다고 하면서도 많은 것을 내 고집대로 결정했다는 걸 새삼 깨달았다. 아이들 공부에도 관심이 없어서 아이들 스스로 알아서 해야 했다. 지금도 기억나는 것은 우리 막내가 초등학교 때 수학 문제를 풀다가 "아빠, 집합이 뭐야?"라고 물었는데, "집합? 모여! 하면 모이는 거 아니야?"라고 답했다. 그랬더니 애가 눈을 동그랗게 뜨고 물었다. "아빠 정말로 박사야?"

언젠가 자녀들에게 아비로서의 미안한 마음을 전했더니, 아이들은 변두리의 낡고 허름한 집에서 보낸 어린 시절을 따뜻하게 기억하고 있었다. 그리고 늘 아버지 고집대로 하는 것 같았지만 자신들의 동의를 얻기 위해 끝까지 기다려 준 아버지였다고 말해 주었다.

손자 손녀가 태어나 걷고 젖니가 빠지고 초등학교에 입학하고 친구를 사귀는 등 변화가 있을 때마다, 자녀들과 나는 세월 속에 덮여 있던 지난 시절을 함께 기억해 내며 이야기를 나누었다. 기억 속에 실오라기처럼 남아 있던 서운함은 사라지고 오해가 풀어지기도 했다. 똑같은 사건을 전혀 다르게 기억하는 것이 놀라웠고, 내가 전혀 모르는 이야기나 나의 이면을 알게 된 적도 있다. 마치 보물찾기를 하는 기분이었다. "그런 일이 있었다고?", "나는 기억에 없는데……", "그땐 그럴 수밖에 없었네"라는 말을 얼마나 자주 되뇌었는지. 무엇보다 우리는 서로에게 고마워했다. 우물처럼 마음 깊은 곳에서 솟는 따뜻한 고마움이었다. 세대를 잇고 과거를 이해하는 소중한 존재로서의 손주들, 그들이 아니었다면 지난날의 나는 서툰 부모로만 남았을 것이다.

조부모 또한 손자 손녀와 부모 사이에 다리가 되어 준다. 나는 비록 서툴렀지만 그래도 네 명의 자녀를 키운 경험과 노하우를 갖고 있었다. 무엇보다 손주들을 객관적으로 볼 줄 알았기에, 어떤 상황에서는 제 부모보다 더 정확한 판단을 내릴 수 있었다.

첫 손자가 초등학생일 때 운동회에 간 적이 있다. 운동장에는 경기를 하는 아이들로 북적였다. 그 틈에 손자가 보이지 않아 찾아보니 녀석은 운동장 구석에 있는 새장 앞에 우두커니 서서 공작을 보고 있었다. 그즈음 며느리는 아이가 또래와 어울려 놀지 못하고 늘 혼자 있다고 속상해했다. 아이는 어린 시절의 나와 똑같았다. 피는 못 속인다더니, 녀석이 나를 빼닮았구나 싶었다. 나 또한 어렸을 때 숫기가 없어 혼자 있기를 좋아했고, 쓸데없는 걱정이 많았다. 초등학교 때 붓글씨를 잘 써 상을 받은 적이 있었다. 조회 시간에 교장 선생님이 상을 주기 위해 내 이름을 불렀는데도 소심해서 앞으로 나가지 못할 정도였다. 다행히 소심하고 고집스런 성격은 대학생이 되어 여러 사람과 어울려 다양한 경험을 하면서 차츰 나아졌다. 아마 손자도 성장하면서 제 힘으로 극복할 기회를 자연스럽게 찾게 될 것이다.

며느리에게 손자와 비슷했던 내 어린 시절 이야기를 들려주었다. 나도 그랬다는 말처럼 위안이 되는 말은 없을 것이다. 그리고 부모가 조바심 낸다고 단박에 해결될 일이 아니니 관심을 갖고 지켜보면 어떻겠느냐고 넌지시 일렀다. 아이의 단점만 크게 보지 말라고도 했다. 세상에 완벽한 사람은 없으며 모자람을 극복하고 부족함을 채우는 과정에서 사람은 완성되어 가는 것이라고 며느리를 위로했다.

그 말 덕분인지 그 뒤로 아이를 대하는 며느리의 모습이 한결 여유로워 보였다. 양육법에 관한 최신 정보를 꿰고 있는 신세대 며느리에게도 늙은 시아버지의 인생 경험이 도움이 되는 모양이었다. 그 일로 나는 오래 건강하게 살면서 가족들이 생활하는 데 도움이 되어야겠다고 생각했다.

그러나 나의 역할에 명확하게 선을 그었다. 손자 손녀에 관한 일은 부모들보다 앞서 나가지 않도록 조심했다. 오랫동안 가족을 책임지고 리드하는 가장의 자리에 익숙해 있던 조부모들은 부모가 된 자녀들에게도 명령하고 지시하려는 버릇이 있다. 하지만 조부모는 앞서가는 자리가 아니라 따르는 자리에 있어야 좋다. 손자 손녀 양육과 교육에 있어서는 그 부모를 믿고 짐을 덜어 주겠다는 마음으로 도와야 한다. 그 역할을 넘어선다면 자녀들에게서 "다 알고 있다니까요!", "모르시는 말씀 마세요!"라고 면박을 당할지 모른다.

조부모가 최근의 새로운 지식에 눈을 떠야 하는 이유가 여기 있다. 조부모가 생각하는 양육 방식은 오늘날의 교육법과 맞지 않을 수 있다. 요즘 아이들은 물질적 풍요와 최첨단 문화를 접하며 살아간다. 변화된 환경 속에서 자라는 아이들은 조부모, 부모 세대와 분명히 다르다. 마냥 개구쟁이로 보이는 아이가 어쩌면 정서 불안 문제를 가지고 있을 수 있다. 애들은 그렇게 자라는 거라고 대수롭게 넘겨서는 안 되는 것이다. 여자도 축구 선수를 하는 시대에 여자 운운하다가는 손녀딸에게 시대에 뒤떨어진 가치관을 심어 줄 수 있다. 모든 것이 풍족한 시대에 음식을 남기지 말라는 말은 비만의 원인이 된다. 대신 먹을 만큼 덜어 먹으라고 해야 맞다. 조부모의 양육 방식은 어떤 점에서 확실히 시대에 뒤떨어진다. 그러므로 손자 손녀에게 진짜 도움이 되기 위해서는 최근 양육 정보에 귀를 기울여야 옳다.

누구나 할머니, 할아버지에 관한 따뜻한 추억을 갖고 있다. 그러나 이제는 무조건적인 포용과 관용만으로는 부족하다. 인자한 할머니, 할아버지로 남아서는 안 된다. 손주들의 바른 성장을 위해서 조부모가 할 수 있는 일들, 해 줄 수 있는 역할을 찾아야 한다. 어린이 안전 상식, 건강 정보, 좋은 습관을 길러 주는 법, 조부모와 손자 손녀 사이의 관계 기술, 대화법 등 관심만 기울이면 정보를 손쉽게 접할 수 있다. 요즘 애들은 벅차다, 시대에 못 따라가겠다, 내가 할 수 있는 일이 있겠느냐고 방관하지 말라. 현실적인 정보를 알고 대한다면 가정 안에서 조부모의 자리는 더욱 견고해진다.

세상에는 너무 빨리 변하는 것이 있는 반면 결코 변하지 않는 것이 있다. 겨울 뒤에는 봄이 오고 태양은 매일 뜨고 진다. 태양의 소중함은 평소에 모르고 지낸다. 집안에서 조부모는 태양과 같은 존재다. 자녀들과 손주들이 인생의 크고 작은 문제로 걱정과 불안에 싸여 있을 때 조부모는 인생의 통찰력과 안목을 심어 줄 수 있다. 어려운 일은 곧 지나갈 것이라고 다독여 줄 수 있다. 어쩌면 그것이 조부모의 가장 큰 역할이다.

어른이 자식을 만드는 것이 아니라 아이들이 어른을 만들어 낸다는 말이 있다. 곰곰 되씹어 보면 자녀와 손자 손녀들이 나의 인생 후반부를 새롭게 쓰도록 해 주는 듯하다. 가족의 인연이란 참으로 놀랍다는 걸 세월이 흐를수록 실감한다.

사람들에게 회갑 잔치를 권하는 이유

● ● ●

> 은퇴는 아마도 가장 풍요로운 시기이며,
> 우리 자신과 가장 닮았고, 인생에서 가장 중요하다. (중략)
> 이 시기는 개발하지 않은 채 그냥 내버려두기엔
> 어리석을 정도로 너무나 탁월한 자산을 형성한다.
>
> ─베르나르 올리비에, 《떠나든, 머물든》 중에서

나는 돼지띠다. 어릴 때 '나는 왜 돼지띠일까' 하고 고민한 적이 있다. 해가 바뀌면 띠도 달라지는 줄 알고 새해가 되기를 학수고대하면서 연말을 보냈다. 그런데 1월 1일 새해 아침, 눈뜨자마자 어머니에게 나의 띠를 물었는데 여전히 돼지띠라는 것을 알고 어찌나 실망했는지 모른다. 어머니와 같은 소띠면 좋겠는데 하물며 귀여운 토끼띠는 왜 아니란 말인가!

만 60세가 되던 해, 나는 "돼지띠가 싫어요!" 하던 어린 시절이 떠올라 슬그머니 웃음이 났다. 60년 만에 맞이하는, 태어난 해와 똑같은 돼지해가 돌아왔는데 감쪽같이 흘러 버린 세월이 도저히 실감나지 않아 터진 실소인지도 모른다.

　예로부터 태어난 간지干支의 해가 다시 돌아오는 61세 생일을 회갑이라 하여 자식들이 잔치를 치러 주었다. 산해진미로 가득한 잔치상 앞에 부모를 모신 뒤 절을 올리고 색동옷을 입고 춤추고 노래했다. 자식을 낳고 기뻐한 그날처럼 부모를 기쁘게 하기 위해서다. 이 모두가 60~70세를 넘기기 힘들었던 시대의 이야기다. 지금 회갑 잔치 운운하면 촌스럽다고 여길지도 모르겠다. 한국 남자의 평균 수명이 77세, 한국 여자의 평균 수명이 84세로 늘어나다 보니 오래 살았음을 축하하는 회갑 잔치의 본래 의미도 빛을 잃었다. 요즘에는 회갑이 되면 서운함을 달래는 정도로 가족끼리 식사하거나, 부부가 해외여행을 떠나는 등 간소하게 보낸다. 형식이야 어떻든 회갑에 큰 의미를 두지 않는 모양새다. 그 속에는 나이 듦을 인정하기 싫은 속내도 없지 않을 것이다.

　그러나 100세 시대를 맞은 오늘날, 회갑 잔치는 지금까지와는 전혀 다른 의미에서 새롭게 치러져야 한다. 평소 나는 자식들이 회갑 잔치를 치러 준다고 하면 거부하지 말아야 한다고 주위에 늘 말하고 다녔다. 아니 꼭 회갑연을 해야 한다고까지 했다. 다만 그 의미와 방식은 다르게 말이다.

　회갑을 나이 듦의 상징, 늙음의 입구라고 여기는 것은 시대에 뒤떨어진 생각이다. 하지만 오는 나이를 다소곳이 인정하고 그에 어울리는 삶의 태도와 행동을 확인해 보는 그런 자리로서의 회갑연은 꼭 필요하다는 것이 내 지론이다. 회갑은 아름다운 노년의 시작이다. 잘 나이 들어 가겠다는 나와 가족의 다짐이라고 하면 더 뜻깊다.

나와 동갑내기 한 동료 교수는 회갑을 맞은 1년 동안 제자들과 함께하는 시간을 만들기로 했다. 말인즉, 1년이 52주이므로 제자 52명이 돌아가면서 일주일에 한 번씩 밥을 사게 하겠다는 것이다. 제자는 1년에 한 번이니 부담이 적고, 대접 받는 자신은 매주 제자와 함께 저녁을 먹을 수 있다는 계산이다. 제자는 스승을 모시고, 스승은 제자들과 밥 한 끼 먹으며 뭔가 삶에 도움이 될 만한 이야기를 나누고 싶다는 것, 반은 농담이었지만 나쁘지 않았다. 회갑을 나뿐 아니라 다른 이와 좋은 영향을 주고받는 기회로 삼으면 의미 있는 일이 아닌가. 내가 지금까지 살아온 세월을 돌아보며 그것이 자녀나 제자들, 주위 사람들에게 지침이 될 수 있도록 정리하는 일도 회갑의 가치다.

회갑을 맞은 나는 크게 세 가지 계획을 세웠다. 그동안 전국을 돌아다니며 찍은 석불 사진을 모아 전시회를 열고, 사진집을 만들어 주위에 나누어 주고, 조촐한 식사 자리를 마련하기로 했다. 식사는 가족, 제자, 동료로 따로 그룹을 나누어서 하기로 했다. 서로 낯선 사람들을 모아 놓으면 분위기가 어색해 제대로 고마움을 전하지 못할 것 같아서다. 이런 뜻을 글로 적은 '나의 회갑 계획서'를 자녀들과 제자, 동료들에게 각각 보냈다. 보통은 자식이 회갑을 준비하지만 나는 내가 직접 나섰다. 자식이나 제자들에게 왜, 어떻게 회갑을 치러야 하는가를 알려 주고 싶었기 때문이다. 또 회갑이라고 하여 받기보다는 그동안 내가 신세를 진 모든 사람 사람들에게 작은 정성이나마 베풀고 싶기도 했다.

나의 회갑 잔칫날이었다. 약속 장소에 낯익은 얼굴들이 하나둘 모였다. 나는 한 분 한 분에게 고마움을 전하는 마음으로 악수를 청했다. 그들의 얼굴을 마주할 때마다 내 삶의 어느 한순간이 영화처럼 스쳐갔다. 인생의 한순간을 공유하고, 내 삶을 지켜봐 준 그들이 고마웠다. 그들에게 고백하듯 조금도 숨김없이 지나온 내 삶을 털어놓고, 선언하듯 앞으로의 계획을 말했다. 그들의 흐뭇한 미소에 나는 하마터면 눈물을 쏟을 뻔했다. 요란한 풍악 소리도 흥겨움도 없었지만 무언 속에 오가는 따뜻한 축하를 받으며 나는 앞으로의 삶도 부드럽게 흘러갈 것 같다는 예감이 들었다.

회갑을 치르고 난 뒤 하루하루가 더 새롭게 다가왔다. 앞으로는 좋은 일들이 생길 때마다 회갑 잔치라고 생각하기로 했다. 매일 즐겁고 새로운 마음으로 시작한다면 그날이 회갑 잔칫날 아니겠는가.

세대 차이의 즐거움을
마음껏 누려라

• • •

상대방의 말을 왜곡하지 않고 있는 그대로 받아들이기 위해서는
먼저 빈 마음이 필요합니다.
텅 빈 마음이란 아무것도 생각하지 말라는 뜻은 아닙니다.
나의 편견과 고집을 잠시 접어 두라는 의미입니다.

－조신영 · 박현찬, 《경청》 중에서

5가구 1주택, 우리 집 삼 대 열세 명이 함께 모여 살기로 결정
한 뒤의 일이다. 나는 손주들과 어떻게 지내야 할지 마음이 쓰였
다. 나는 1층에, 아이들은 2, 3층에 살아 거주 공간은 달랐지만
떨어져 살 때보다 더 자주 만날 것이 분명했다. 아내는 매일 아침
손자 손녀를 등교시키는 것을 거들면서 아이들과 자연스럽게 이
야기를 나눴다. 고민 끝에 나는 컴퓨터로 아이들을 유인했다. 우
리 집 거실에 최신 컴퓨터를 들여놓자 아이들은 숙제를 싸 들고
매일 내 집을 찾아왔다. 이틈에 나는 손주들에게 시시콜콜 말을
붙였다. 고양이를 좋아하는 손녀를 위해서는 고양이 캐릭터를

메일로 보내고, 고양이 상식을 검색해서 들려주었다.

아이들의 작은 머릿속에 무슨 생각이 들어 있을까, 관찰하는 것도 재미있었다. 요즘 아이들은 확실히 달랐다. 나는 어릴 적에 할머니가 해 주는 똑같은 옛날이야기를 열 번 넘게 들으면서도 매번 깔깔대며 웃곤 했다. 그만큼 단순하고 순진했다. 그러나 요즘은 어떤가. 예닐곱 살 아이도 자기주장을 한다. 우리보다 더 일찍, 많은 것을 배우는 아이들은 세상 물정에 밝고 이해력도 뛰어나다. 초등학교 5학년인 손자 녀석도 내가 장난삼아 제 할머니 가슴에 손을 대는 것을 보고 "할아버지 그러면 성희롱에 걸려요"라고 해서 당황케 했다. 아이들의 이런 특징을 모르니 요즘 애들은 버릇이 없다, 이해를 못 하겠다는 말이 나온다.

바로 세대 차이다. 세대 차이는 사회적 변화에 따른 두 세대의 서로 다른 사고방식과 가치관을 뜻한다. 그러나 말 그대로 '다르다'는 것일 뿐, 젊은 세대의 사고방식이 우주에서 뚝 떨어진 것처럼 생판 이상한 것은 아니다. 젊은 세대는 이기적이고 열정도 근성도 부족하다고 폄하하며 혀를 찰 필요가 없다는 말이다. 수천 년 전 이집트 피라미드에서 출토된 파피루스에 "요즘 젊은이들은 버릇없다"는 말이 적혀 있다고 한다. 하물며 요즘 시대에는 한 살 차이만 나도 세대 공감력이 떨어진다고 하니 더 무슨 말을 하겠는가.

나는 오히려 세대 차이가 즐겁다. 젊은 세대의 말과 행동, 옷차

림, 헤어스타일 등 내가 상상하지 못했던 그들의 표현 방식이 새롭고 신기하다. 빨갛고 파랗게 물들인 머리, 피어싱, 누더기 같은 옷, 그리고 무슨 뜻인지 모를 외계어(?), 중얼거리는 음악과 화려한 텔레비전 쇼……. 더러 이해 안 되는 것도 있지만 그것이 젊음의 한 표현 방식이라고 생각하면 그냥 있는 그대로 보게 된다. 청년 시절의 우리는 마음을 표현하고 생각을 드러내는 것에 서툴렀다. 반면 요즘 젊은이들은 거리낌 없이 표현하고 에너지를 긍정적으로 발산한다. 인간의 근본을 저버리거나 도덕적 타락을 한 게 아니라면 봐 줄만 하지 않은가.

풍족한 환경에서 자란 젊은 세대의 밝고 에너지 넘치는 패기는 때로 부럽기까지 하다. 예전에 올림픽 시상식 장면을 인상 깊게 본 적이 있다. 은메달을 목에 건 우리 선수에게 기자들이 금메달을 따지 못해 아쉽지 않느냐고 물었다. 그런데 젊은 선수는 당당한 표정으로 "은메달 따기도 힘든 거예요!"라고 대답했다. 신선한 충격이었다. 승부를 깨끗이 인정하고 2등도 열심히 한 결과라고 만족하는 것은 진정한 자기애를 가진 자만이 보여 줄 수 있는 여유다. 2등, 3등을 거머쥐고도 1등이 아니라서 고개를 들지 못했던 과거 우리와는 다르다. 젊은 선수의 말 한마디가 내 머릿속을 상쾌하게 해 주었다. 이게 요즘 젊은 세대의 모습이다.

내가 그들과 소통하는 매개체는 컴퓨터다. 손주들과 제자들, 사이버 대학 동기생들과 이메일을 자주 주고받는다. 그런데 일흔 넘은 나이에 컴퓨터를 자유롭게 쓴다고 하면 일단 젊은이들은 신기하게 생각한다. 그래서 더 빨리 마음을 여는 것인지도 모른다. 나는 일찌감치 컴퓨터를 '노인의 장난감'이라고 생각하고 컴퓨터를 배우려고 노력했다. 나이가 들어 힘도 떨어지고 마음껏 움직이지 못하게 되면 컴퓨터를 통해 세계를 두루 다닐 수 있을 거라고 생각했다. 그런데 처음에는 어리둥절했다. 젊은 세대는 짧고 간단하게 자기감정을 전하는데, 이를테면 'ㅋ'이다. 댓글마다 달린 무수한 ㅋㅋㅋ. ㅋ에는 친근감, 즐거움, 동의 등 다양한 감정 상태가 담겨 있으며, 젊은이들은 ㅋ의 의미를 단번에 알아차렸다. 옛날에는 서로 끌어안고 사랑한다고 말했지만 지금은 ㅋ 자음 하나로도 충분한 것이다. 그 사실이 놀랍고 재미있다. 요즘에는 나도 자연스럽게 ㅋㅋ, ㅎㅎ 등 다양한 문자와 이모티콘을 써서 글을 올린다. 덕분인지 내 글에도 댓글이 많이 달린다.

만약 ㅋ을 보고 맞춤법이 틀렸다, 무슨 뜻이냐, 이상하다고 따진다면 대화는 이어지지 않을 것이다. 물론 나이 든 사람들 사이에도 그들 나름대로의 소통 문화가 있다. 그러나 젊은 세대에게 강요할 수는 없다. 나 역시 젊은 시절 나이 든 사람들의 문화에는 관심이 없었으니 말이다. 나이 든 이들이 즐겁게 살아가려면 오히려 젊은 세대의 소통 문화를 배워야 한다. 그게 싫다고 고집을 부린다면 어쩔 수 없다. 부글부글 끓는 마음을 잘 다스리고 살아갈 밖에.

내 주위에서 가장 쉽게 만나는 젊은이는 바로 손자 손녀들이다. 손자 손녀와 함께 어울리면 최신 문화와 사고방식을 접하는 기쁨을 누릴 수 있다. 손자 손녀와 어떻게 관계를 맺고 어떤 시간을 보내느냐에 따라 삶은 훨씬 풍요로워진다. 그들을 통해 새로운 사회를 경험할 수 있으며, 지금까지와는 다른 시선으로 사물을 보게 된다. 당연하게 생각해 온 것들을 새롭게 살펴보는 것, 참 재미있다.

내가 어릴 때 보았던 노인은 주름진 얼굴에 자애로운 미소를 띤 할머니거나 엄격하고 과묵한 할아버지의 모습이다. 그들은 대개 하얗게 센 머리에 행동이 느리며, 특별한 일 없이 무기력하게 방에 앉아 있다. 그러나 요즘 나이 든 사람들은 '노인'이라 부르기 어려울 만큼 대부분 건강하고 활동적이다. 직업이 있기도 하고, 운동이나 음악, 여행, 춤 등 취미를 갖고 있다. 늙고 약하고 수동적인 모습이 아니다. 한마디로 인생을 즐기려고 노력한다.

인간 수명 100세 시대다. 앞으로는 젊은이와 노인을 이분법적으로 구별하는 게 의미가 없어질 것이다. 손자 손녀들과도 인생의 즐거움을 나누며 서로의 인생에 플러스가 되는 조부모라면 더욱 멋있지 않을까.

1년간은 작정하고
날마다 일기를 써 보라

• • •

매일 밥을 먹는다. 그리고 매일 사람들을 만난다.
입맛이 있든 없든 때가 되면 밥을 먹고, 원하든 원하지 않든
만날 사람들을 만나는 것. (중략) 그런데 문득 돌아보니 그토록 평범한 일상이
여간 비범한 게 아니었다. 인생의 쓴맛 단맛이 그 속에 늘 다 있었다.

—함영, 《곰탕에 꽃 한 송이》 중에서

아침 삼청동 산책 길에 만난 백산 권영관 선생이 얼마 전 자기
가 지어 준 '무하'라는 호가 어떠냐고 물었다. '없을 무无'와 '사
람 하何', 선생은 나에게 '무하'라는 호를 지어 주었다. 호불호를
따져 사람을 가리지 말라는 뜻이다. 그 호는 나의 지난 삶을 그대
로 말해 주었다. 수십 년간 환자를 가리지 않고 최선을 다했으며,
한번 인연 맺은 사람들은 싫고 좋음으로 따지지 않았다. 호를 받
은 뒤 백산 선생이 사람을 볼 줄 아는가 싶어 흐뭇했다.

60세가 되던 1995년, 나는 어떤 의미 있는 일을 해 볼까 생각
한 끝에 특별한 기록을 남기기로 했다. 예순 살의 한 해를 날마다

꼬박꼬박 기록해 보기로 한 것이다. 새해마다 수첩을 바꾸면서 지난 수첩에 적힌 한두 줄의 간략한 일정이 아쉽게 느껴지곤 했다. 그때마다 일기까지는 아니라도 하루의 일들을 좀 더 자세하게 적으면 좋겠다고 벼르곤 했지만 번번이 실패했다.

하지만 60세가 된 그해만큼은 내가 어떤 일을 하고, 어떤 생각을 하고, 어떤 사람을 만나는지 자세히 적어 보리란 생각이 들었다. 나에게도 의미 있는 일이지만 아이들을 위해 나의 일면을 꼼꼼히 적어 두면 좋겠다는 생각도 한몫했다. 아버지의 솔직한 일상이 아이들에게 들려줄 만한 이야기가 되지 않겠는가.

1년이 짧다고도 할 수 있지만 한 사람의 삶을 압축시키기에는 충분하다. 평생 동안 일기를 써서 삶을 일일이 기록으로 남기면 더욱 좋겠지만 그것은 바쁜 시대에 참으로 어려운 일이다. 현대인의 생활은 실없이 앉아 있는 시간은 있어도, 일기를 쓰거나 하루의 소회를 기록할 마음의 여유를 갖기가 쉽지 않다. 그래서 날마다 쓰는 것이 부담이 되긴 했지만 고작 1년이 아닌가.

나는 1995년의 기록을 '무하일기'라고 붙이고 날마다 쓰기 시작했다. 1월 1일부터 12월 31일까지 가끔씩 빠트린 날은 있지만 용케 다 썼다. 일기라 해도 크게 새로울 것도, 특별한 내용이 있는 것도 아니다. 늘 있는 일, 늘 같은 생각, 비슷한 사람들이 등장한다. 하지만 차근차근 읽어 보면 내 삶을 관통하는 소신과 자녀들에 대한 당부 같은 것이 일정한 궤를 이룬다.

그 가운데 눈에 띄는 몇 가지를 소개해 보겠다. 원고 청탁에 대한 내용이다. 어느 매체에서 어떤 내용으로 글을 청탁 받았고 어떻게 썼는지를 적었다. 한 주에 네댓 군데 잡지에 글을 쓰는 강행군을 하며 '원고 청탁을 받으면 가능한 모두 써 주겠다'는 다짐을 적었다. 나는 평소 글을 써 달라는 부탁을 귀하게 여기고 절대 거절하지 않는다. 내가 알고 있는 지식과 지혜를 사람들과 나누고 싶기 때문이다. '나'라는 사람이 있기까지는 많은 돈과 사람들의 정성, 나아가 사회의 온 에너지가 필요했다. 그러니 나 또한 다른 사람을 위해, 사회를 위해 재능을 써야 한다는 게 내 소신이다. 그 소신이 '원고 청탁을 받으면 가능한 모두 써 주겠다'는 구절에 담겨 있다.

젊은 날을 회상한 대목도 있다. 날씨가 추운 어느 날, 변두리 셋방에 살 때의 추억담이다. 웃풍이 심한 방에서 아이들은 이불을 돌돌 말고 동그란 얼굴만 내민 채 나를 쳐다보았다. 그 또랑또랑한 눈망울을 바라보던 젊은 아버지는 장난감 하나 사 줄 수 없는 형편에 무력감을 느끼며 마음 아파했다. 그런데 나에게는 힘들고 어려웠던 그 시절이, 장성한 아이들에게는 따뜻한 그리움으로 기억되고 있었다. 똑같은 상황인데도 우리 부부와 아이들의 기억은 달랐다. 아이들은 어린 시절을 낭만적으로 느끼고 있으니 다행이었다. 그러나 한편으로는 이 일기를 읽고, 풍족한 시대를 살아가는 자식들이 가난 속에 조바심 내던 부모의 마음을 조금은 이해해 주었으면 했다.

또 옛 환자와 우연히 만난 이야기는 나와 같은 의사의 길을 걷는 딸이 꼭 봤으면 싶다. 예술의전당에서 한 부인이 다가와 나를 잘 안다며 인사를 했다. 누구냐고 물었더니 나에게 정신과 상담을 받은 적이 있단다. 도무지 기억이 나지 않았다. 10여 년 전이니 까마득할 수밖에 없었다. 어쨌거나 지금은 아주 건강하게 보여 한시름 놓으면서 내가 물었다.

"그때 제 상담이 도움이 되었나요?"

부인은 많은 도움이 되었다고 했다. 단순한 인사말은 아닌 것 같았다. 그 대목에서 나는 '지금 내 눈앞에 이렇게 건강하게 생활하고 있는 것이 바로 그 증거가 아니겠는가'라고 적었다.

평생 의사로서 성실하게 살아왔지만 환자에 대한 두려움과 긴장감은 줄지 않았다. 그것은 스트레스이기도 하지만 의사로서의 건강한 직업 정신이다. 옛 환자를 만나 "지금 도움이 되셨나요?"라고 묻고 그 대답을 기다리면서 두려웠다고 쓴 구절을 읽으며, 이 대목은 의사인 딸이 누구보다 잘 이해하리라는 예감이 들었다. 환자에 대한 스트레스를 당연한 것으로 알아야 의사로서의 직업에 더 충실할 수 있는 것이다.

그 밖에도 대부분 큰일 없이 소소한 기록으로 1년이 채워졌다. 한 가정의 아비로서 자녀들 걱정, 일에 대한 걱정, 사람됨, 마음씀이 담겨 있다. 나는 글을 잘 쓰려고, 폼 나게 쓰려고 하지 않았다. 밥을 먹고 잠을 자듯 있는 그대로 썼다. 한 해뿐인 기록이지만 내가 어떻게 살았고 지금 어떤 생각을 하는지 충분히 담겨 있었다.

아이들이 1년간의 무하일기를 읽는다면, 아버지의 생각과 마음을 조금은 더 잘 알 수 있을 것이다. 자식들이 '아, 아버지가 이때 이런 마음이셨구나'라고 고개를 끄덕여 준다면 좋을 것 같다.

인생 계획을 어떻게 세워야 할지
막막하다는 당신에게

50세가 되면 5년 단위로 인생을 계획하라. 50세는 아직 '청춘'이지만 머잖아 본격적으로 해가 지기 시작할 것이다. 정년 이후 어떻게 살아야 할 것인가를 고민한다면 죽음을 진지하게 인식해 둘 필요가 있다.

네팔에서 호흡곤란으로 쓰러진 경험을 한 후 나는 죽음이 코앞에 있음을 절감했다. 운이 좋아 살았다고 생각하니 시간을 더 소중히 쓸 줄 알게 되었다. 5년 단위로 삶을 계획한 것은 그즈음부터였다. 생물학적 평균 수명을 따져 5년, 3년, 2년 단위로 인생 계획을 세우기로 결심했다.

은퇴 뒤의 삶을 시작하는 신新노인들을 미국에서는 '2Y2R(too young to retire)', 즉 은퇴하기엔 너무 젊은 세대라고 부른다. 노인을 가리키는 말도 다양해져 60~70세는 젊은 노인, 70~80세는 보통 노인, 80세 이상은 늙은 노인으로 구분한다. 이왕 노인이 이렇게 자세히 세분화되었으니 이에 맞게 인생 계획을 세우는 것도 좋겠다.

젊었을 때는 큰 목표를 중심으로 인생을 설계했다면, 50세 이후부터는 시간을 중심으로 계획을 세워 보는 것이다. 앞으로 나에게 딱 5년의 시간이 주어졌다고 생각하면 해야 할 일이 좀 더 명확하게 떠오를 것이다. 그 5년이 지나면, 또 5년의 계획을 세운다. 그리고 70세가 되면 3년 단위로 계획을 세우고, 다시 2년, 1년 단위로 인생 계획, 하루 계획을 촘촘히 세워 보라. 계획이 거창한 무엇은 아니다. "뭐 하지?"라고 심심하게 시간을 써 버리지 말자는 것이다.

일부러 자식들에게
치매에 관한 농담을 하는 까닭

• • •

우리는 가족과 친구, 소중한 이웃들에게
어떤 형태로든 사랑의 빚을 지며 살고 있다.
그러니까 행복한 것은, 언젠가 갚아야 할 빚이다.

−위지안, 《오늘 내가 살아갈 이유》 중에서

수명이 늘어난 만큼 치매를 앓는 이들도, 치매를 걱정하는 이들도 점점 늘고 있다. 치매는 한마디로 뇌의 노화로 인해 일어난다. 몸이 늙는 것처럼 뇌도 늙는다. 나이가 들어 뇌 기능이 떨어지면 기억과 판단 능력, 언어 능력, 감정 표현 등에 장애가 생긴다. 우리가 치매를 무서워하는 것은 자기 자신을 스스로 통제할 수 없다는 데 있다. 내가 겪는 고통보다 가족과 주위 사람들이 당하는 어려움이 더 두렵기 때문이다.

그러나 어쩌겠는가. 오랫동안 사용한 몸에 자연스럽게 깃드는 현상인 것을. 아직 완벽한 치료제는 없지만 치매 증상을 늦추는 약도 있고, 생활 습관에 좀 더 신경 쓰면 병이 더디 찾아온다고 하니 우리가 해야 할 일은 분명하다. 술을 덜 마시고 담배도 끊는 등 우선 치매를 악화시킬 행동을 하지 않는 것이다. 애석해하거나 슬퍼하거나 화를 내는 것보다 그 방법이 더 효과적이다.

인간의 정신세계를 연구하고 환자들을 진찰한 의사로서 나는 치매가 죽음보다 더 두렵고 무섭다. 내가 앓고 있는 병의 합병증으로 나는 치매 확률이 일반인보다 더 높다. 이 사실을 나도 알고 식구들도 모두 안다. 그러나 아직은 아니다. 일어나지 않은 일을, 그것도 극단적으로 상상할 필요는 없다. 다만 이러저러한 어려움이 있을 테고 그러면 어떻게 대응할 것인가에 대한 생각을 해 두는 정도면 좋을 것이다.

자식들은 언제까지나 내가 지금만큼만 건강을 유지하기를 원하지만 그건 바람일 뿐이다. 나는 자식들의 불안함을 줄여 주려고 치매에 관한 농담을 자주 꺼낸다. 사오정 시리즈처럼 엉뚱한 말로 주위를 황당하게 하는 이야기를 메모해 두었다가 들려주는데, 마지못해 따라 웃어 주는 자식들 눈빛이 '우리 아버지가 왜 저러시나' 하는 듯하다. 한 번은 내가 이렇게 말한 적이 있다.

"너희들이 텔레비전 개그 프로그램을 보고 웃는 것처럼 나중에 네 아비가 치매에 걸려 헛소리해도 똑같이 받아들였으면 좋겠다. 슬프지만 코미디로 들어라. '똑똑하신 아버지가 젊었을 때는 안 그랬는데 왜 저렇게 되셨을까' 하고 시비 삼지 말아라. 너희들도 슬프고 나도 슬픈 일을 굳이 표현해서 더 우울해지지 말도록 하자. 우리 서로 웃고 지내자. 지금 내 정신 상태가 맑으니까 이런 이야기를 하는 것이다. 진짜 치매가 심해지면 이런 말도 못할 테니 새겨들어라."

자식들은 듣기 싫어하지만 나는 종종 치매 이야기를 꺼낸다. 자녀들 차를 얻어 탈 때면 앞서 가는 차의 번호판을 더했다 뺐다 하면서 나름대로 뇌 운동을 한다. 서정주 선생은 말년에 아침마다 세계의 산 이름을 외웠다는데, 나는 그 정도는 못하고 숫자 놀음이 딱 맞다. 나도 모르게 계산을 하느라 숫자를 중얼거리고 있으면 운전하던 며느리가 웃는 게 느껴진다. 치매 방지를 위한 시아버지의 노력이 귀엽게(?) 보여서 나중에 며느리가 치매를 긍정적으로 받아들였으면 하는 게 내 바람이다.

치매라는 말에는 고통과 절망, 암울 등 온통 부정적인 이미지만 담겨 있다. 그런데 치매에 대한 두려움이 치매를 더 공포스럽게 생각하도록 만든다. 치매癡呆는 어리석고 어리석다는 뜻이다. 평생 쌓아 온 모든 것을 잊어버리는 것은 그래도 참을 만하다. 인간의 존엄함마저 잃어버리고 본능적인 욕구만 남게 되는 것이 가장 두렵다. 그러나 인생의 기나긴 여정에서 치매 증세가 나에게 일어난다면 그 또한 받아들여야 한다. 다만 정신이 있을 때까지 긍정의 힘으로 열심히 살아야 할 것이다. 내가 기억을 잃었을 때 가족을 비롯해 여러 사람들에게 도움 받을 일을 생각하면 너무 미안하고 고마운데, 그 고마움을 정신이 맑을 때 전하면 어떨까.

전前 미국 대통령 로널드 레이건도 치매를 앓았다. 그의 아내 낸시는 남편이 죽을 때까지 옆에서 돌보았다. 의사소통이 불가능하고 과거의 기억을 나눌 수도 없으며 어떤 일도 함께 할 수 없지만, 그녀는 남편이 치매를 앓기 전이나 후나 한결같았다. 그녀는 말했다.

"그냥 받아들이면 됩니다. 아침에 일어나 하루가 시작됐다는 것을 받아들이고 상대방에게 다가서면 됩니다. 그저 사랑하면 되지요."

낸시는 치매를 받아들였다. 그러나 그것이 결코 쉽지 않음을 안다. 그래서일까. 나이 들어 얻을 수 있는 가장 큰 지혜는 '받아들임'이라는 사실을 다시 한 번 깨닫는다.

사랑하는 사람들에게
무엇을 남기고 떠날 것인가

• • •

농부들이 봄여름을 보내고 가을이 오는 것을 바라보는 것 이상
죽음을 슬퍼할 이유는 없다. 자연에 의해 이루어진 모든 것은 좋은 것이다.
죽는 것만큼 자연의 순리에 따르는 일이 또 무엇이 있겠는가.

―키케로, 《노년에 관하여》 중에서

내가 열한 살 무렵에 할머니께서 돌아가셨다. 할머니의 상여를 따라가면서 나는 줄곧 생각했다. 죽으면 땅속에 묻힐 텐데 그러면 숨은 어떻게 쉴까? 할머니는 땅속에서 얼마나 답답하실까? 내가 도와드릴 방법은 없을까? 답은 없었다. 마침내 관이 내려져 흙이 덮이고 동그란 봉분이 만들어졌다. 나는 슬픔보다는 땅속에 갇힌 할머니를 도와드릴 수 없다는 사실에 우울했다. 엊그제 대학 동기의 부음을 듣고 문득 그때의 막막함이 떠올라 가슴이 답답했다.

우리가 죽음을 두려워하는 이유는 사후 세계에 대한 정보가

전혀 없기 때문이다. 죽었다가 다시 살아 돌아온 사람은 없다. 간혹 죽은 줄 알았는데 다시 심장이 뛰는 사람들이 있긴 하다. 그들 중 일부가 죽음 뒤의 세계에 대해 증언하지만 내가 죽지 않고서야 그 말이 사실인지 확인할 길은 없다. 죽음을 보통 저 세상에 간다고 표현한다. 이사 간다는 개념이다. 그런데 새로 이사 가는 집이 판잣집인지 아파트인지 전원주택인지 알 수 없다. 모른다는 것에서 오는 근본적인 불안이 바로 죽음에 대한 두려움의 실체다.

위대한 문호 톨스토이, 작가로서 심연과 같은 인간의 마음을 꿰뚫었던 그도 말년에는 죽음에 대한 공포에 시달렸다. 그는 죽음을 "입구가 좁고 안이 깊은 검은 가방"이라고 일기장에 적었다. 그 가방 속에는 먼저 세상을 떠난 어머니와 형제들, 자녀 네 명이 갇혀 있다고 생각했다.

예수는 어땠을까. 예수는 십자가에 못 박힐 때 죽음에 대한 두려움이 전혀 없었을까? 아니다. 하느님의 아들 예수도 분명 죽음이 두려웠을 것이다. 그러나 예수는 죽음을 선택하지 않고는 달리 방법이 없음을 알았다. '살아서 해결할 수 없다면 아버지 하느님의 뜻대로 하소서'가 예수의 생각이었다. 그래서 무거운 십자가를 짊어지고 손바닥에 못이 박히는 엄청난 고통도 감내할 수 있었다.

내가 아는 큰스님은 암에 걸리자 의사의 옷자락을 붙잡고 살려 달라고 했다. 어느 신부님은 사후 안구 기증을 약속해 놓고 번복하기도 했다. 혹자들은 이런 성직자들의 모습에 실망하고 노골적인 험담을 한다. 죽음을 두려워하지 않아야 완벽한 사람이라고 여기는 것은 오히려 인간이 죽음에 대해 얼마나 큰 불안을 갖고 있는지를 반증한다. 그러나 인간이면 누구나, 성직자 혹은 뛰어난 정신세계를 가진 이라도 죽음에 대한 원초적인 두려움을 갖고 있다. 그 두려움을 넘어서려는 자리에 인간적인 고뇌가 있다. 고뇌가 깊을수록 죽음을 받아들이는 자각 과정을 거친다. '아 인간이면 누구나 죽는구나, 나도 피할 수 없구나' 하고 수긍한다. 죽음에 대한 마음의 준비인 것이다. 이 준비 과정에 나의 의지가 얼마나 들어가느냐에 따라 죽음의 모습과 태도가 달라진다.

내가 생각하는 가장 인간적인 죽음은 솔직한 죽음이다. '아 정말 무섭다, 두렵다' 하면서 죽음을 맞는 것은 전혀 부끄러운 일이 아니다. 그러나 죽음의 공포를 이겨내기 위한 자기만의 방법을 찾아내는 것도 의미 있는 일이다. 이런 죽음의 고뇌가 인간을 더욱 인간답게 하며 남은 삶을 가치 있게 한다. 그 과정 없이 쓰러져 죽어 가는 사람이 우리 주위에는 얼마나 많은가.

비행기는 고도를 차츰차츰 낮추면서 착륙한다. 그래야 안전하고 부드럽게 착륙할 수 있다. 죽음도 연착륙해야 한다. 두려움과 충격을 줄이고 자연스러운 죽음을 맞이하기 위한 준비가 평소에 이뤄져야 한다. 어떤 스님들은 임종이 가까워지면 상좌들에게 역대 큰스님이 어떤 모습으로 돌아가셨는지 알아 오라고 한다. 앉아서 돌아가셨느냐, 물구나무선 채 돌아가셨느냐 등을 물어 보는 것이다. 남에게 보이고자, 멋지게 죽으려는 것이 아니다. 이 또한 마음의 준비 과정일 뿐이다.

젊었을 때 나는 촛불처럼 죽고 싶었다. 마지막 촛농까지 모두 타고 녹아 없어지듯 내 몸과 마음이 소멸하기를 바랐다. 생명이 붙어 있는 한 끝까지 고고하게 살아 내겠다는 각오다. 손톱만큼 남은 촛불이라도 그 밝음을 필요로 하는 사람이 있으면 좋지 않겠는가. 만약 세월이 더 흘러 기력이 다해 침대에 누워 지낼 수밖에 없는 날들이 온다면, 네팔에서 찍어 온 풍경이나 내가 좋아하는 영화 등을 보며 삶을 정리하는 모습을 상상해 보기도 했다.

그런데 요즘은 그런 죽음이 다른 사람을 힘들게 할지도 모른다는 생각이 든다. 또 나에게 견뎌 낼 에너지가 있을지도 의문이다. 차라리 죽는 게 낫다고 여길 만큼 고통이 심한 병에 걸려 나 스스로를 통제하지 못하면 어쩌나 싶기도 하다.

게다가 심장이 안 좋은 나는 어느 날 갑자기 쓰러져 죽을지도 모른다. 갑작스러운 죽음은 본인에게도 안타까운 일이지만 가족과 주위 사람들에게 큰 혼란과 충격을 안겨 준다. 그런 황망한 죽음만은 피하고 싶어서 내 주머니 속에는 항상 응급처치약이 들어 있다. 시간을 벌고 싶어서다. 침대에 누워 서서히 죽음을 맞으면서 내 아이들, 손자들과 진솔한 대화를 나누며 서로 용서할 것은 용서하고 싶다. 그렇게 마음에 조금이라도 맺힌 것을 모두 풀고 싶다.

가족아카데미아에서는 생애 준비 교육 과정 중 하나로 죽음을 가르친다. 나는 죽음에 대한 나의 고뇌를 많은 이들과 나누고 싶었다. 특히 내가 강조하는 것은 '죽음'을 처음 경험하는 손주들과 이별하는 법이다. 내 할머니가 돌아가셨을 때의 두려움과 혼란을 나는 아직도 잊지 못한다. 보통 조부모의 죽음은 손주들에게 어느 날 갑자기 다가온다. 학교에서 돌아오자마자 엄마에게서 "얘야 할머니가 돌아가셨단다"라는 말을 듣는다. 어쩌면 조부모와 심리적으로 먼 요즘 아이들은 공원에서 죽은 새를 발견한 것처럼 잠깐 놀라는 데 그치고 말지도 모른다. 그렇다면 참으로 불행한 일이다.

조부모가 병에 걸려 죽음에 임박하게 되면 "곧 나으실 거다"라는 말 대신 가족 모두 이별 준비를 해야 한다. 죽음의 당사자만이 아니라 가족 모두가 경건하게 죽음을 맞는 분위기를 만들어야 한다. 죽음은 무섭다, 두렵다, 안타깝다, 슬프다, 그런 당연한 감정에 휘둘리지 말고 마지막으로 주어진 시간에 무엇을 해야 할지 생각해 보자. 그럼으로써 손주들에게 죽음이 무엇인지 알게 하는 것이다.

첫째, 죽음은 정상적이고 평안을 얻는 길이다. 이런 죽음의 의미를 자녀들과 손주들에게 알려 주고 세상을 떠난다면 그는 정말 행복한 사람이다. 죽음이 삶의 정상적인 일부분이라는 생각에 익숙해지도록 평소 자주 이야기해 주는 것도 나쁘지 않다. 둘째, 지금까지 살아온 것에 대해 감사한 마음을 전하라. 특히 손주들과 함께했던 시간들에 감사하는 마음을 전하라. 셋째, 충분히 슬픔을 나누되 유머가 있다면 더욱 좋으리라.

"먼저 가서 자리맡아 놓을 테니 천천히 오렴."

죽음의 당사자가 보여 주는 마지막 여유는 가족에게 따뜻한 슬픔을 남겨 주지 않을까.

보들레르가 말했다. "사랑하면서 가장 중요한 것은 이별하는 방법을 아는 것이다." 그 이별이 연인 사이의 이별을 뜻하는 것인지도 모르지만 우리는 인생과도 잘 이별해야 한다. 죽음은 내 아이들과 이별하고, 내가 쌓아 온 모든 것과 이별하고, 그리고 나 자신과도 이별하는 것이다. 인간이 마지막으로 베풀 수 있는 것은 바로 사랑이다. 아직 죽지 않았다면 사랑을 나눌 시간은 충분하다는 것을 잊지 말자.

내 삶을 조금이라도
의미 있게 만드는 방법

• • •

"신부님, 저는 이제 맹인이 되어서 더 이상 봉사를 할 수가 없습니다.
열다섯 살 때부터 제 삶에 큰 의미를 부여했던 그 봉사를 말이에요."
나는 이렇게 대답했다. "당신 인생의 마지막 1분까지도 당신은 당신에게 식기를
들고 오는 친구에게 미소를 지을 수 있을 것이고 당신의 그 미소가 그날 하루 동안
그가 해낼 몫의 일을 할 수 있게 돕는다면 당신은 이미 봉사를 한 것입니다."

—아베 피에르, 《피에르 신부의 유언》 중에서

2003년 네팔 안나푸르나 지역을 트래킹하던 중이었다. 새벽부터 한 네팔 여인이 나를 찾는다기에 나가 보았더니 찬드라 꾸마리 구룽이 서 있었다. 찬드라는 한국 등반대나 여행객들이 마을을 지날 때마다 내 이름을 부르며 찾았다고 했다. 마침 전날 그녀가 사는 마을에서 점심을 먹고 떠난 터였는데 셰르파에게서 내 이야기를 듣고 밤새 뒤따라온 것이다. 이듬해 2월 네팔 카트만두를 다시 찾았을 때도 찬드라는 나를 찾아왔다. 고향 마을에서 카트만두까지 200킬로미터나 되는 거리를 온갖 교통수단을 이용해 찾아왔다.

찬드라 꾸마리 구릉은 1992년 우리나라에 근로자로 일하러 왔다가 식당에서 식사하고 돈을 내는 과정에서 무전취식자로 오해를 받았다. 식당 주인의 신고로 그녀는 경찰서로 갔다가 정신병원을 전전했다. 자신은 네팔 외국인 노동자라고 설명했지만 한국인과 비슷한 외모에 생소한 네팔 말과 어눌하게 뒤섞인 한국말 때문에 정신이상자로 취급 당한 것이다. 찬드라가 정신병원에서 보낸 세월은 무려 6년 반. 어느 날 용인의 한 정신병원에서 일하는 후배 의사로부터 전화가 왔다. 환자 중에 네팔에서 왔다고 우기는 여인이 있는데, 내가 네팔에 자주 오가는 것을 알고 한번 봐줄 수 있느냐는 것이었다. 그 네팔 여인이 찬드라였다.

한 사람이라도 그녀의 말에 조금만 관심을 기울였다면, 찬드라가 낯선 타국에서 공포에 떨며 6년 넘는 세월을 정신병원에서 보내지 않았을 것이다. 나는 찬드라가 고향으로 돌아갈 수 있도록 도왔다. 그리고 한국인을 대표하여 미안하다고 했다. 그 고마움을 잊지 않은 찬드라는 네팔에 오는 한국인을 볼 때마다 "이근후 박사를 아느냐"고 물었고, 마침내 몇 년 만에 다시 만나게 되었다. 그런데 찬드라는 지옥과 같은 6년 반의 세월을 조금도 원망하지 않았다. 대신 나에게 감사하다는 말만 되풀이했다. 그녀에게는 원망보다 감사하는 마음이 더 컸던 것이다.

찬드라는 지금 네팔에서 여성 문맹 퇴치를 위한 교육 운동을 활발하게 벌이고 있다. 한국에서의 경험을 들려주며 '나같이 글을 모르면 억울한 일을 당한다'는 내용의 강연을 한다. 누구도 자신의 말을 믿어 주지 않는 상황에서 6년 넘게 갇혀 있었다면 정신이 온전하지 않을 것이다. 하지만 찬드라는 견뎌 냈다. 오히려 자신의 쓰린 경험과 상처를 묻어 두지 않고 자신과 같은 황당한 일을 당하지 않으려면 글을 알고 공부해야 한다고 사람들을 설득하고 있다.

나는 평소 학생들에게 "공부해서 남 주자"는 말을 자주 했다. 종종 한국에 유학 온 네팔 학생들을 집에 데려와 숙식을 제공해 주곤 했는데, 그들에게도 "한국에 온 것이 돈벌이 목적으로 끝나서는 안 된다. 한국에서 얻은 것을 고국에 돌아가 사회에 환원해야 한다. 많은 사람들을 이롭게 하는 데 써야 한다"고 강조했다. 그 덕분인지 네팔로 돌아간 이들 중 학교를 세우고 교장이 된 사람도 다섯이나 된다.

현대인은 돈과 연결된 생각에만 온통 집중하는 경향이 있다. 그것은 과도한 경쟁으로 나타난다. 그러나 우리의 소중한 인생을 돈이 목적인 삶으로 끝나게 해서는 안 된다. 의미 있는 삶이란 결국 나누는 삶이기 때문이다.

우리가 가진 것은 무엇이든 나눌 수 있다. 위에서 "공부해서 남 주자"라고 했는데, 공부의 범위는 매우 넓고 다양하다. 내가 배운 학식일 수도 있고, 나만의 독특한 경험이나 정보일 수도 있다. 찬드라처럼 나쁜 경험도 다른 사람을 위해 쓰이면 긍정적으로 승화될 수 있다.

　젊은 시절 전국의 산을 다닌 나는 설악산 등산로를 지도로 만들어 사람들에게 나눠 준 적이 있다. 경주 남산에 흩어져 있는 각종 석불과 탑 등 문화재를 찾아보기 쉽게 만들어 남산 지도를 배포하기도 했다. 당시에는 그런 지도 자료들이 많지 않았다. 모르긴 하지만 그 지도 한 장이 길 잃은 등산객의 목숨을 구했을 수도 있다.

　내 삶을 조금이라도 의미 있게 만드는 법, 그것은 어려운 일이 아니다. 공부해서 남 주자. 그러면 된다. 인터넷이 발달한 지금은 공부해서 남 주기가 더 쉬워졌다. 얼마나 좋은 세상인가!

스스로를 못났다고 생각하는 '잘난 사람'에게

우리는 사회화 과정에서 스스로를 결점 투성이로 보고 자신에게 비판과 비난을 퍼붓는 데 익숙하도록 훈련되어 왔다. 그래서 다른 사람에 대한 연민, 배려는 충분히 배우고 익히지만 자신에게만큼은 인색하다. 같은 일을 해도 남이 하면 실수지만 내가 하면 해서는 안 되는 큰 잘못으로 여기는 것이다.

그런데 정신분석학자 아들러의 열등감 이론에 따르면 인간은 원래 열등한 존재로 태어난다. 성장하면서 이 열등감을 극복하기 위해 노력하지만 열등감을 극복해도 또 다른 갈등에 직면한다. 이번에는 우월감을 유지해야 하는 것이다. 천신만고 끝에 획득한 우월감을 유지하는 것은 열등감을 극복할 때보다 더 큰 힘이 필요하다. 이렇듯 사람은 일생동안 열등감과 우월감의 쳇바퀴를 돈다. 사람은 누구나 잠재 능력을 타고 나지만 다른 사람과 비교해 우월한 것도 있고, 열등한 것도 있다. 모든 것이 다 열등하고 모든 것이 다 우월한 경우는 없다.

아들러는 열등감을 극복하기 위해 노력하는 과정에서 인간이 발전해 나간다고 말했다. 그러나 끊임없이 부족한 것만 보고, 지금까지 해 온 노력은 모두 과소평가하면서 괴로워하는 사람들이 의외로 많다. 그들은 열심히 쳇바퀴를 굴러 온 자신을 부정적인 시선으로만 평가하고 늘 열등한 것에만 초점을 맞춘다. 그들은 스스로를 못났다고 평가하지만 사실 속으로는 모든 면에서 충분히 '잘나야' 한다고 생각한다. 그러니까 모든 면에서 잘나야 하는데 그러지 못하고 모자란 부분이 있는 것을 견디지 못하는 것이다.

이제 그만 모든 걸 잘해야 한다는 생각을 훌훌 털어 버려라. 모든 부분이 잘난 완벽한 사람은 이 세상에 없으니까 말이다. 다음은 자꾸만 스스로를 못난 축에 든다고 비하하는 사람들에게 주는 체크 리스트다. 있는 그대로의 나를 사랑하기 위해 꼭 익혀야 할 삶의 자세이므로 천천히 하나씩 체크하며 그대로 실천해 나갔으면 좋겠다.

1. 나는 있는 그대로의 나의 욕구를 받아들인다.
2. 나는 내가 나인 것이 좋다.
3. 나는 내 몸과 마음을 귀하게 여긴다.
4. 나는 다른 사람들을 나처럼 소중하게 대한다.
5. 나의 건강 계획을 세운다.
6. 가장 잘 맺고 있는 관계와 안 풀리는 관계의 원인을 알고 있다.
7. 나는 나의 감정을 잘 다스릴 수 있다.
8. 나는 내가 좋아하고 잘하는 일을 하고 있다.
9. 나는 돈 관리를 잘하고 있다.

Chapter 5

인생의 새로운 출발점에 서 있는 그대에게

인생의 황금기는 바로 지금이다.

돌아보면 매 시기가 행복이고 황금기였다.

죽음이 코앞에 있는데 뭐 그리 행복하냐고 하겠지만,

죽음이 오기 전까지 나는 언제나 인생의 황금기를 살고 있다고 믿는다.

인생의 황금기는
바로 지금이다

• • •

"지금 평화와 기쁨을 누리지 못한다면,
언제 평화와 기쁨을 누릴 수 있을 것인가? 내일이나 그 다음날?
지금 이 순간 내가 행복해지는 것을 방해하는 것은 무엇인가?"

—틱낫한, 《마음에는 평화, 얼굴에는 미소》 중에서

우리나라 사람들은 유독 나이에 민감하다. 처음 만나는 사람
도 나이부터 묻는다. 기자들이 나를 인터뷰하고 쓴 기사에는 언
제나 이름 뒤 괄호 안에 나이가 적혀 있다. 평소 나이를 잊고 살
기에 그 숫자를 보면서 내 나이가 이렇구나 느끼기도 한다.

대학 시절 어느 교수님이 나에게 몇 살이냐고 물으시기에 대
답했더니 고개를 끄덕이며 웃기만 하셨다. 인턴이 된 뒤 그 교수
님이 또 나이를 물었다. 내가 대답하니 이번에는 "참 좋을 때다"
라고 했다. 전문의가 되었을 때도 같은 질문을 하신 뒤 "정말 좋
은 때다"라고 말씀하셨다. 교수님은 왜 번번이 나이를 물었던 걸

까? 한참 뒤에야 알았다. 교수님은 나에게 "지금 네 나이가 제일 좋을 때다"는 말을 해 주고 싶었던 것이다.

　강연에 나가 주로 하는 이야기 가운데 하나가 '인생의 황금기는 바로 지금'이라는 내용이다. 나는 지금이 내 일생 중에서 가장 행복한 시기라고 말한다. 다섯 살이면 다섯 살이 황금기고, 일흔 살이면 일흔 살이 황금기다. 나는 다섯 살 때 죽을병에 걸렸지만 죽지 않고 살아서 행복했다. 스무 살에는 외아들을 지나치게 과보호한 어머니의 품에서 벗어나서 자유로움을 느꼈다. 서른 살엔 경제적으로 힘들었지만 아내와 아이들의 따뜻한 가족애로 행복했다. 마흔 넘어서는 과중한 일에 지치기도 했지만 네팔에 봉사 활동을 하러 가면서 새로운 기쁨을 찾았다. 돌아보면 매 시기가 행복이고 황금기였다. 죽음이 코앞에 있는데 뭐 그리 행복하냐고 하겠지만, 죽음이 오기 전까지 나는 언제나 인생의 황금기를 살고 있다고 믿는다.

　환자 가운데 죽을까 봐 겁을 내는 이가 있었다. 그가 대학생일 때 우리는 처음 만났다. 선천적으로 몸이 약했던 그는 죽음에 대한 불안 때문에 아무것도 못 해 일상생활에 지장을 줄 정도였다. 자동차나 비행기도 못 탔으며 먹을거리도 조심했다. 비 오는 날에는 벼락이, 바람이 부는 날에는 간판이 머리 위에 떨어질까 두려워했고 바닷가나 산에도 가지 못했다. 계속 치료를 받으며 인연을 이어온 그는 어느덧 50세가 넘어 정년 퇴임을 하였다. 시간이 약이라는 말처럼 그의 증세도 세월이 흘러 희미해졌다. 하루는 그가 이렇게 말했다.

"선생님, 저는 왜 그리 죽음이 무서웠던 거죠? 그냥 재미있는 거 하고 맛있는 거 먹고 가고 싶은 데 다 가 보면서 살았으면 좋았을 텐데요."

그는 걱정하고 두려워하며 보낸 지난 시간을 진심으로 후회했다. 미래를 걱정하며 살았든, 걱정일랑 집어치우고 살았든 결국 시간은 똑같이 흘러 버리는 것을……. 내일 올지 안 올지 모를 죽음을 걱정하느라 써 버린 황금 같은 시간을 그는 정말 아까워했다. 나는 그에게 혹 이번에는 지난 세월을 후회하느라 지금 시간을 낭비하지 말라고 충고해 주었다. 뭔가 깨달음이 있었는지 그는 내가 참여하는 문학 동아리 모임에 나오고 싶다고 했다. 문학을 모르는데 괜찮겠느냐고 걱정하기에 나는 당장 이번 주부터 나오라고 명령(?)했다.

인생은 '여기here'와 '지금now'이다. 행복을 즐길 시간과 공간은 바로 지금, 여기다. 이것을 깨닫지 못하는 이들은 항상 다른 곳, 바깥에만 시선을 두고 불행해한다. 뇌 속에서 행복한 감정을 불러일으키는 물질은 엔도르핀이다. 엔도르핀은 과거의 행복한 기억, 미래에 다가올 행복 때문에 생기는 게 아니다. 지금 내가 즐거워야 엔도르핀이 형성된다. 사람이 어떻게 늘 행복하기만 하느냐고, 슬프고 괴로운 때도 있지 않느냐고 묻는 이들도 있는데, 그런 이분법적인 생각에서 벗어나야 한다. 괴롭고 힘들지만 그럼에도 즐겁다고 말해야 하는 것이다. 좋든 나쁘든, 나에게 닥친 이 순간에 충실할 때만이 인생은 즐거워진다. 톨스토이가 말했다.

"지금 하고 있는 일을 사랑하라. 지금 이 순간을 사랑하라. 지금 만나는 사람을 사랑하라."

지난날 이따금 나에게 나이를 물으셨던 교수님을 다시 뵌다면 어떨까. 교수님은 또 물으셨을 것이다.

"자네 올해 몇인고?"

그러면 나는 대답할 것이다.

"네, 78세입니다. 가장 좋은 나이지요."

늘어나는 생일 초가
끔찍하기만 한 사람들에게

환갑을 치르고 난 뒤에는 1년에 한 번뿐인 생일이 자주 돌아오는 듯 느껴진다. 생일 케이크에 꽂은 초가 그득하게 빛난다. 노년에 맞이하는 생일은 아주 특별하다. 단순히 언제 태어나 얼마나 살았는지 확인하는 날이 아니다. 성년이 된 뒤 맞이하는 모든 생일이 뜻깊지만, 특히 노년의 생일에는 얼마나 오래 살았느냐보다 어떻게 살아왔는지를 헤아려 보는 것이 중요하다. 왜냐하면 요즘 흔히 말하는 명구를 빌리자면 '오늘은 나에게 남은 생애에서 가장 젊은 날'이기 때문이다.

나이를 '먹는다'고 표현한다. 나이를 충분히 먹었다면 이제 내가 먹은 것에 대한 성찰이 필요하다. 어떤 것은 과잉이고 또 일부는 결핍인 것도 분명히 있다. 이렇게 생일에는 지난 삶을 정리해 볼 필요가 있다. 나의 삶, 성공과 실패, 잘한 일과 못한 일, 부족한 것, 아쉬운 것, 부끄러운 일 등 모두 꺼내서 확인해 보고 주위 사람들과 나누는 것이다. 재고 방출이라고 할까. 재고는 창고에 쌓아 두면 아무 쓸모도 없지만 꺼내 놓으면 필요한 사람에게 귀중한 선물이 된다.

모두에게 교훈이 되는 것도 아니고 누군가는 흠을 잡을 수도 있겠지만, 지혜롭고 현명한 젊은이라면 두 귀와 마음을 열고 자신만의 보배이자 자양분으로 삼을 것이다. 생일날, 많은 이들의 축하를 받고 가족 친지들이 한 자리에 모인다면 이처럼 지난 삶을 정리해 보면 어떨까. 그러면 늘어나는 생일 초가 그리 끔찍하게 느껴지지만은 않을 것이다.

어떤 일이든
다시 시작하고 싶다면

● ● ●

나이가 한계일 수는 없다. '이 나이에' 하고 자신의 한계를 정하는 순간,
우리의 나머지 인생은 단지 죽음을 기다리는 대기 시간이 되고 만다.

—이시형, 《공부하는 독종이 살아남는다》 중에서

"어떻게 이 많은 일을 다 하세요?" 사람들이 나에게 자주 묻는 말이다. 나는 기력이 달려 일을 많이 줄인 요즘에도 가족아카데미아 일과 광명보육원 봉사, 영화 동아리 세미나 공부를 하고, 무하문화사랑방 관장과 네팔 캠프 단장으로 일하고 있다. 틈틈이 강연하고 청탁 받은 원고도 쓴다. 은퇴하기 전에는 불교상담개발원장, 한국석불문화연구회 회장, 사이버 종합병원 건강샘을 운영하며 청소년 성 상담을 해 주기도 했다.

어떻게 이 많은 일을 하느냐고 묻는 이들에게 나는 늘 같은 답을 한다.

"한 컵의 물을 여러 가지로 쓰는 것입니다."

재주는 하나인데 그 재주를 열 번 써 먹으니 하는 일이 많아 보일 뿐이라는 뜻이다.

가만 보면 내가 해 온 모든 일들은 정신과와 관련이 깊다. 히말라야 등반을 계기로 네팔 의료 봉사를 시작하게 된 것부터 그렇다. 네팔을 들락거리다 보니 네팔의 수준 높은 정신문화를 우리나라에 전하고 싶어 네팔 문화 전도사가 되었다. 또 정신과 환자 치료에 종교적인 치유 효과를 적용하려는 노력은 불교상담개발원 활동으로 이어졌다. 그리고 '선조들은 어떤 마음으로 석불을 만들었을까?' 하는 호기심에서 석불을 연구하기 시작했는데, 이 또한 신경정신과 치료와 깊이 연결된 일이었다. 정신 치료를 하려면 개인이 아닌 집단 전체의 심리를 알아야 하는데, 집단 심리를 알아볼 수 있는 것 중 하나가 바로 불상이다. 왜냐하면 불교가 우리나라에 들어온 지 매우 오래 되었기 때문에 석불에는 우리 민족의 얼굴이 내재해 있다. 그래서 사실은 각 연구가 분리된 게 아니라 연결된 것이다. 희로애락이 담긴 석불을 연구하면 우리 민족이 지닌 집단 심리를 파악할 수 있다. 그렇게 우리 산하에 흩어진 석불을 하나둘 찾아다니다 보니 어느 사이 한국석불문화연구회가 만들어졌다. 광명보육원에서의 봉사도 아이들에게 단순히 의식주를 해결해 주는 차원이 아니라 상처 입은 마음까지 돌보자고 생각하니, 그림과 시 등 다양한 커리큘럼을 개발하여 봉사하기에 이르렀다.

이처럼 하나의 관심이 계속 다른 분야로 이어지면서 많은 일을 할 수 있었다. 가지는 무성하지만 뿌리는 하나인 것처럼 정신과 의사로서 갖는 사람 마음에 대한 관심이 여러 일들과 연결되어 있다. 굉장히 많은 일을 하는 듯이 보이지만 '사람 마음 돌보기' 그 한 가지에 줄줄이 엮여 있을 뿐이다. 무엇을 꼭 이루겠다는 구체적인 목표도 없었다. 순간순간 이 일을 해 보면 어떨까, 하는 호기심 그리고 그 호기심을 채우는 즐거움이 계속 일을 벌이게 했다. 나는 그 일들을 열심히 했고 성과도 만족스러웠다.

이쯤 되면 자기 자랑하는 소리처럼 들릴 수도 있겠다. 하지만 시작을 내가 했을 뿐 모든 성과물은 나와 일을 함께 하는 사람들의 노력과 몫이다. 하고 싶은 일이 생기면 나는 함께 일하고 도와줄 사람을 떠올렸다. 나보다 그 일을 더 잘할 사람, 능력이 있는 사람을 찾았다. 어떤 일이든 내 이름을 앞세우기보다 모두의 힘으로 잘하고 싶었다. 내 힘만으로 잘하는 것보다 그 일이 잘 되도록 모두의 생각과 힘을 보태는 것이 더 중요했다.

그래서 내가 시작한 대부분의 일은 여러 사람이 참여하는 모임으로 발전했다. 정년 퇴임을 하고 아내와 둘이 시작한 연구 모임이 가족아카데미아다. 정신 질환은 가족과의 관계에서 시작되는 경우가 대부분이다. 또 건강한 사회의 기초는 건강한 가족이다. 아내의 전공인 사회학과 내가 평생 연구한 정신과가 '가족'

이라는 주제에서 교집합을 이루었다. 그래서 두 학문을 더해 현대 사회에 맞는 바람직한 가족의 역할을 제시해 보자는 소박한 꿈이 가족아카데미아의 시작이었다. 그러다 점점 다양한 분야에서 일하는 주위 사람들이 참여하면서 명실상부 연구소의 꼴을 갖추게 되었다. 누구나 참여할 수 있도록 문을 열어 두었기에 가능한 일이었다.

지금은 가족에 관한 연구 프로젝트, 청소년 성 상담, 사이버 상담, 부모 교육, 고령화 사회를 대비한 노년의 준비 전략을 구현하는 팀으로 세분화되었다. 가족아카데미아는 이제 나와 아내가 없어도 알아서 굴러가는 모임이 되었다. 처음에는 노년을 어떻게 의미 있게 보낼까, 하는 궁리에서 시작했지만 지금은 우리나라의 대표적인 가족 연구 단체로 성장했다. 만약 나 혼자만의 연구를 위해, 나 혼자만의 성과 혹은 명예를 위한 연구소였다면 성과는 미미했을지도 모른다.

사람은 한평생 대개 하나의 일에 집중하며 사는 데도 바쁘다. 늘 시간이 없다는 말을 입에 달고 산다. 그리고 인생의 막바지에 이르러 세월이 꿈결같이 흘렀다고 느낀다. 인생의 시간을 아껴 쓰면서 최대한 효율적으로 누리는 노하우라면 두 가지다. 첫째, 자신의 능력과 호기심을 이용하여 되도록 많은 일을 해 볼 것. 둘째, 나 혼자 힘으로 잘해 보겠다는 생각을 버리고 기꺼이 다른 사람의 힘을 빌릴 것.

어떤 일을 시작하거나 계획할 때 '이게 잘 될까?' 싶다. 그런 의문이 강하게 들수록 동네방네 소문을 내라. 뜻이 좋으면 비슷한 성향을 가진 사람들이 모이게 되어 있다. 그리고 의외로 세상에는 나와 비슷한 생각을 하는 이들이 꽤 있다. 그 외에도 어떤 일이든 시작할 때 염두에 두어야 할 것은 다음과 같다.

첫째, 하고 싶은 일들에 대해 다양하게 그리고 여러 번 생각해보라. 딱 한 가지만 정해서 그것을 꼭 하겠다고 오랫동안 벼르는 것은 정신 건강에 해롭다.

둘째, 여러 사람과 어울리는 사교적인 일과 동시에 혼자 할 일도 알아보라.

셋째, 책임과 의무가 따르는 일을 찾으라. 그래야 쉽게 포기하지 않는다. 친구들과 공동으로 하는 일은 쉽게 포기하는 경우가 적다.

넷째, 가능하면 사회가 필요로 하는 일을 하는 것이 더욱 좋다.

다섯째, 지나치게 열성적으로 하여 주위 사람이 불편함을 느끼게 해서는 안 된다.

여섯째, 어떤 일을 시작하든 그 일을 하면서 체력이 조금씩 저하된다는 사실을 염두에 두라.

내 나이가 78세라고 하면 아마도 '뒷방 노인'을 생각할 것이다. 뭘 새롭게 앞장서서 시작하기에도 버거운 나이다. 숨 죽은 배추마냥 조용히 있기를 바라는 나이다. 그런 내가 여러 세대의 사람들과 소통하고 있는 것은 공동 작업 덕분이다.

오늘 아침, 제자들이 요즘 부쩍 늘고 있는 자살 연구에 대한 나의 조언을 듣고자 찾아왔다. 그들이 놓고 간 자료가 꽤 흥미롭다.

인생을 안다고 자만하지 마라

• • •

세상을 살아가는 방법에는 두 가지가 있다.
기적이란 없다고 믿고 사는 것과 어디에나 기적이 존재한다고 믿고 사는 것,
나는 후자의 삶을 선택하기로 했다.

–알베르트 아인슈타인(미국의 물리학자)

앞에서 가훈 이야기를 하며 '예띠'에 대해 언급한 바 있지만 히말라야에는 '예띠'라는 설인에 대한 전설이 전해진다. 예띠는 1832년 영국인이 처음으로 목격하면서 세상에 알려졌다. 목격자는 예띠의 몸에 길고 검은 털이 나 있고 꼬리가 없으며 똑바로 서서 걷는다고 했다. 그 뒤 예띠는 전 세계 매스컴에 오르내렸다. 1962년 설산에서 예띠의 사체가 발견되자 미국은 과학자를 보내 사실을 확인하도록 했다. 그리고 "가죽은 예띠의 것이 아니다. 그러나 미확인 동물의 것임은 분명하다"라는 애매한 답을 내놓았다.

히말라야 사람들은 예띠 이야기를 어려서부터 숱하게 듣고 자란다. 은둔자, 산에 사는 사람이란 뜻의 예띠는 사람과 고릴라를 반반씩 닮은 외모를 가지고 있다. 그런데 예띠는 마을로 가끔 내려와 엉뚱한 행동으로 사람들에게 웃음을 주고, 고산에서 위험에 빠진 셰르파들을 도와주기도 한단다. 히말라야 사람들에게 예띠는 이웃사촌처럼 친숙하면서도 영험하고 신비로운 존재인 것이다.

그런데 어느 날 서양인들이 불쑥 찾아와 과학 운운하며 예띠의 존재 여부를 밝히겠다고 했으니 얼마나 당혹스러웠을까. 오랜 세월 네팔인의 삶과 문화 속에서 숨 쉬어 온 예띠는 네팔인들의 눈에만 보일는지도 모른다. 한 셰르파가 말했다.

"네팔에 기린이나 사자가 없기 때문에 우리 마을 사람들이 그것을 믿지 않는 것처럼 서양인들은 설인을 믿지 않는다. 아무리 과학적인 연구를 들어 예띠의 가죽이 아니라고 해도 셰르파의 믿음에는 조금도 손상을 주지 못한다."

예띠의 가죽은 라마의 한 사원에 보관중이다. 1982년 히말라야에 갔을 때 나도 우연히 예띠의 머리 가죽과 손뼈를 보았다. 네팔인들이 장난삼아 내 머리에 예띠의 가죽을 씌우고는 정말 예띠 같다며 웃어댔다.

예띠는 정말 존재하는가? 이 물음에 내가 답할 수 있는 것은 아무것도 없었다. 다만 네팔인들의 믿음을 존중할 뿐이다. 물론

30년간 해마다 네팔을 방문했지만 아직 예띠를 본 적은 없다.

예띠가 있다 없다, 설왕설래하는 것을 보면서 사람살이도 비슷하다는 생각이 들었다. 눈에 보이는 것만 믿으려 드는가 하면, 때로는 보고 싶은 것만 보고, 믿고 싶은 것만 믿으려고 한다. 망상증 환자를 치료할 때 곧잘 철학자 탈레스를 빗댄 이야기를 들려준다. 탈레스는 우주를 연구한다고 하늘만 쳐다보며 걷다가 웅덩이에 빠졌다. 발을 땅에 딛고 살아야지 하늘을 딛고 살 수 있는 것은 아니라는 뜻이다. 그런데 정신 질환을 가진 사람들은 보통 이러한 현실 검증 기능이 떨어진다. 그럼에도 이야기를 듣다 보면 가끔 환자들의 망상이 언젠가는 사실이 될지 누가 알랴 싶을 때가 있다. 갈릴레이가 지구는 돈다고 했을 때 미친놈 소리를 들었던 걸 보면.

내 아들은 천문학을 연구하고 나는 사람의 마음을 연구한다. 우주와 마음, 극과 극의 세계지만 미지의 세계가 남아 있다는 점에서 비슷하다. 천문학자 아들은 모든 가능성을 열어 두고 넓은 우주를 더듬을 것이다. 우주를 바라보듯 그런 열린 자세로 인생을 살아간다면 실수도 훨씬 적게 하고 편견에 덜 좌우되면서 조금은 더 잘살 수 있지 않을까.

이 세상 모든 것에 내가 모르는 무엇이 있을지도 모른다는 생각이 타인에 대한 예의를 갖게 하고, 삶을 겸손하게 살아갈 수 있도록 한다. 인생의 2막을 준비하는 당신에게 첫 번째로 하고 싶은 당부는 바로 이것이다. 인생을 안다고 자만하지 마라. 보이지 않는다고 존재하지 않는 것은 아니다. 그리고 겸손함, 이 한 가지 미덕으로도 삶은 잘 살아갈 수 있는 것 같다.

인생이 재미없고 따분하다고
말하는 사람들에게

코미디언이자 만담가로 이름을 떨친 장소팔 씨가 죽음 직전에 아들에게 이런 말을 남겼단다. "내가 왜 죽는 줄 아냐? 심심해서 죽는다. 너도 한번 늙어 봐. 늙으면 진짜 할 일도 없고 심심해 죽겠다. 그래서 세상을 뜨는 거야."

장소팔 씨가 '할 일 없는 노년은 지옥이다', 꼭 그 말을 하고 싶었던 것은 아닐 것이다. 그보다는 코미디언으로서 위트를 잃지 않으려는 자존심, 그리고 아버지의 죽음을 슬퍼할 아들을 위로하는 마음이 더 크지 않았을까. 나이 들면 무서울 게 없다. 많은 사람을 만나고 온갖 일을 겪었다. 세상이 노력만으로는 안 된다는 것도 알고, 그러나 또 노력할 수밖에 없는 인간의 한계도 안다. 그때 알았더라면 좋았을 것을, 지금 알고 있으니 세상 무서운 게 없다.

젊을 때는 어떻게 살아야 할지, 어떤 일이 일어날지 몰라서 오는 막막함이 죽음보다 더 두려웠다. 그때는 죽음이 너무 먼 이야기였다. 하지만 나이가 들면 나에게 일어날 수 있는 가장 나쁜 일이라고 해야 죽을 일밖에 없으니, 앞으로 내 인생이 어떻게 될까 하는 조바심이나 궁금증도 줄어든다. 나이 들어 일상이 재미없는 것은 이 때문이다. 그래서 나이가 들수록 가장 필요한 덕목은 유머, 웃음, 관용이다. 이것이야말로 다 알고 있는 자의 여유다. 그러므로 인생이 재미없고 따분하게만 느껴진다면 유머를 잃어버린 것은 아닌지 한번 돌아볼 일이다.

바쁘다는 핑계로 취미 생활을
더 이상 미루지 마라

• • •

내가 삶을 다시 살 수 있다면 일주일에 몇 번은 시도 좀 읽고
음악도 듣는다는 규칙을 정해 놓을 텐데.
이런 취미를 잃은 것은 행복을 잃은 거나 마찬가지야.

―찰스 다윈(영국의 생물학자)

　　지난여름, 세검정에 자리한 가족아카데미아 건물 옥상에 아담한 정자가 들어섰다. 옥상이 야트막한 산과 바로 붙어 있어 잘 꾸미면 좋은 공간이 될 듯했는데 드디어 소원을 이뤘다. 정자의 이름은 '세심정洗心亭', 마음을 닦는 정자다. 멀리 북한산이 보이고 바로 뒤 숲에서 내려오는 바람이 싱그러운 명당이다.

　　작년 4월 11일 봄바람이 부는 날 세심정 현판식이 있었다. 현판식을 기념하여 예띠 시 낭송회 회원들이 한자리에 모여 자작시와 헌시를 낭송하는 시간을 가졌다. 예띠 시 낭송회는 1998년 12월에 시를 좋아하는 사람들이 모여 시작한 모임이다. 매달 셋

째 주 목요일에 좋아하는 시를 준비해 와 낭송하고 이런저런 한담을 나눈다. 또 한 달에 한 번 광명보육원에서 아이들에게 시를 낭송해 주거나 백일장을 열고 아이들 시집을 내주는 등 문화 봉사를 한다. 벌써 15년 동안 계속해 온 일이다. 예띠 사람들은 문학을 통해 보육원 아이들의 응어리진 상처와 울분이 녹아내리기를 간절히 바라는 마음이다.

언젠가 보육원으로 들어서는데 다섯 살 꼬마 아이가 나에게 뛰어와 안기면서 시를 중얼거렸다. 시를 외우면 상을 준다고 했더니 나를 기다린 모양이었다. "석불이는 / 천년 비바람에 / 눈도 귀도 입도 / 모두 잃었다 / 그러나 미소 짓는 걸 보면 / 돌도 / 깨달음에 이르러 / 평안하다는 뜻이다" 아이가 참새처럼 외운 시다. 아이가 시의 뜻을 알지는 못하겠지만 훗날 어른이 되어 무의식중에 이 시를 읊조리다가 삶의 위안을 받거나 아니면 이 시가 발현점이 되어 아이를 시인으로 이끌지도 모른다.

예띠 사람들은 시를 읽고 봉사하며 세상사에 찌든 마음과 스트레스를 풀어낸다. 그들 중에는 시인도 있지만 의사와 경찰을 비롯해 평범한 직장인이 대부분이다. 모두 본업이 따로 있다. 나처럼 몇몇 창단 회원들은 정년 퇴임을 한 뒤 더 열심히 활동하고 있다. 우리는 시를 좋아하는 마음을 간직하는 것에 머물지 않았다. 마음속에서 꺼내 여러 사람과 어울려 시를 즐기고, 시를 매개로 다양한 활동을 해 왔다. 그것이 생활의 에너지이자 활력소가 되었다.

아직 의대생이거나 병원에서 한창 활동 중인 젊은 의사들이 나를 찾아오면 꼭 당부하는 것이 있다. 일에만 모든 것을 걸지 마라, 올인 하지 말라는 것이다.

"의학이라는 본업 외에 일생 동안 자신이 또 달리 즐길 수 있는 한 가지는 꼭 있어야 한다." 이렇게 말하면 제자들은 숨겨 두었던 욕망을 꺼내 놓는다. 여행을 하고 싶다, 사람을 만나고 싶다, 악기를 다루고 싶다……. 나는 다음에 하지 말고 지금부터 틈틈이 하라고 권한다. 혼자서 즐기는 것도 좋지만 여러 사람과 같이 어울려서 즐기는 시간을 조금이라도 가져 보라고 한다.

나는 진료실에서 쌓인 스트레스를 산에 가서 풀었다. 시를 읽고 그림을 즐기면서 날려 버렸다. 네팔의 순수한 자연 속에서 해방감을 맛보았다. 진료실에서 환자와 벌이는 기싸움은 늘 나를 녹초가 되게 만들었다. 귀를 쫑긋 세우고 눈을 똑바로 뜨고 온갖 신경을 곤두세우며 '내가 지금 이 환자에게 이 말을 해야 할까, 말아야 할까' 가늠하다 보면 한두 시간의 대화에도 쉽게 지치곤 했다. 정신과 상담은 수술 못지않은 집중력이 필요하다. 산이 아니었다면, 시와 그림이 아니었다면 정말 나는 견디지 못했을 것이다. 간호사들도 내가 네팔만 다녀오면 눈빛이 또랑또랑해진다고 말하곤 했다.

심리학자 윌리엄 네틀은 인간은 보통 '원하는 일'과 '좋아하는 일'이 다르다고 했다. 밤낮없이 일하면서도 즐겁지 않은 것은 승진이나 연봉을 위해 단지 그 일을 '원하기' 때문이다. 원하는 것들이 우리를 행복하게 해 줄 것이라는 사실은 속임수다. 원하는 것에 너무 사로잡힌 나머지 기쁨이나 즐거움을 주는 '좋아하는 것'을 놓쳐 버릴 가능성이 높다. 기쁨과 즐거움, 긍정적인 감정을 늘리기 위해서는 '좋아하는 일'을 해야 한다.

본업 외에 다른 취미나 즐거운 일을 하다 보면 자연스럽게 내 직업과 관계없는 사람들과 어울릴 기회가 생긴다. 그들에게서 듣는 이야기는 내가 늘 경험하는 세계와 달라서 다양한 즐거움을 느낄 수 있다. 나는 의식적으로 의학과 관계없는 사람을 많이 만나려고 노력했다. 예술가, 경찰, 공무원, 방송인 그리고 평범한 직장인과 네팔 사람들까지 모든 사람을 가리지 않고 만났다. 그래서 내 인간관계의 폭은 꽤 넓은 편이다. 혹자는 그런 나를 보고 사교적이라고도 하지만 절대 아니다. 나는 본래 수줍은 사람이다. 그래서 먼저 말하기보다 늘 듣는 쪽이기에 모임에 가서도 가만히 귀를 열어 놓을 뿐이다. 그런데 만나는 사람들에게서 또 다른 세계의 기운을 받아 심리적인 균형을 찾을 수 있었다.

내가 즐거워서 벌이는 일은 본업에도 긍정적인 영향을 끼친다. 또 본업은 정년을 맞는 순간 끝나지만 취미로 즐기는 일은 죽을 때까지 계속할 가능성이 크다. 퇴직 후 무엇을 할지 몰라 하염없이 시간을 보내는 이들이 많다. 어떤 남성들은 집에서만 지내다가 아내와 갈등을 일으킨다. 그리고 내가 누구를 위해 살았는데, 하고 원망을 쌓아 간다. 지금까지의 삶이 헛되다는 생각마저 든다. 평생 가족을 위해 열심히 일에 매달린 것은 칭찬할 일이지만 틈틈이 즐길 취미를 하나쯤 개발해 두었다면 본업이 없어져도 정서적으로 큰 타격을 입지 않았을 것이다.

당신의 즐거움은 무엇인가. 그것만 잘 개발하고 찾아내면 인생을 끝까지 즐겁고 행복하게 살 수 있을 것이다.

남은 인생에서
내가 가장 잘하고 싶은 사람, 아내

• • •

정말 잘했어요. 역시 당신이네요. 당신과 떨어져 있으면 왠지 허전해.
당신이 있어서 얼마나 안심이 되는지 몰라. 난 당신을 믿어요. 미안해,
내 잘못이야. 당신 생각은 어때? 날 사랑해 줘서 고마워요.
나와 함께 살아 줘서 고마워.

―스티브 스티븐스, 《우리는 다시 만나기 위해 태어났다》 중에서

아내가 나보다 먼저 죽는다면? 한 번도 이런 생각을 해 본 적
이 없지만 이렇게 쓰고 보니 막막하다. 남자의 평균 수명이 짧고,
게다가 몸에 병이 많으니 내가 당연히 아내보다 먼저 갈 것이라
고 여겼다. 그런데 '아내가 나보다 먼저 세상을 떠난다면?'이란
질문을 앞에 두고 차분히 생각해 보니 만약 그렇게 되면 나는 여
러모로 잘살 것 같지는 않다. 심리적으로 위축되고 불편함도 훨
씬 많아질 것이다.

그럼에도 아내와 함께 했던 평소처럼 잘살아 내리라. 몸이 허
락하는 한 공부를 계속할 것이며, 여전히 나의 도움이 필요한 일

을 할 것이다. 지인들과 만날 때 밝게 웃을 것이며, 자녀들과의 정기적인 저녁식사도 거르지 않을 것이다. 그렇게 내 몫의 삶을 끝까지 살다 갈 것임은 분명하다. 가족아카데미아에서 예비 노인 교육을 하며 수없이 강조한 내용 중에 "배우자를 떠나보낸 뒤의 생활에 대비하라"는 항목이 있다. 만약 나 또한 그런 상황에 처한다면 배운 대로 잘 해내야 하리라.

인간은 살면서 크게 100여 가지 정도의 사건을 경험한다. 그중 가장 큰 스트레스를 받는 일이 배우자의 죽음이다. 죽음은 늘 예고 없이 다가오기 마련이지만 어느 정도 나이가 들면 죽음이 가까워진 만큼 배우자와의 사별도 어느 정도 예감할 수 있다. 충격을 줄일 수 있다는 말이다.

누가 먼저 세상을 떠날지 모르기에, 아내와 남편 모두 상대가 떠난 뒤의 생활에 대비해야 한다. 떠난 사람은 말이 없어 이별 후의 고통을 알 수 없지만 남은 사람이 문제다. 배우자가 떠난 뒤 부딪치는 가장 큰 문제는 경제적 곤란이다. 남편의 수입에 주로 의지했던 여성은 남편이 죽은 뒤 경제적 어려움에 시달린다. 돈이 많다면 배우자가 해 주던 일을 돈으로 해결할 수 있지만, 대한민국에서 일반적인 모습은 아니다. 이는 노후의 경제적 대비라는 큰 틀에서 놓고 생각해야 할 부분이다.

사별 후 겪게 되는 또 다른 문제는 바로 정서적 문제다. 자녀들 앞에서 아무리 의연하게 대처해도 의기소침해지는 것은 어쩔 수 없다. 배우자와 사별한 남녀 노인들 가운데 정신 질환, 특히 우울증을 보이는 비율이 매우 높게 나타났다. 남성은 아내와 사별한 후 6개월 이내에 사망할 가능성이 높으며 여성은 무기력해지기 쉽다.

인생의 다른 위기와 마찬가지로 배우자 사별 또한 개인의 성격과 생활환경에 많은 영향을 받는다. 상실의 고통을 치유하는 데는 항상 시간이 걸리기 마련이지만 강한 정체감과 자립심을 일찍부터 발달시키면 배우자 사별을 포함해 인생 전반의 어려움에 보다 잘 대응할 수 있다.

행복한 노후의 조건에서 자녀의 부양보다 배우자의 있고 없음이 훨씬 더 중요하다. 자식보다 악처라는 말이 빈말은 아닌 것이다. 수명이 길어지고 생활도 여유로워진 현대에 배우자 없이 노후를 잘 보내기란 쉽지 않은 일이다. 따라서 홀로 남겨지는 상황에 적응하기 위해서는 부부가 모두 생존해 있을 때부터 준비가 필요하다. 배우자 사망 후에는 취미 생활 및 자원 봉사 활동에 참여하며 어려움을 극복하고 잘 적응해 나갈 수 있어야 한다.

내 나이 여든에 가까운데 아내를 죽도록 사랑한들 몇 년이나 남았을까. 그 생각을 하면 가슴이 먹먹해진다. 내가 먼저 세상을 떠나도 아내는 꿋꿋하게 잘살아 나갈 것이며 나 역시 그러할 것이다. 미당 서정주가 말년의 아내에게 농지거리를 하면서 쓴 시가 생각난다.

내 늙은 아내는 아침저녁으로 내 담배 재떨이를 부시어다 주는데 내가 "야 이건 양귀비 얼굴보다 곱네, 양귀비 얼굴엔 분때라도 묻었을 텐데?" 하면, 꼭 대여섯 살 먹은 계집아이처럼 좋아라고 소리쳐 웃는다. 그래, 나는 천국이나 극락에 가더라도 그녀와 함께 가 볼 생각이다.

미당은 정말로 아내가 양귀비보다 예쁘게 보였을 것이다. 나 또한 마찬가지다. 미당은 아내와 지옥에라도 함께 가 볼 생각이라는데, 오늘은 나도 아내에게 물어봐야겠다. 여하튼 살아 있을 때 잘해야 한다.

부부 싸움엔 인내가
최선이라고 말하는 당신에게

예전에 친구의 초대를 받고 그 집을 방문한 일이 있었다. 그때 친구 부인이 음료수를 내왔는데 무표정한 얼굴이었다. 손님을 맞는 다감함이 느껴지지 않았다. 그런데 그런 아내를 바라보는 친구는 대수롭지 않은 듯했다. 처음 집 안에 들어섰을 때 흐르던 냉기가 이것이었구나, 싶었다. 무슨 일 있냐고 물었지만 친구는 아무 일도 없다고 했다. 몇 년 뒤 친구 부부는 이혼했다.

그때 나는 친구 부부에게 분명 문제가 있다는 걸 알았지만 정작 당사자들은 눈치채지 못했다. 모르는 게 아니라 외면했을 것이다. 부부 사이에는 어떤 문제든 늘 일어난다. 그게 살아 있는 부부다. 원만하고 건강한 부부란, 아무 문제가 없는 부부가 아니라 발생한 문제를 두 사람 모두 긍정적이고 적극적인 자세로 풀어 가는 부부다. 물론 싸움에만 집착하여 서로 잘잘못을 가리는 것도 문제다.

하지만 정반대로 세월이 약이라고 인내만을 미덕으로 삼는 것도 잘못이다. 인내는 좋은 미덕이 틀림없으나 모든 걸 해결해 주지는 못한다. "어차피 대화도 안 통하는데 내가 참지"라고 침묵한다면 문제는 더욱 심각하다.

부부 사이에 일어나는 미묘한 갈등 신호를 놓치지 마라. 시간이 해결해 주지도, 참는 게 능사가 아닐 수도 있다. 저절로 해결되길 바라며 인내하고 기다리다가 때를 놓치면 끝내 부부 사이가 멀어질지 모른다.

미리 유언장을 써 두면
삶이 달라진다

• • •

이 세상을 떠날 때 갖고 갈 수 있는 것은
물건이나 돈이 아닌 감동이라는 추억뿐이다. 그리고 죽은 후에도
다음 세대에 남는 것은 자신이 품었던 '뜻忘'이다.

─히라노 히데노리, 《감동 예찬》 중에서

유언장을 사후에 공개하는 것은 남은 가족들이 충격을 덜 받게 하기 위해서다. 특히 돈 문제에 관해서는 누구나 민감하다. 유언이 꼭 유산 분배를 뜻하는 것이 아님에도 사람들의 관심은 돈을 누구에게 얼마큼 남겼는지에 쏠리게 마련이다. 유언장이 공개된 뒤 다정했던 형제가 원수가 되어 돌아서는 것을 우리는 많이 봐 왔다. 사실 자신에게 물려줄 거라 믿었는데 부모가 다른 형제에게 더 많이 줬다고 하면 얼마나 화가 나겠는가. 외국 어느 억만장자가 전 재산을 기르던 고양이에게 물려주겠다고 해서 화가난 아들이 법원에 소송을 건 이야기는 더 이상 해외토픽감이 아

닌 듯싶다.

요즘 나이 지긋한 사람들 사이에서 유언장 미리 쓰기 운동이 유행이다. 남은 식구들에게 남기는 말, 장례 방법, 시신 처리, 유산 분배 등 항목도 다양하다. 자식들이 부모의 죽음에 당황하지 않고 조목조목 잘 대응할 수 있도록 했다. 그런데 유언을 글로 남기는 것도 필요하지만 살아 있을 때 틈틈이 말로 전하는 것도 한 방법이다. '아, 내 아버지 어머니의 생각은 이렇구나' 미리미리 엿보도록 하는 것이다. 부모가 일상적으로 살아가는 모습이 바로 유언장인 셈이다.

나에게는 네 명의 자식이 있다. 모두 연년생이다. 한 살 차이라서 모이면 고만고만했다. 아이들이 중·고등학생일 무렵이다. 네팔에서 알게 된 지인의 아들이 우리 집에 잠시 머물렀다. 하루는 아이들끼리 모여서 '이 집을 누가 가질 것인가'에 대해 이야기를 하고 있었다. 잠자코 들어 봤다. 나는 장남이 당연히 자기가 가지겠다고 할 줄 알았는데 뜻밖에도 독립해서 스스로 장만할 생각이니 이 집은 필요 없다고 했다. 둘째도 전문직을 가져서 내 힘으로 집을 마련하겠단다. 셋째는 아직 생각해 보지 않았다 하고, 막내는 미국에서 햄버거 장사를 할 거라 필요 없다고 말했다. 그러자 셋째가 당돌하게도 그럼 자기가 이 집을 갖겠다고 선언했다. 그 말을 듣고 있던 네팔 학생이 아버지의 사인을 받았느냐고 물었다. 그러고는 자기 아버지는 결혼할 때까지만 자식을 돌봐 주고 재산은 모두 사회 환원하겠다고 했으며, 가족 모두 그에 동의하고 사인했다고 말했다.

그 일은 내게도 적지 않은 영향을 주었다. 그 일이 있고부터 나도 아이들에게 틈나는 대로 말했다.

"공부만큼은 원하는 대로 시켜 주겠다. 다만 거기까지다. 결혼 자금은 500만 원만 현금으로 지원하겠다. 너희들이 가장 가치 있다고 여기는 데에 쓰도록 해라."

그랬더니 막내는 자기가 제일 손해라면서 물가상승률을 감안해 달라고 볼멘소리를 했다. 하지만 그 후로도 계속 수시로 그 말을 했더니 아이들은 언젠가부터 '아버지의 재산은 사회 환원되는 거구나, 내 집을 장만하려면 어떻게 해야 할까, 나는 앞으로 어떤 삶을 살아야 할까' 하는 생각을 하기 시작했다.

유언은 한 사람의 생이 끝날 때 마지막으로 남기는 무엇이다. 가족과 남은 이들에게 더없는 선물이 되어야 한다. 물질적인 분배보다 더 가치 있고 의미 있는 것을 남긴다면 더 좋을 것이다. 평소 내가 자주하는 말에 유언이 다 녹아 있으니 내가 훗날 이 세상을 떠나더라도 자식들은 충격을 받거나 서운해하지 않고 오롯이 부모의 죽음에 대해서만 슬퍼할 것 같다.

미국의 희극배우 잭 베니가 죽은 뒤 그의 아내에게 날마다 장미꽃이 배달되었다고 한다. 누가 꽃을 보내는지 궁금했던 아내가 하루는 꽃집에 전화를 걸어 보낸 이가 누군지, 왜 날마다 꽃을 보내는지 물었다. 꽃집 주인의 대답은 이랬다.

"잭 베니 씨가 부인이 살아 있는 동안 날마다 장미꽃 한 다발씩 꼭 보내 드리라는 유언을 남기셨습니다."

매일매일 장미꽃을 받을 때마다 부인은 남편의 사랑을 느끼리라. 참 아름다운 이야기다. 유언은 이런 장미꽃처럼 남아 있는 사람의 마음속에 살아야 그 의미가 더욱 빛을 발할 것이다.

테레사 수녀는 "서로 사랑하라"는 말을 유언으로 남겼다. 너무나도 흔하게 듣는 말이지만, 그 말이 장례식에 운집한 150만 명의 사람들을 울린 것은 평생 거지, 부랑아, 장애인, 나환자 등 모든 버림받은 사람들을 위해 헌신한 그녀의 삶이 담겨 있기 때문이다.

일상을 살아가는 나의 모습이 곧 유언이 된다는 생각으로 살면 좋겠다. 어떤 유언을 남길지 생각해 보고, 그 유언대로 살아가는 건 어떤가. 그 누구보다 나를 위한 유언이 되는 셈이다.

정말 마지막으로, 나는 어떤 유언을 남길지 고민해 본다.

선택의 갈림길에서
선뜻 결정을 내리지 못하는 사람들에게

어느 날 낯선 청년이 나를 찾아왔다. 그의 어머니가 나에게 감사 인사를 드리고 오라고 했다는 것이다. 그의 어머니는 오래전 우울증 약을 복용하는 중에 임신이 되어 낙태를 할지 말지 상의하러 왔었다. 내가 판단하기에 태아에게 영향을 줄 만큼 많은 양을 복용한 것은 아니었다. 그러나 100퍼센트 장담할 수는 없었다. 나는 그녀에게 아기를 꼭 낳고 싶으냐고 물었다. 그녀는 그렇다고 했다. 그래서 나는 이렇게 말했다.

"복용한 약의 양으로 보면 기형아를 낳을 확률은 적지만, 혹여 기형아를 낳을 수도 있습니다. 만약 낳겠다고 결정해서 기형아를 낳는다면 그것은 운명이라고 생각해야 합니다."

그녀는 고민 끝에 아기를 낳았고, 그 아기가 청년이 되어 나를 찾아온 것이다. 선택의 길에서 그녀는 자신의 뜻을 지지해 줄 누군가의 말이 필요했다. 그러나 다른 의사들은 모두 낙태를 권했다. 내가 그녀에게 해 준 것은 그녀 스스로 자신의 마음에 솔직하라는 것뿐이었다.

모든 경우의 수를 감내하겠다고 생각하면 결정은 쉬워진다. 결단을 내리기 어려울 때는 다음을 고려하라. 하나, 최종 결정은 스스로 한다. 둘, 얻는 것과 잃는 것을 비교해 보라. 셋, 최악의 사태를 미리 예견해 보라. 넷, 멀리 보라. 다섯, 좋아하는 일을 택하라. 여섯, 쉬운 것부터 하라. 이 가운데 제일 중요한 것은 최종 결정은 내가 하겠다는 마음가짐이다. 내가 원하는 걸 정확히 아는 것, 그러면 인생은 조금 쉬워진다.

내가 자동차와 휴대전화를
사지 않은 이유

• • •

그대는 살림살이가 나보다 백배나 넉넉한데 어째서 그칠 줄 모르고 쓸데없는
물건을 모으는가? 없어서는 안 될 물건이 있기야 하지. 책 한 시렁, 거문고 한 벌,
벗 한 사람, 신 한 켤레, 잠을 청할 베게 하나, 바람 통하는 창문 하나, 햇볕 쪼일
툇마루 하나, 차 달일 화로 한 개, 늙은 몸 부축할 지팡이 한 개, 봄 경치 즐길 나귀
한 마리가 그것이라네. 늙은 날을 보내는데 이외에 필요한 게 뭐가 있겠나.

–사재 김정국 (조선 중기의 학자), 《선비답게 산다는 것》 중에서

"이 박사, 오늘 차 안 가져왔나?"

"박사님, 주차는 어디 하셨어요?"

사람들은 당연히 내가 자동차를 가졌을 거라 생각하고 이렇
게 묻는다. 하지만 나는 자동차가 없다. 평생 단 한 대도 가져 보
지 않았다. 대신 내 차는 벤츠보다 더 뛰어난 BMW(BUS, METRO,
WALK)다. 이 교통수단으로 나는 지금까지 편하게 사고 없이 잘
지내 왔다.

또 나에게 없는 게 있다. 손목시계와 휴대전화다. 처음부터 이
세 가지를 안 가지려 의도하지는 않았다. 당시로서는 그럴 만한

이유가 있었다. 첫 번째는 돈이 없어서다. 의사인데 설마 돈이 없을까 생각할 수도 있겠지만 월급도 제대로 못 받는 레지던트 시절, 등록금 대느라 갚아야 할 빚도 꽤 있었던 때라 뭘 새로 장만한다는 게 쉽지 않았다.

결혼할 때 아내에게서 받은 시계는 가정교사하면서 가르친 아이가 훔쳐 가 엿을 바꿔 먹었다. 그 뒤로는 시계를 안 샀다. 가는 곳마다 벽에 시계가 붙어 있고 내 주위의 모든 사람이 손목에 시계를 차고 있었다. 필요하면 물어 보면 되었다. 하루 종일 병원에서 근무하는지라 전화도 사무실 것을 썼다. 외출을 해도 거리에 몇 걸음만 걸으면 공중전화가 있었으니 주머니에 동전 몇 개만 넣어 두면 되었다. 휴대전화가 일반화되면서 급하게 연락을 주고받을 수 있어 편하다고 했지만 사실 촌각을 다투는 급한 용무는 많지 않다. 오히려 휴대전화 때문에 좀 천천히 알아도 될 일을 미리 알아 마음고생 하기도 한다.

나는 1970년에 면허를 땄다. 44년 무사고 운전자인 셈이다. 일찍 면허를 따고도, 또 형편이 좋아졌는데도 자동차를 사지 않은 이유는 내 성격 탓이다. 정신과 의사라는 직업 때문이기도 하겠지만 나는 생각이 많은 편이다. 생각에 한번 빠지면 끝을 봐야 한다. 그러니 운전을 하게 되면 잠깐 딴 생각하다 사고가 날 수도 있다. 하지만 택시를 타면 뒷자리에 앉아 이 생각 저 생각 빠져 있다가 운전기사가 "손님, 다 왔습니다!" 하면 택시 삯을 치르고 내리면 된다. 베테랑 기사가 운전해 주는 택시를 편안히 타고 가면서 일도 하고 생각에도 집중할 수 있으니 얼마나 경제적인가. 택시비가 아깝지 않느냐고 하겠지만 자동차 구입비와 보험료, 유지비, 기름 값에 감가상각비 그리고 자동차 운전에 드는 나의 노동력까지 따지면 택시비가 훨씬 싸다. 게다가 택시를 매일 타고 다니는 것도 아니고 버스나 지하철을 이용할 때도 많다.

어쨌든 자동차와 손목시계, 휴대전화가 없다고 하면 사람들은 나를 원시인 취급한다. 자식들은 내가 이기적이라고까지 한다. 다른 사람에게 불편을 끼친다는 것이다. 아내는 필요할 때 나와 바로 통화를 할 수 없어 답답해하고, 자식들은 내가 외출할 때 자동차로 모셔다 드려야 하지 않을까 하는 부담감을 느낀다고 했다. 나는 전용 자가용 '택시'가 있으니 절대 눈치 보거나 부담 가질 필요가 없다고 잘라 말했다.

현대 생활에서 필요한 최소 필수품을 '소셜 미니멈'이라고 한다. 소셜 미니멈은 사회가 발달하고 상업주의가 심화되면서 그 기준이 높아지고 다양해진다. 냉장고가 처음 나왔을 때만 해도 냉장고가 있는 집은 신주 모시듯 했다. 온 동네 사람들이 구경을 가고 부러워했다. 오늘날 냉장고는 소셜 미니멈이 된 지 오래다. 자동차, 손목시계, 휴대전화도 마찬가지다.

그런데 소셜 미니멈을 나에게 꼭 적용할 필요가 있을까. 내가 그 물건이 없어서 고통스럽지 않다면 필요하지 않은 것이다. 소셜 미니멈이 아니라 나만의 미니멈, 나만의 잣대를 만들어 가는 게 먼저다. 한 조사에 따르면 선진국 1인당 소득이 몇 배나 증가했지만 이들 국가의 평균 행복지수는 전혀 증가하지 않았다고 한다. 최신 냉장고와 자동차, 휴대전화가 행복을 가져다주는 것이 아니라는 것, 소유와 행복이 비례하지 않는다는 증거다.

우리가 갈등하고 고통스러운 것은 당연히 나에게 있어야 된다고 생각하는 것들 때문이다. 앞서 열거한 물건만이 아니다. 돈, 재능, 환경 등 다른 사람은 다 가졌는데 나만 갖지 못했다고 느끼는 모든 것들이 나를 괴롭게 한다. 부족한 자신을 탓하며 가지려 애를 쓰지만 상황이 역부족인 경우 고통은 심해진다. 삶에 대한 기준, 행복에 대한 기준은 내가 선택해야 한다.

내가 지금 간절하게 필요하다고 느끼는 것이 나에게 당연히 있어야 하는 것일까? 갖지 못한 것들 때문에 괴로울 때는 이런 의문을 던져 보라. 그 질문이 나를 자유롭게 한다.

25년 동안 의료 봉사를 하면서
알게 된 것들

• • •

그날 나는 누군가에게 미소 짓기만 해도
베푸는 사람이 될 수 있다는 것을 배웠다. 그 후 세월이 흐르면서 따뜻한 말 한마디,
지지 의사 표기 하나가 누군가에게는 고마운 선물이 될 수 있다는 것을 알았다.

-마야 엔젤루(미국의 소설가)

내가 본격적으로 의료 봉사를 시작한 것은 1989년이다. 네팔
이화의료봉사단이라는 단체를 만들어 2001년 이화여대 퇴임까
지 13년 동안 매년 겨울방학을 이용해 네팔 오지의 환자들을 돌
보았다. 그 후로는 매년 가족아카데미아를 중심으로 네팔 캠프
를 조직해 의료 봉사를 계속 해 오고 있다. 그 계기는 매우 간단
하다. 산을 좋아했고 그래서 네팔 히말라야에 갔고 거기에서 의
사인 내가 할 수 있는 일이 의료 활동이었을 뿐이다.

가끔 사람들이 나를 치켜세우며 어떻게 그렇게 오랫동안 봉사
를 했느냐고 말한다. 사실 나는 봉사라는 말을 별로 좋아하지 않

는다. 봉사가 나를 희생하여 남을 돕는 의미라면, 나는 나의 즐거움을 위해 봉사하는 것일 뿐이다. 그 즐거움이 넘쳐 다른 사람까지 이롭게 만드는 것이 진정한 봉사라고 나는 생각한다. 스스로 만족하고 즐거워할 때 남에게도 진정한 의미의 '도움'이 되는 것이다. 나의 즐거움과 타인의 이로움이 딱 맞았으니 이보다 더 좋은 일이 어디 있겠는가. 그 뒤로 나는 '봉사 간다'는 말 대신 '네팔 캠프 간다'고 말했다.

사람들은 좋은 일하며 살아야 하는 건 잘 알지만 쉽지 않다고 한다. 돈을 번 뒤에 기부를 하겠다거나 복권에 당첨되면 뭉칫돈을 내놓겠다는 것이 그들의 계획이다. 봉사를 특별하고 거창하게 뭔가를 확 바꿔 주는 것이라고 생각하기 때문이다. 그래서 봉사가 어렵다. 임종이 가까운 이들에게 인생에서 후회하는 것이 무엇이냐고 물으면 좋은 일을 많이 할 걸 그랬다는 답이 꽤 있다. '나중에, 다음에, 돈 벌면' 하다가 인생을 다 살아 버리게 되는 것이다. 나이가 들어 착한 일 좀 해서 천국행 점수를 따려고 해도 몸에 배어 있지 않으면 어렵고 불편할 뿐이다.

봉사는 일생 동안 조금씩 이뤄 가야 하는 것이다. 좋은 일은 꼭 물질적인 베풂만이 아니다. 불가의 적선積善은 한마디로 좋은 일을 많이 하는 것인데 남을 향한 미소, 따뜻한 말 한마디도 좋은 일이다. 나로 인해 다른 사람이 피해를 입지 않게 하려는 것도 선善이다. 그런 마음가짐이 차곡차곡 쌓여 다른 좋은 일로 발전하게 된다.

네팔에 의료 봉사를 가면 먼저 의약품을 사는데 대개 한 병에 만 원 꼴이다. 그래서 나는 제자들에게 약품을 사 오던지 아니면 만 원을 내라고 했다. 그랬더니 100만 원도 가져오고 200만 원도 가져왔다. 제자들은 스승이 하는 일에 고작 만 원을 내는 것이 굉장한 실례라고 생각했던 것이다. 나는 그 돈에서 만 원만 빼고 나머지는 모두 돌려보냈다. 그런데 돈이 너무 적어 스승이 화가 났다고 오해한 제자들이 한달음에 달려와 "선생님, 형편이 더 좋아지면 더 내겠습니다"라고 머리를 조아리는 것이었다.

당황스러웠지만 제자들 입장에서는 그런 오해를 할 수 있겠다 싶었다. 나는 말했다.

"내 말을 잘 들어라. 너희도 알겠지만 내가 해마다 네팔을 간다. 그런데 내가 지금 너희에게 100만 원을 받으면 다음에 네팔 갈 때 너희는 아마 돈 내기가 머뭇거려질 것이다. 아마 '또 네팔 가시네', '왜 자꾸 네팔 가시지?'라고 생각할 것이다. 하지만 내가 만 원씩만 받으면 너희들은 '선생님 네팔 언제 가십니까?' 하고 반길 것이다. 그래서 만 원이다!"

그렇게 내 마음을 전하고 나니 스스로 알아서 5만 원도 내고 10만 원도 냈다. 그렇게 마음으로 낸 돈은 받았다. 한 번은 지인이 정계 고위직에 올랐다고 밥을 샀다. 그 자리에서 "당신도 기부 좀 하시오"라고 말을 꺼냈더니 그가 알겠다면서 비서를 시켜 봉투를 가져오게 했다. 꽤 두툼했다. 사회적 체면을 의식했나 보다.

그래서 내가 만 원짜리 딱 두 장만 꺼내고 봉투를 돌려주었다. 아니나 다를까 액수가 적어서 그러느냐며 미안해했다. 얼른 해명을 했다.

"만 원짜리 두 장을 꺼낸 것은 당신과 당신 부인 것입니다. 좋은 일은 큰돈이 아니라 작은 개미가 모여야 하는 것입니다. 그래야 오래 가지요. 큰돈이 왔다 갔다 하면 오래 지속할 수가 없습니다."

그는 내 말에 감동했다면서 앞으로 평생 만 원씩 기부하겠다고 했다. 그러나 그는 그때 한 번 내고는 안 냈다. 마음이 없다면 작은 일도 실천에 옮기기가 어려운 법이다. 물질의 크고 작음보다 마음을 내는 일이 더 중요하다. 소수의 사람들이 좋은 일을 왕창하는 것보다 다수의 사람들이 조금씩 마음을 걷는 것이 세상의 발전을 위해 더 좋다.

나는 제자들에게 좋은 일도 야금야금하라고 말한다. 야금야금, 당장은 티도 안 나지만 세월이 더해지면 많은 것을 이룰 수 있고, 큰 것을 구할 수 있다. 좋은 일이나 봉사는 나이 들어 시간 날 때 하는 일이 아니다. 좋은 일은 힘이 있을 때 해야 더 값지다. 잘하려고, 거창한 것부터 하려는 생각을 버리고 야금야금 내가 힘들지 않는 선에서 해 나가야 쉽다. 젊을 때는 쉬운 일이 늙어서 하려면 어려운 것들이 있다. 봉사도 그중 하나다.

쓸모없음을 아는 순간,
쓸모 있어진다

• • •

연꽃은 아침마다 개벽을 한다. 꽃잎을 옹송그려 모두고 긴 밤을 지낸 뒤,
동녘에 해 떠오면 제 몸을 연다. 그러다 저녁에 다시 추스를 힘이 없으면
미련 없이 연못 위로 제 몸을 떨군다. 환한 해를 기쁘게 맞이할 수 없을진대
추레한 몸으로야 어이 맞으리. 꽃은 안다. 언제가 제 몸을 떨구어야 할 때인지를.

— 정민, 《스승의 옥편》 중에서

이화여대 총장을 지낸 고故 김옥길 선생은 참으로 반듯한 분이
었다. 당시 총장직은 연임제로 본인만 원한다면 죽을 때까지 해
도 되는 자리였다. 그런데 어느 해 선생은 느닷없이 교수 식당을
찾아와 총장을 그만두겠다고 선언했다. 나를 포함하여 식사 중
이었던 교수들은 멍한 표정으로 선생을 바라보았다.

그런데 사퇴의 이유를 재미있게 비유했다. 선생은 모두 세 번
에 걸쳐 연임을 했다. 첫 번째 총장이 되었을 때는 모든 사람들이
와서 축하를 해 주고 격려를 해 주었다고 한다. 총장실로 찾아와
그렇게 하면 안 된다고 충고해 주는 이들도 있었다. 두 번째 총

장직을 연임할 때는 잘못을 지적하는 사람보다 잘한다고 칭찬해주는 사람만 총장실을 찾아왔다. 그리고 세 번째 연임하게 되자 총장실을 찾아오는 사람이 아무도 없었다. 그래서 선생은 '아, 이제 내가 그만둘 때가 되었구나'라고 생각했다. 그 생각이 들자 선생은 바로 교수 식당으로 달려와 사임을 발표한 것이다. 선생은 시간이 지나면 마음이 바뀔까 봐 미리 우리에게 말하는 것이라고 했다.

선생의 사퇴 이유와 발표 방식이 요즘 유행어로 '쿨'했다. 선생은 현명했다. 나는 속으로 선생에게 박수를 보냈다. 선생은 총장으로서 흠잡을 데 없이 일했다. 그리고 멈춰야 할 때도 분명히 알고 스스로 선택했다. 사회에서 영원한 자리는 없다. 직장인도 정년이 있고 무림의 고수도 칼을 꺾을 때가 있으며 밀림의 왕 사자도 이빨이 무뎌지면 젊은 사자에게 자리를 내놓는다. 그게 패배는 아니다. 자연계의 이치고 흐름이다. 김옥길 선생은 스스로 만족할 만큼 일하고 또 물러날 때를 스스로 선택할 수 있었으니 얼마나 행복한 분인가. 명장 이순신이 말했다.

"장부가 세상에 나서 쓰일진대 목숨을 다해 충성을 바칠 것이요, 만일 쓰이지 않으면 물러가 밭 가는 농부가 된다 해도 또한 족할 것이다."

한 분야에서 오랫동안 일을 하다가 스스로 물러나는 것은 대단한 행운이다. 아무리 내 분야에서 최선을 다해도 언젠가는 아이디어가 떨어지고 기력이 달린다. 나를 인정하고 존경하던 사람들도 의례적으로 변한다. '저 노인네……' 하고 괜한 미움을 사지 않는 것만도 다행이다.

더 이상 새로움이 없고 습관적으로 일한다고 느낄 때가 그만 두어야 할 때다. 흐르는 물은 한 웅덩이를 채우면 넘쳐서 다시 아래로 흐른다. 일을 놓아야 할 때도 마찬가지다. 충분히 채워졌다고 생각한다면 다음 웅덩이로 자연스럽게 넘어갈 수 있다.

교직에서 물러나고 3년이 지나서 제자들이 나를 위한 저녁 모임 자리를 만들어 준 일이 있었다. 그 자리에서 나는 제자들에게 고마움을 전하며 이렇게 말했다.

"내가 현직에서 활발하게 일할 때는 나는 명실상부 여러분의 스승이었습니다. 하지만 퇴임하고 나서 학문을 접하는 기회가 줄고 임상에서 일하는 폭이 줄어들다 보니 새로운 이론이나 경험을 여러분께 현역 때처럼 드리기는 어렵습니다. 그래서 평소 제가 강조해서 말했던 '퇴임 후에는 여러분들이 나의 스승이 되어 많은 정보를 주기 바란다'는 이야기를 실천할 때가 되었다고 생각합니다. 오늘부터 여러분은 나의 제자가 아니라 나의 스승입니다. 한창 바쁠 나이의 여러분이 나를 위해 시간을 할애해 주고 근사한 장소에서 근사한 저녁까지 마련해 주니 즐겁기 그지 없습니다. 여러 선생님, 거듭 감사드립니다. 앞으로는 선생님들 말씀 잘 듣는 모범생이 되겠습니다. 오늘은 모범생이 되는 첫 수업이라고 생각하겠습니다.

나를 바라보면서 미래 여러분의 모습을 상상해 보기 바랍니다. 나를 부족하게 생각했던 분들은 나는 '이근후처럼 나이 먹지 않겠다'는 목표를 세우세요. 나를 흡족하다고 생각한 분들은 나도 저렇게 되어 볼까 하고 목표를 세워 보세요. 나를 거울삼아 여러분들이 아름답게 나이 먹기를 바랍니다. 노년이 먼 곳에 있는 것 같아도 지척에 있습니다.

이제 나 또한 가르치는 자리에서 물러나 여러분들에게서 배우겠습니다. 여러 선생님들이 정성으로 가르쳐 주신다면 나도 쓸모 있는 늙은이가 될 것입니다."

말이 끝나자 제자들은 아낌없이 박수를 보내 주었다. 그 모임 뒤 나는 제자들과 동등한 관계로서 함께 배우고 공부하는, 지식과 배움의 동반자가 되었다. 오히려 내가 더 많은 도움을 받고 있는 것이 사실이다. 내가 만약 스승의 자리에 남아 가르치려고만 했다면 나는 고집 센 노인밖에 되지 않았을 것이다.

'나'는 세월의 흐름에 따라 달라지고 변화한다. 그 흐름 따라 변화하는 나의 '쓸모'를 발견할 줄 아는 것도 나이를 잘 먹는 것 중의 하나다.

나이 들어 감투 욕심 부리는 당신에게

정년 퇴임을 하는 시기에 나는 여러 제안을 받았다. 대개는 협회나 모임의 수장 자리였다. 젊을 때부터 자유롭게 생각하고 행동했던 나는 예나 지금이나 우두머리 자리는 영 불편하기에 일언지하 모두 거절했다. 정년 후 아내와 함께 가족 연구 모임을 시작할 때도 나는 내가 하고 싶은 일만 하겠다는 생각이 컸다. 연구소의 사회적 역할을 강조한 아내가 조직을 만들고 체계화하지 않았다면 오늘날 가족아카데미아의 성장과 영향력은 없었을 것이다. 아무튼 나는 우두머리로서의 조직적인 관리 능력이 부족한 것만은 틀림없다.

어떤 자리건 그 자리에 어울리는 사람이 있다. 자리에 대한 욕심보다는 내가 그 자리에 맞는 사람인지 아닌지를 살펴봐야 하는 이유다. 그렇지 않고 덥석 맡는다면 망신 당하기 쉽다. 내가 그 일에 잘 맞는지는 자기 자신이 누구보다 잘 안다. 공직이라면 전문성과 도덕성, 이 두 가지만 잘 살펴봐도 충분하다.

인생이란 긴 항로에서 내가 그 자리의 임자인지 아닌지 판단해야 할 때가 여러 번 온다. 그때마다 신중히 생각하고, 앉기로 결정했으면 책임질 줄 알아야 한다. 자리에만 욕심을 내고 일은 서툴고 책임을 지지 않는다면 여러 사람에게 피해를 끼침은 물론 인생 이력에도 마이너스다. 또 나이가 들수록 젊은이들에게 자리를 양보할 줄도 알아야 한다. 그러니 나이 들었다고 거저 주는 감투는 조심, 또 조심해야 한다.

박완서 선생의 죽음에서 얻은 교훈

• • •

성공이란, 자기가 태어나기 전보다 조금이라도
세상을 더 행복하고 살기 좋은 곳으로 만들어 놓고 떠나는 것이다.
자신이 한때 존재했음으로 해서 단 한 사람이라도
좀 더 편안히 숨 쉴 수 있다면, 그것이 바로 진정으로 성공한 삶이다.

─랄프 왈도 에머슨(미국의 철학자)

재작년 겨울 어느 아침, 여느 때처럼 세검정 연구실에서 하루를 시작하고 있었다. 마침 젊은 여성 둘이 나를 인터뷰하려고 방문하여 이야기를 막 시작하려던 참이었다. 전화벨이 울려 받았더니 소설가 박완서 선생이 운명하셨다고 한다. 슬픈 소식이었다. 50년 가까이 정신과 의사로 살면서 인간의 희로애락을 이성의 잣대로 살펴왔지만 얼마 전부터 가까운 이들의 부음을 들을 때마다 담담하지 못하다. 나이 탓으로 생각하여 드러내지는 않지만 마음속에 스미는 서늘한 바람은 어쩔 수 없다. 밤잠을 못 이루기도 하고 다른 일에 괜한 심통을 부리는 등 흔들리는 마음이 드러나 버리는 것이다.

박완서 선생과 인연을 맺은 것은 10여 년 전이다. 내가 오랫동안 봉사를 해 오던 광명보육원의 아이들을 대상으로 한 시 공모전 시상을 선생이 직접 해 줬으면 좋겠다는 제안을 했다. 유명 소설가가 주는 상을 받으면 아이들도 어깨가 으쓱해지고 스스로 자부심을 갖게 되지 않을까 하는 의도였다. 선생과는 일면식도 없었지만 이 보잘 것 없고 번거롭기만 한 봉사를 흔쾌히 허락했다. 그리고 해마다 잊지 않고 참석하여 어린 예비 작가들에게 상장을 건네주었다. 한 번은 상을 받은 아이가 학교 담임교사에게 박완서 선생님에게서 직접 상을 받았다고 자랑했다가 거짓말을 한다며 꿀밤을 맞았다고 했다. 그 이야기를 전하는 아이의 얼굴에 뿌듯함이 가득해 나 또한 얼마나 기분이 좋았는지 모른다. 박완서 선생의 이름값을 새삼 느낀 일화다.

첫해 시상식 날에 박완서 선생은 말했다.

"나는 평생 이런 일에 참여해 본 적이 없습니다. 무슨 모임에 나서는 것이 거북하고 내 이름 걸고 상 주는 일도 없었습니다. 그런데 유독 이 일은 마음이 끌립니다. 부디 이 상을 오래 주기 위해서라도 오래 살아야겠습니다."

소녀처럼 수줍은 선생의 웃음을 나는 흐뭇하게 바라보았다. 오래 살겠다고 약속했던 선생은 10년 동안 아이들에게 상을 주고 매번 좋은 이야기를 들려주었다. 그리고 오늘 세상을 떠났다.

참 좋은 분이지만 연세가 많으니 죽음을 막을 수 없다. 선생의 나이 여든이다. 평균 수명으로 따지면 돌아가실 생물학적 연령대다. 전화를 끊고 나서 나와 이야기 중이던 두 여성에게 "박완서 선생이 돌아가셨답니다"라고 소식을 전하자, 깜짝 놀라 어쩔 줄 모르더니 안타까운 마음으로 평소 박완서 선생님에게 가졌던 느낌과 인품, 작품에 대한 감상을 조곤조곤 털어놓았다. 나도 박완서 선생과 함께 갔던 네팔 여행기를 들려주었다. 연구실은 어느새 박완서 선생에 대한 따뜻한 추억으로 가득해졌다.

선생의 가족도 아니고 사적으로 얽힌 관계도 아니기 때문에 덤덤하게 반응하는 것 아니냐고 할 수도 있겠다. 하지만 그런 이유라면 선생의 죽음을 무감각하게 받아들였을 것이다. 타인의 죽음을 대하는 태도는 죽음의 당사자가 어떤 삶을 살았느냐에 따라 달라진다. 그날 함께 모인 세 명은 고인의 가족도 아니고 고인과 각별한 친분을 나눈 적도 없다. 게다가 그날 처음으로 만났기에 서로에게도 낯선 사람이다. 그럼에도 우리가 갑자기 선생의 부음을 듣고 장례식장도 아닌 이 작은 공간에서 선생과 연결된 사소한 기억을 찾아내며 죽음을 슬퍼하는 나름대로의 의식을 치렀다. 이것이야말로 선생이 참 좋은 삶을 사셨다는 방증이 아닐는지.

소설가 박완서. 전쟁과 가난으로 얼룩진 현대사를 글로 어루만진 대작가이면서 젊은 아들을 교통사고로 잃은 개인사적 아픔을 감내하며 살다 간 우리 시대의 어머니다. 선생의 수줍고 푸근한 얼굴은 생각만 해도 마음이 따뜻해져 온다. 어떤 사람을 생각할 때 따뜻함을 느낀다면 성공한 인생이라고 봐도 좋을 것이다. 그렇게 세상에 좋은 영향력을 준 선생이기에 저절로 차분한 애도가 마음속에 떠올랐는지 모른다. 따뜻한 배웅이다. 우리에게 영혼이 있어서 이승의 삶을 마치고 더 큰 세계로 나아가려 할 때 그런 따뜻한 배웅자가 많다면 얼마나 든든하겠는가.

죽음은 분명 슬프다. 그런데 슬픔은 뒤에 남은 자의 몫이다. 그런 점에서 내가 죽고 난 뒤 내가 사랑하는 이들이 덜 슬프도록 배려하는 것도 노년에 해야 할 일이지 싶다. 그것은 평소 일상에서 실천해야 한다. '밝은 얼굴로 생활하고 부드러운 말투를 쓴다, 게으르지 않고 이기적으로 행동하지 않는다……' 어떤 큰 업적보다 이런 성실한 삶의 태도가 차곡차곡 쌓여 내 주위를 좋게 만들고 평화롭게 한다.

한 아이가 할머니에게 죽음이 뭐냐고 묻자 "하늘나라로 가는 것"이라고 설명해 주었다. 그래서 아이가 다시 "할머니는 언제 가?"라고 물었단다. '나는 언제 갈까?' 나이가 들면 자주 스스로에게 물어야 한다. 이 물음은 마흔, 쉰 즈음부터 새기면 더 좋겠다. 그래야 노년의 미래를 구체적으로 계획할 수 있고, 노년이 되어도 과거 속에만 묻혀 살아가지 않을 수 있다.

공기보다 더 가볍고 부드러운 존재가 된 박완서 선생. 현실에서 다시 뵐 수 없으니 섭섭하다. 선생의 죽음을 어떤 사심도 없이 순수하게 애도하는 두 명의 낯선 여성을 보면서, 나의 마지막 모습을 상상해 본다.

아까워서 아무것도 버리지
못하겠다는 사람들에게

내 오래된 꿈 가운데 하나는 스님들의 선방처럼 아무것도 없는 깨끗한 방을 가져 보는 것이다. 선방은 스님들이 가부좌를 하고 앉아 명상하는 곳이다. 그곳에는 아무것도 없다. 오직 '나'를 붙들고 앉아 있을 뿐이다. 간혹 스님들의 방에 초대되어 차를 마실 일이 있으면 나는 언제나 그 텅 빈 방, 그리고 그곳을 꽉 채운 고요와 정갈함에 깊은 감동을 느꼈다.

나이가 들어서는 좀 더 자주 방을 정리한다. 하루 종일 책상을 치우고 널브러진 책을 책장에 꽂는다. 매번 이것저것 불필요한 것을 버리지만 아까운 마음이 드는 건 어쩔 수 없다. 그때마다 '버릴 것은 미련이구나' 하고 깨닫는다.

얼마 전에는 오랫동안 정기구독해 온 잡지들을 끊기도 했다. 눈이 안 좋아 더 이상 마음 편하게 볼 수 없기 때문이다. 시간이 나면 보리라, 쌓아둔 지가 몇 개월. 이번엔 단단히 마음을 먹고 전화를 걸어 구독을 끊겠다고 하니 월간 《미술세계》는 구독한 지 무려 30년 가까이 되었다고 한다. 문득 아쉬운 마음도 없지 않았다. 그러나 미안하다고 하며 끊었다. 그렇게 한 번 정리를 하고 나면 마음이 한결 후련하다.

그러나 몇 주 안 가 방은 다시 잡동사니로 가득하다. 이것저것 필요한 자료를 찾다보면 어느새 방바닥에도 책과 종이로 탑이 세워져 있다. 아, 완전하게 끝까지 깨끗할 수는 없는 것인가. 어쩔 수 없이 또 천천히 버릴 것과 남길 것을 가리기 시작한다. 그래서 모든 게 아까워 도저히 버릴 수가 없다는 사람들에게 나는 말한다.

"더 자주 버리고, 더 자주 청소하세요. 그러면 됩니다."

오늘을 귀하게 써야 하는 이유

• • •

지금까지 늘 주먹을 꽉 움켜쥔 채 살아왔지만,
이제는 손바닥 위에 부드러운 깃털이 놓인 것처럼
평화롭게 손을 편 채로도 삶을 살 수 있다는 걸 깨달았습니다.
그 어느 때보다도 나 자신을 가까이 느낄 수 있었습니다.

−엘리자베스 퀴블러 로스, 《인생 수업》 중에서

"그동안 해 놓은 일이 없다."

입버릇처럼 이렇게 말하던 친구가 있다. 아마도 정년을 맞은 뒤부터였을 것이다. 그는 평생 강단에서 후학을 열심히 가르쳤고, 연구도 게을리 하지 않아서 여러 권의 저서를 펴내기도 했다. 또 자식들도 잘 키워 사회에서 성실하게 제 몫의 일을 하고 있으니 누가 봐도 성공한 삶이다. 그러나 정작 본인은 무언가 부족한 인생을 살았다며 허무감에 젖어 있더니 한동안 우울증에 빠져 지냈다.

또 한 친구는 앞서 말한 친구와 다르게 그간의 삶을 정리하고 자세한 기록으로 남기려고 애를 썼다. 그는 어려운 환경에도 불구하고 열심히 살았다고 자부했다. 사후에 다른 사람으로부터 "이 사람은 잘 살았구나"라는 인정을 받고 싶다고도 했다.

둘은 겉으로 보기에 전혀 다른 인생을 살아가는 듯 보인다. 그러나 두 사람 모두 '남기고 싶은 욕구'가 다르게 표현되었을 뿐이다. 누구의 삶도 옳다 그르다 할 수는 없다. 자신이 죽고 난 뒤의 평가를 염두에 두고 삶의 흔적을 남기고 싶어 하는 것은 인간의 본능이기 때문이다. 어떤 사람들은 가문에 족적을 남기려고 애를 쓴다. 선조의 묘를 꾸미거나 비석을 세운다든가 문집을 만들어 집안 사람들에게 나누어 준다. 정년을 맞은 교수들이 퇴임 기념 논문집을 만들거나 연구소를 세우는 것도 어찌 보면 비슷한 맥락이다. 물론 나 또한 비슷한 속성을 지니고 있음을 부인할 수 없다.

그런데 우리는 스스로 원해서 세상에 태어난 것이 아니다. 마찬가지로 저 세상에 가는 것 역시 내 의사와는 무관하다. 삶은 빈손으로 왔다가 빈손으로 가는 것인데, 과연 내가 무엇을 남기고 싶다고 해서 그것이 남겨질 수 있을까. 또 남기고 싶지 않다고 해서 남겨지지 않는 것 또한 아닐 것이다.

그렇다면 인생에서 정말 남는 것은 무엇인지 자문해 본다. 인류에 좋은 영향을 끼치는 훌륭한 일을 하며 살았다면 이름과 업적이 남을 것이다. 최근 세상을 떠난 스티브 잡스 같은 사람이다.

그러나 대다수 인간은 지극히 평범하게 살다 갈 뿐이다. 인류사의 거대한 강물에서는 바늘로 찍은 한 점만큼의 흔적도 없다. 어쩌면 이 때문에 더더욱 존재의 흔적을 남기려 애쓰는 것인지도 모른다. 그런데 오히려 소리 없이 살다간 사람들의 흔적이 우연히 누군가에 의해, 아니면 시대적 요구에 따라 먼 훗날 드러나기도 한다. 당대에는 전혀 가치 없던 삶이 뒤늦게 알려지는 것이다.

얼마 전 알게 된《양아록養兒錄》은 500년 전 조선시대 이문건이라는 사대부가 쓴 책이다. 오늘날의 육아 일기로, 손자가 태어나서 열여섯 살이 될 때까지의 일화를 기록해 놓았다. 첫 걸음을 떼는 걸 보고 느낀 기쁨이나 글공부가 게으르다며 종아리를 때린 일 등이 자세하게 적혀 있다. 그런데 유교가 뿌리내리던 가부장제 사회에서 여자도 아닌 남자가, 그것도 조부가 손자의 육아 일기를 썼다는 점이 흥미롭다.《양아록》에는 이런 구절이 있다.

"아이의 설사는 밤낮으로 그치지 않고 점점 붉은 색으로 변해가네. 물똥은 끈적끈적 고기 씻은 물 같고, 곱똥은 방울방울 똥을 잘 누지 못하네. 바라보는 내 마음 절로 슬퍼지도다."

사대부 양반이 손자의 기저귀를 들여다보며 똥 색깔을 살피는 모습은 당시 꽤 파격이었을 것이다. 곁에서 이를 본 사람들은 '사내대장부가 별걸 다⋯⋯' 하면서 흉을 보고 깎아 내렸을 게 틀림없다.

남자와 여자가 할 일이 분명하게 나뉘는 가부장제의 엄격함도 손자에 대한 사랑 앞에서는 무용지물이었다. 조부에게는 손자 사랑이 어떤 가치보다 소중했기에 체면 따윈 생각도 않고 붓을 들어 낱낱이 기록했을 것이다.

이렇게 《양아록》 이야기를 길게 하는 것은 이 책이 450년 이상 묻혀 있다가 1980년대 한 학자에 의해 비로소 세상에 알려지게 되었기 때문이다. 제도와 관습에 눈치 보지 않고 소신껏 살다간 이문건이라는 한 선비의 삶이 새롭게 드러난 것이다. 조선사회에서야 양반가의 체신을 깎아 내리는 기록물로 대접받았을 테지만, 오늘날에는 당시의 아동관과 육아법을 엿볼 수 있는 귀중한 기록으로 평가 받는다. 한 사람의 소신과 성실이 오랜 세월이 흘러 어떻게 드러나고 빛나는지 보여준 예다.

삶은 내가 남기는 것이 아니다. 뒷사람에 의해 나의 모든 행적이 들추어져 남을 만한 것은 남게 된다. 훗날 누군가에 의해 들추어졌을 때 부끄럽지 않은 삶이기를 바라는 것, 그것이 우리가 할 수 있는 유일한 일이다. 부끄럽지 않는 삶이란 무엇인가. 시류에 휩쓸리지 않고 스스로 옳다고 생각하는 가치에 부응하여 성실하게 살아가는 것이다.

어머니가 돌아가신 지 여러 해가 지난 뒤, 나는 어머니가 다니시던 절에서 어머니 제사를 올린다는 사실을 알았다. 어머니가 평생 봉사를 많이 하기도 하셨지만 단지 그 때문만은 아니었다. 어렴풋이 어머니의 인품을 좋아하고 따르는 사람이 많다는 것은 알았지만 자식도 친척도 아닌 사람들이 뜻을 모아 기일을 챙길 정도로 어머니의 덕망은 깊었던 것이다.

내 삶은 나에 의해 남겨지지 않는다. 내 삶을 기억하고 추적하는 누군가가 있다면 그들에 의해 남겨질 것이며, 운이 좋다면 시간의 흐름 속에 자연스럽게 드러날 것이다. 그러니 죽음이 내일 닥치더라도 오늘을 성실히 살아가는 것이 최선이다. 살다 간 흔적이 남지 않는다고 허망한 것만은 아니다. 자연계의 모든 존재가 살다 간 흔적을 남긴다면 세상은 뒤죽박죽일 것이다. 히말라야의 거대한 산맥을 바라보며 나는 인간이란 얼마나 하찮은 존재인가를 느꼈다. 그러나 다시 일상으로 돌아와 하찮은 존재라는 사실조차 잊고 주어진 삶을 성실하게 살아가는 이들을 보면 감동스럽다. 사람은 하찮으면서도, 히말라야마보다 더 큰 존재라는 생각이 드는 것이다.

레오나르도 다빈치는 "잘 보낸 하루가 행복한 잠을 가져오듯이 잘 쓰인 인생은 행복한 죽음을 가져온다"고 했다. 행복한 잠이란 마음에 불안이 없다는 말이다. 무엇을 남길까, 내가 죽은 뒤에 사람들은 뭐라고 할까 신경 쓰지 말라. 그런 겉치레 모습에 매달려 귀중한 시간을 낭비하지 말고, 마지막일지도 모를 오늘을 귀하게 쓰자. 그래야 내일이라도 두 다리 쭉 뻗고 죽을 수 있다.

'삶을 끝까지 데리고 노는 법'에 대하여

이근후 선생님을 만났던 지난겨울 석 달은 눈이 많이 내렸고 추웠다. 아침 9시면 선생님은 어김없이 연구실이자 놀이터(?)인 가족아카데미아로 출근했다. 폭설이 쏟아진 날, 조금 일찍 도착한 나는 검정색 코트에 모직 모자를 쓴 선생님이 빙판 위를 조심조심 걸어오는 모습을 볼 수 있었다. 건물 꼭대기 층에 위치한 연구실은 산비탈의 바위와 바로 이웃해 있는데, 어느 날 그 바위가 선생님의 옆얼굴과 닮았음을 발견했다. 오랜 세월 비와 바람이 깎고 다듬어 냈을 바위의 미소는 선생님의 편안한 미소와 자연스레 겹쳐졌다.

우리나라 정신의학계에 큰 영향을 끼친 정신과 전문의로, 수많은 후학을 길러낸 학자로서 이름이 높은 선생님이지만 소탈하고 편안한 얼굴은 마음씨 좋은 할아버지 그대로였다. 선생님이 화수분처럼 풀어내는 이야기 속에서 나는 별똥을 주우러 뛰어가는 소년을, 불의를 모른 체하지 않는 치열한 젊은이를, 환자를 포기할 줄 모르는 따뜻한 의사를, 가족 모두를 존중하고 배려하고자 애쓰는 성실한 아버지를 만났다. 그러면서도 산을 타고 그림과 시를 즐기고 공부하고 가르치고 봉사하는 모습에 나의 소박한 젊음이 민망해질 지경이었다. 한마디로 선생님은 삶의 단계마다, 매 순간 치열하게 생각하고 스스로 할 수 있는 일을 행동에 옮긴, 자기 삶의 능숙한 선장이었다. 놀라운 것은 이 많은 일들이 여든을 바라보는 지금도 현재 진행형이라는 점이다.

선생님은 그 에너지의 원천이 '야금야금'에 있다고 했다. 야금야금 일하고, 야금야금 공부하고, 야금야금 봉사하고, 야금야금 생각하고……. 그렇게 조금씩 나아가고 좋아지는 걸 즐기니 지루하지 않게 오래 해 올 수 있었다는 것이다. 선생님은 말했다.

"한 번에 다하면 편하겠지요. 단박에 완성하고 짧은 시간에 결과를 맺는다면 얼마나 좋을까요. 그러나 모든 일은 시간을 훌쩍 뛰어 넘어 일어날 수 없다는 것이 인생의 이치입니다. 일과 배움, 능력, 재능, 사람과의 관계까지 야금야금 시간이 쌓이고 경험이 더해지면서 깊어지고 넓어지고 발전하는 것이지요. 당장 잘하겠다고 생각하지 말고 지금 할 수 있는 만큼만 하겠다고 결심하는 게 중요합니다. 그렇게 야금야금 하면 지치지 않고 오래 즐기며 할 수 있게 됩니다. 인생의 즐거움과 재미는 완성에 있지 않습니다. 그 과정에 조금씩 흩뿌려져 있는 것입니다."

이른바 이근후 선생님의 '야금야금 이론'이자 '차선次善의 철학'이다. 무엇을 이루겠다는 목적의 삶이 아닌 어떻게 살아야겠다는 방법의 삶에 관한 고민, 선생님은 그 이야기를 들려주고 싶어 했다. 생각해 보면 우리는 무엇을 이루겠다고 꿈을 세우지만, 정작 어떻게 살겠다는 삶의 자세에 대한 고민은 소홀하다. 삶의 자세는 지도가 아니라 나침반이다. 목적지를 빠른 길로 안내하는 것이 지도라면 나침반은 길을 잃지 않도록 한다. 잠시 엉뚱한 길로 빠지더라도 나침반이 있으면 조금만 헤매고, 아니 헤맴을 즐기는 여유를 부리면서 목적지를 향해 갈 수 있는 것이다.

이 책은 바로 그 나침반에 관한 이야기다. 선생님의 이야기는 우리에게 너의 나침반은 무엇이냐고 진지하게 묻고 있다. 물음에 분명하게 답할 수 있다면 우리 삶은 지금보다 두렵지 않고 미래에 대한 막연한 불안도 덜할 것이다.

선생님과 이야기를 나누는 동안 겨울은 서서히 끝이 났다. 그 사이 수많은 사람들이 연구실을 찾아왔고 전화로 안부를 물었다. 이제는 스승의 자리에 오른, 머리 희끗희끗한 제자들이 연구 자료를 가져와 의견을 구했고, 어떤 이는 직접 그린 서툰 그림을 선물로 주고 갔다. 선생님의 강의를 듣기 위해, 보육원 봉사를 하기 위해 쉴 새 없이 드나드는 사람들을 보며, 이근후 선생님은 그저 존재하는 것만으로 힘이 되는 분이라는 걸 알았다. 늙어 가는 모습 그대로 다른 사람들에게 좋은 영향을 끼치는 삶, 문득 인간이 지향하는 최고의 삶은 이런 것이 아닐까 싶었다.

젊고 에너지 넘치는 노인을 이상적으로 생각하는 시대에 선생님은 그 반대쪽에 서 있다. 늙음을 감추려 하지 않고 즐겁게 데리고 놀며, 나이 들지 않으려는 노력보다 나이 듦의 재미를 선택했기 때문이다. 지금 이 순간에도 우리의 시간은 흘러가고 있다. 방금 전보다 나는 더 늙었다(?). 지금 나는 무엇을 선택하고 있는지 생각하면 훗날 나이 든 내 모습을 그려 볼 수 있으리라.

몇 년 전 나는 마흔에 서른을 돌아보는 책을 썼다. 개인적으로 마흔을 축복하고 힘차게 출발하는 계기가 되기도 했지만, 40이란 숫자는 또 다른 불안을 안겨 주었다. 주위에서 《마흔 살엔 미처 몰랐던 것들》은 언제 출간할 거죠?"라고 농담처럼 던지는 질문이 마음에 작은 파문을 일으켰고 자연스레 어떻게 나이 들어갈지 고민하게 되었다. 그리고 이근후 선생님의 삶에서 그 답을 찾을 수 있었다. 나로서는 큰 행운이었다.

선생님과의 에피소드 하나. 이야기 도중에 선생님은 손수 커피를 타 드시곤 했는데, 스푼이 없으면 기다란 커피믹스 봉지로 휘휘 저어 드셨다. 선생님이 들려주는 삶의 이야기는 그렇게 솔직하고 편안하고 자유롭다. 인간의 마음 바다에서 수십 년간 항해하며 항구로 돌아온 노학자의 이야기에서 복잡하고 어려운 인생의 문제를 풀어내는 쉽고도 단순한 원리 몇 쯤 터득하는 행운을 여러분도 누려 보기를 기대한다.

2013년 2월
엮은이 김선경

오늘 우리는 누구나
인생의 황금기를 살고 있습니다

"다 쓰고 죽어라." 미국의 유명한 재무설계사가 한 말이다. 돈에 대한 태도를 가리키지만, 결국 사는 방식에 집중하라는 뜻이다. 10여 년 전 이 책의 엮은이로 참여한 이후, 선생님의 근황을 접할 때마다 이 말이 떠오르곤 했다. 직설적인 표현이 연로한 선생님에게 실례가 될 수 있을지도 모르겠다. 물론 선생님은 그동안 《백 살까지 유쾌하게 나이 드는 법》, 《살 만큼 살았다는 보통의 착각》, 《오늘이 내 인생의 가장 젊은 날입니다》 등 죽음을 염두에 둔 제목의 책을 펴내면서, 죽음은 누구나 도달해야 할 자연스러운 단계임을 줄곧 설파해왔지만 말이다.

인생의 시간을 돈에 비유하면, 선생님은 당신 몫의 시간을 아낌없이 써왔고 또 남김없이 쓰려고 노력해왔다. 이 책 출간 이후 10년 동안 16권의 책을 쓰고 1천여 회가 넘는 강연을 하는 등의 왕성한 활동을 말하려는 것만은 아니다. "지금까지 후회되는 일은 없냐?"는 물음에 선생님은 "없다"고 잘라 말했다. 과거는 돌이킬 수 없기 때문이다. 경력 50년의 정신과 의사이자 학자로서 또 그간 펴낸 수권의 인생 해법서에도 불구하고, 선생님은 여전히 삶에 정답은 없으며 스스로 만들어 갈 뿐이라고 믿는다. 인생의 시간을 아낌없이 쓴다는 것은, 선생님의 말처럼 후회와 자책 등 부질없는 시간을 줄여 내가 할 수 있는 일, 하고 싶은 일을 더 많이 해 보는 데 있다. 선생님은 그렇게 아낀 시간과 에너지를 봉사하고 글을 쓰고 시를 읽고 좋은 사람들을 만나는 데 쓰고 있는 것이다.

출간 10년을 맞는 소회를 듣기 위해 세검정 연구실을 찾았다. 연구실 통유리창으로 보이는 산비탈 바위는 여전했다. 기운이 조금 쇠해지셨지만, 선생님의 부드러운 눈웃음 또한 그대로였다. 연구실과 바위 사이의 거리는 불과 2미터이다. 이 자리에 연구실이 자리 잡은 지 30여 년, 그동안 이 바위를 정면으로 마주 보며 글을 쓰고 책을 읽고 차를 마시고 상념에 빠지기도 했을 테다. '사람 마음속 알아내기란 저 단단한 바위를 보는 일과 같을까', 싶었는데 언젠가 선생은 말했다. "저 바위가 사람 얼굴처럼 보이지 않나요?"

연구실은 말끔히 정리되어 있었다. 탑처럼 쌓인 책과 어지럽게 널린 자료 틈에서 선생님은 필요한 것들을 곧잘 찾아내곤 했었다. 정리된 환경이 나빠진 시력 때문이겠지 싶어 마음 어딘가가 허전해졌다. 이야기를 시작하려 하자 선생님은 옆에 앉기를 부탁했다. 말이 길어지면 선생님은 내 쪽으로 몸을 기울였다. 그때마다 나는 목소리를 키워야 했다.

선생님, 건강부터 여쭈지 않을 수가 없습니다. 어떠신지요?

좋아질 리는 없겠지요. 10년 전에 내가 앓는 병이 일곱 가지라고
했는데 몇 가지 더 추가되었습니다. 시력이 안 좋아진 게 가장 불
편해요. 그 불편함이란 게 다른 사람에게 오해를 사는 거예요. 본
의 아니게 내가 상대를 모른 척한 셈이 되어버리는 일이 자주 있
어요. 미리 눈이 안 보인다고 양해를 구하기도 하지만, 멀찌감치
에서 나와 눈이 마주쳤는데 내가 멀뚱히 쳐다만 보고 있으면 '저
사람 이상해졌네'라고 생각하죠. 그런 분들에게는 어쨌거나 미
안합니다. 그런 오해를 받게 되고 보니, 살면서 내가 다른 사람
을 이래저래 판단했던 일들이 떠올랐습니다. 그게 나 혼자 상상
해서 만든 오해일 수도 있겠구나 싶은 거죠. 나이 들면 이런 작은
반성들이 늘어난답니다.

활동이 불편하실 텐데 여전히 글도 쓰시고 강연도 왕성하게 하십니다.

혼자서는 바깥출입이 어려울 정도로 시력이 나빠졌어요. 이 병
이 어떻게 진행되고 결말이 어떤지 알고 있어서 그동안 꾸준히

관리해 왔는데 이제 한계에 온 거죠. 뚜렷하게 보이지 않는 것 말고는 달라진 건 별로 없어요. 장애인 등록을 했고, 지금은 요양 보호사 선생의 도움을 받아 글도 쓰고 책도 읽거든요. 선생이 책을 읽어주면 가만히 듣고, 내가 말하면 글을 받아 적으니 더 편해진 면도 있어요. 어쨌거나 '이 정도면 괜찮다' 생각해요. 아직 머리는 살아 있으니까 고마울 뿐이죠. (웃음)

지금 말씀하신 게 '차선次善의 철학'이지요? 100퍼센트의 삶이 아니라고 실망하지 말고, 그 다음의 선택에 만족하며 열심히 살아보라는 뜻으로도 이해했거든요. 선생님이 삶으로 보여주신 차선의 철학은 많은 독자들이 공감하기도 했습니다.

나로서는 타협을 한 거예요. 요양 보호사 선생의 힘을 빌릴 뿐 글을 쓰고 책을 읽는다는 사실은 변하지 않은 거죠. 또 눈은 안 보이지만 아직 귀는 그런대로 들리니까 텔레비전을 라디오처럼 듣기도 해요. 언젠가 귀도 어두워지면 이번엔 머릿속에서 영사기를 돌려야 하지 않을까 싶습니다. 눈과 귀가 어두워진 다음부터는 내 생각에 더 집중하게 되었습니다.

《나는 죽을 때까지 재미있게 살고 싶다》가 출간된 지 10년이 되었습니다. 감회가 어떠세요?

출판사에서 10년이 지났다는 전화가 와서 깜짝 놀랐습니다. 아직도 독자에게 읽히고 있다는 사실도 놀랍고요. 이 책을 내고 좋은 일이 참 많았습니다. 강연도 하고 방송에도 나가고 인터뷰도 많이 하고 많은 독자를 만났습니다. 독자들이 던지는 질문이 나를 돌아보게 했고, 그러면서 생각이 바뀌기도 했습니다. 편집자를 잘 만난 덕분입니다. 일전에 이런 제목으로 강의를 한 일이 있어요. '잘 기획된 책은 베스트셀러가 되고, 잘 기획된 삶은 베스트 라이프가 된다.' 편집자는 책의 큰 주제를 설정하고 어떻게 쓸 것인지 방향을 잡고 목차를 짜고 구체적으로 내용을 담아가지 않습니까. 지루하지 않게 재미있는 이야기도 넣으면서 강약을 조절하고요. 인생도 이와 같아요.

당시 '죽을 때까지, 재미있게'라는 제목도 화제가 되었습니다. 인생의 의미를 재미에 둔다고 하면 어딘가 가벼워 보이던 시대였으니까요. 요즘은 자기 욕망을 솔직하게 드러내는 걸 당연하게 여깁니다. 특히 '돈'에 대해 굉장히 솔직한 분위기입니다. '재미있게 살려면' 돈이 있어야 가능한 시대이기도 하고요. 선생님이 말씀하시는 '재미'는

'어려운 상황에서도 재미있게 해내겠다'는 마음가짐에 기반한 것인데, 인생의 중심을 돈에 두고 있는 요즘 우리 사회에 해 주실 말씀이 있을까요?

한번은 투자회사에 강연하러 갔다가 입구에 놓인 안내 포스터 글귀를 보고 깜짝 놀란 적이 있습니다 "돈도 벌고, 죽을 때까지 재미있게 사는 법." 관계자가 말하기를 그날 나와 재테크 전문가, 2개의 강연이 진행되는데 하나의 제목에 내용을 다 담았다는 거예요 "돈도 벌고"라는 글귀가 마음에 쏙 들었습니다. 내 강연을 마치고 나서 재테크 전문가의 강연을 들어봤는데 나는 이제껏 돈을 다루는 법을 몰랐구나 싶었습니다. 당연한 일입니다. 돈을 '밝힌다'라고 하면서 돈을 나쁘게 보는 시절을 살았으니까요. 요즘은 돈과 재미, 둘 다 포기할 수 없는 세상이니만큼 솔직히 드러내고 잘 관리하며 사는 것이 더 현명한 일입니다. 다만 여기에는 돈만 좇는 삶이 아니라 나를 행복하게 하는 데 좀 더 시간을 쓴다는 전제가 있어야 합니다. 재미있는 삶은 다른 사람의 삶과 비교되지 말아야 합니다. 타인과 비교하면서 만들어진 재미를 추구하다 보면 결국은 재미없게 살 수밖에 없습니다. '재미'의 기준은 내가 되어야 하고 '재미'를 누리는 사람도 내가 되어야 합니다. 이런 재미의 관점에서, 스스로 돈에 대한 어떤 기준을 세워야 할지 진지하게 고민해봐야 합니다.

재미를 말씀하셨는데, 이 책의 서평 중에 "돈이 있으니 재밌게 살겠지"라는 냉소 섞인 글도 있었습니다. 책을 읽지 않고 올린 서평 같았지만요.

사람 마음은 비슷한 듯 보이지만 다 제각각이에요. 내 생각은 이런데 너는 그렇구나, 하고 봐야지요. 존 밀턴이란 작가가 이런 말을 했어요. "마음은 지극히 주관적인 장소이다. 그 안에서는 지옥도 천국이 될 수 있고 천국이 지옥으로 될 수도 있다." 누구에게나 두 마음이 다 존재합니다. 마음이 지옥이 되지 않도록 단속해야 합니다. 세상의 다양성은 존중되어야 합니다만, 모든 관계에서 우리가 왜 서로 다른 생각을 하는지, 귀 기울여 대화하려는 태도 또한 잃지 말아야 합니다.

올해 여든여덟이십니다. 지난 삶에서 후회되는 일이 있으십니까?

나는 지난 일을 후회하지 않습니다. '이렇게 한번 해 볼 것을', '그때 이렇게 했더라면' 하는 식의 가정법을 생각하지 않는다는 말이에요. 정신과 의사라는 직업과 무관하지 않을 거예요. 후회는 현재의 고통과 괴로움을 위로받으려는 무의식이 만들어냅니다. 후회는 현실의 그 어떤 것도 바꾸지 못합니다. 이런 생각이

들면 얼른 과거에서 빠져나와 지금 여기로 와야 합니다. '히어 앤 나우hear and now', 지금 이 순간에 집중하며 살아야 해요. 행복한 추억에는 힘들고 슬프고 아픈 순간도 포함되어 있습니다. 힘들고 괴로운 오늘이 언젠가는 행복한 기억이 될 거라는 생각도 위로가 되어줍니다. 후회가 지나치면 오늘을 살지 못하게 될 뿐입니다. 우리가 오늘을 잘 돌보면 신은 우리의 내일을 돌봐 준다는 말이 있습니다.

후회하는 마음이 들면 얼른 현재에 집중하라고 하셨는데 구체적으로 어떻게 하면 될까요? 만트라(주문)처럼 "얍! 히어 앤 나우!"라고 외쳐 볼까요?

그것도 좋은 방법입니다. (웃음) 나의 환자들을 예로 들면 원인은 여러 가지이지만, 과거에 지나치게 집착하여 원망과 분노를 쏟아내거나 일어나지 않은 일에 대한 불안을 호소하는 속성이 있습니다. 과거에 집착하고 미래 걱정을 하다 보니 정작 오늘을 살지 못하는 겁니다. 현재에 집중한다는 것은 오늘의 즐거움을 찾아 즐기라는 말입니다. 신라인들이 경주 남산에 수많은 불상을 세운 데는 죽어서 서방정토에 가기보다, 발 딛고 사는 이곳에 서방정토를 만들겠다는 의지가 담겨 있습니다. 아무리 힘든 삶이라도 웃을 일이 있고 즐거움 몇 개쯤은 분명히 있습니다, 순간순간의 작은 즐거움을 놓치지 않으려는 태도가, 과거를 후회하지 않는 미래를 불러옵니다.

그래도 지난 삶에서 아쉬움으로 남은 일이 있을 텐데요, 혹 선생님의 삶에 비춰 젊은 세대에게 하고픈 당부가 있다면요? 나는 이렇게 살지 못했으니 너희는 이렇게 살아보라는 바람이랄까요.

나는 외동아들이었어요. 보편적으로 부모는 자녀가 안전하게 성장하도록 규제합니다. 나의 경우에는 외동으로서 심리적인 억압이 있었죠. 좋은 것과 나쁜 것, 해서는 안 될 일과 해야 할 일 등 이분법적 사고에 길들여졌어요. 호기심을 느끼거나 해보고 싶은 일을 부모 허락 없이는 시도조차 하지 않았어요. 그러고는 부모님을 원망했어요. 대학생이 되어서도 그런 무의식에 매여 있었지요. 그런데 지나고 보니 그럴 필요가 없었어요. 부모 핑계를 대는 내가 바보였던 거지요. 하고 싶은 일은 하면 됩니다. 제자들 주례를 설 때마다 내가 하는 말이 있어요. "마음대로 살아보세요. 부부가 되었으니 둘이서 창의적으로 살아보세요." 성인이 되었다면 더는 부모를 탓하지 마세요. 또 부모는 자녀를 새장 같은 좁은 규제가 아니라, 책임감을 나눠주고 멀리서 지켜보는 큰 울타리가 되어 줘야 해요. 부모 자녀 모두 서로에게 독립하여, 각자 스스로 선택하는 삶을 살아야 합니다. 그리고 사실, 인간은 생각 보다 그렇게 연약하지 않습니다.

욕구를 지나치게 억압하지 말라는 말씀이시지요?

머릿속으로만, 마음속에만 담아 두지 말라는 거예요. 세상을 떠난 친구 중에 철학 교수가 있어요. 그 친구와 이런저런 주제를 놓고 많이 논쟁하고 대화했습니다. 그 친구는 독특한 말버릇이 있었습니다. 한창 이야기를 하다 결론이 날 즈음, 자기가 하고자 하는 말이 관철되지 않거나, 상대 주장이 맞다고 생각하면, "할 수 없지, 뭐" 하고 말을 끝내는 겁니다. 그 대답이 나는 참 좋았어요. 분노가 묻어 있지는 않았어요. 해 보지 않고 내뱉는 체념도 아니었어요. 이거저거 할 만큼 최선을 다해본 다음에 나오는 말이었거든요. 어떤 부자가 돈 버는 법을 강의하는 교수들이 부자가 되지 못하는 이유는 실천하지 않았기 때문이라고 했답니다.

이 책에는 관계에 대한 지혜가 많이 담겨 있습니다. 요즘 특히 부모와 자녀, 세대 간의 갈등이 사회적으로 심화되는 분위기입니다. 해법은

없을까요?

부모와 자녀 사이, 세대 간의 갈등은 영원히 없앨 수 없습니다. 경험이 다르기 때문입니다. 젊은 날 반항하는 나에게 어머니가 "너도 늙어봐라" 하셨지요. 그때는 그 말을 이해하지 못했는데 이제 어머니 나이가 되고 나서야 알겠더군요. 언젠가 강연장에서 한 청년이 "세상이 힘들기만 한데 선생님은 뭐가 그리 즐겁습니까?"라고 묻기에, 삶이 얼마 남지 않으니 매일 아침 눈 뜨는 게 즐거울 수밖에 없다고 했습니다. 청년은 이해하지 못했지요. 저마다 다른 시간을 살아가는 우리가 서로를 이해하기 위해서는 자신을 낮추는 방법밖에 없습니다. 낮추라는 말은 입을 다물고 귀를 열라는 것입니다. 내가 귀를 열면 상대가 이야기합니다. 틀린 말을 하더라도 들어줘야 합니다. 곁에서 일을 도와주는 요양보호사 선생은 60대이신 데도 간혹 내가 쓰는 말을 못 알아듣습니다. 그러면 차근히 설명하지요. 내가 내 말만을 고집한다면 대화가 되겠습니까. 손주들과도 나는 주로 듣는 쪽에 섭니다. 모르면 설명해 달라고 부탁해요. 내가 경험하지 못한 것을 손자에게서 듣는다고 생각하면, 50년 득을 본 기분이 듭니다. 타인을 대할 때도 마찬가지예요. 나를 고집하지 않고 낮춘다 생각하면 다른 삶, 새로운 즐거움을 느낄 수 있습니다. 그게 사는 재미죠. 청년 세대는 그들만의 가치로 살아가야 해요. 장년 세대의 머리로는 닿지 않는 부분이 있어요. 지금 젊은 세대는 우주를 날아다니고 가상의 공간을 꿈꾸지 않습니까. 우리집만 해도 나는 몇 뼘 되는 마음속을 연구하지만 천문학자인 내 아들은 외계 생명체를 찾는 일을 합니다. 1인당 국민소득이 100달러도 안 되던 시대를 산 경험으로 3만 달러 넘는 시대를 사는 요즘 젊은이들을 앉혀 놓고 강의를 하니 소통이 안 될 때도 있는 거지요. 어느 한쪽이 다른 쪽을 자기 생각 속에 가두려 하면 관계는 지속될 수가 없어요.

10년 전 나와 지금을 비교하면 그때나 지금이나 똑같은 삶을 살고 있구나 싶습니다. 열심히 산 것 같은데 여전히 삶은 제자리인 듯한, 그래서 자신이 미덥지 않은 이들에게 조언을 해 주신다면요?

태풍의 눈 속은 바람 한 점 없는 무풍지대라고 하죠. 우리 삶이 그래요. 세월은 흐르지만, 다람쥐 쳇바퀴 도는 일상 속에서 나 자신은 변한 게 없다고 느낍니다. 그러나 아주 오랜만에, 한 10년 만에 친구를 만나면 세월의 흐름을 확 실감하며 나 자신도 변했음을 알게 됩니다. 누구나 자기 삶에 어떤 상황이 닥칠지 모릅니다. 시곗바늘처럼 정확하게 맞춰 살 수는 없습니다. 우리는 단지 조금 계획을 세우고 조금씩 나아갈 뿐입니다. 사람들은 나에게 네팔 봉사를 40년 가까이 해온 비결을 묻습니다. 56년째 이어온 보육원 봉사에 관해 질문합니다. 성의 없는 답변인지 모르겠으나 늘 답은 같습니다. "하다가 보니 그렇게 되었습니다." 정말 그랬습니다. 두 가지 모두 이렇게 오래 하리라고는 꿈에도 생각하지 못했습니다. 종종 '나에게 무슨 복이 있어서 이 좋은 봉사를 하고 또 좋은 사람들과 인연을 이어오고 있다는 말인가'라고 자문합니다. 그러고는 '내 힘만으로는 할 수 없는 일이다, 보이지 않는 곳에서 알게 모르게 도와주는 힘 덕분이다'라는 결론을 내리곤 합니다. 하루하루, 한 해 한 해 쌓이고 지금의 내 나이가 되어서야 겨우 깨달은 것입니다. 열심히 살았지만 제자리인 것처럼 느껴진다면, 잘하고 있는 것입니다. 중요한 건 여러분이나 나나 삶이 계속되는 한 아직은 더 이런저런 계획을 세우고 더 좋아지는 나를 상상하며 살아야 합니다. 나 역시도 철모르는 이근후가 마음속에 여전히 살고 있음을 말씀드립니다.

정신과 상담이 늘어나는 추세입니다. 정신과 진료를 숨기던 시대에서 정신과 전문의가 부족한 시대가 되었습니다. 개인의 마음이 예민해진 것일까요? 그만큼 시대가 어려워졌음을 방증하는 것일까요?

사회가 복잡하고 변화 속도가 빠를수록 정신장애 발생 요인은 증가합니다. 질병이나 큰 사건·사고와 같은 사회적 이슈도 증가

요인 중 하나입니다. 이에 적응하지 못하면 심리적 장애를 겪게 됩니다. 중세시대에 페스트와 콜레라가 휩쓸고 간 이후에, 제1·2차 세계대전이 끝난 뒤 군인이 아닌 오히려 일반인들 사이에 심리적 트라우마로 인한 질병이 많았다는 통계를 놓고 보면, 코로나가 끝나고 다양한 신경증을 호소하는 이들이 늘어나리라는 것은 충분히 예측할 수 있습니다. 특히 요즘 어린이와 청년 세대는 내가 자랄 때와는 완전히 다른 세상을 살고 있습니다. 트라우마가 아니더라도 미래의 사회는 더욱 복잡다단한 관계로 이루어지고, 많은 관계가 생기는 만큼 갈등 요인이 발생할 테니 정신과 환자가 많이 늘어날 것입니다. 이 점에 대해 많은 이들이 우려하고 있지만 인간은 또 그에 맞게 잘 적응해 갈 것이고, 나름대로 새로운 생활 습관을 익히며 잘 살아갈 거라고 생각합니다.

최근에는 성격 유형을 구분하는 MBTI가 청년들 사이에서 유행하고 있습니다. 테스트 결과를 맹신하거나 실제 직업과 인간관계에 적용하기도 하는데, 선생님은 이를 어떻게 보시는지요?

타고나는 성격과 후천적으로 학습에 의해 발달하는 성격은 따로 있습니다. 먼저 타고나는 성격을 분리해서 '기질'이라는 말을 씁니다. 후천적으로는 우리가 성장하면서 가정교육이나, 학교, 사회에서 받는 교육을 습득하면서 성격 유형이 결정됩니다. 사실 정신의학에서는 신체 의학처럼 원인, 경과, 예후 등에 대하여 과학적으로 입증된 것이 많지 않습니다. 대부분 정신 분석학을 기초로 하는 여러 가설을 바탕으로 해서 치료를 하고 있지요. MBTI를 비롯한 여러 가지 심리 검사도 신체 의학적으로 보면 신뢰할 수 없는 검사입니다. 정신과에도 비슷한 검사들을 하고 있지만, CT나 MRI 같은 진단기기에 의한 결과처럼 믿음을 가지고 하는 것은 아닙니다. 면담 시간을 효율적으로 쓰기 위해 그 사람의 성격 경향을 참고하는 수준일 뿐입니다. 청년층에서 크게 유행하고 있다고 하는데, 재미로 하는 정도에 그치는 것이 좋습니다. 점술가의 미래 예측과 비슷한 맥락인데, 약간의 체계가 잡힌 검사일 뿐 믿고 행동할 바는 못 됩니다. 우리 마음속에는 이런 무속적인 무의식이 많이 남아 있어서 이런 검사들을 즐기긴 하지요.

MBTI의 예를 말씀드렸지만, 세상에 정말 많은 정보와 지식이 넘쳐납니다. 사람들은 따라가지 않으면 도태될까 두려워하기도 합니다. 유튜브 속에 넘쳐나는 수많은 멘토가 자신의 지식과 경험담을 들려주며 이렇게 저렇게 살라고 합니다.

맞습니다. 몰라도 될 정보가 너무 많이 퍼져 있는 세상입니다. 인터넷이 없을 때는 자기가 알고 싶은, 알아야 하는 정보만 찾으면 되었는데 지금은 싫든 좋든 노출되는 정보에 자극을 받을 수밖에 없어요. 그만큼 스트레스 지수가 높아진다는 말이지요. 잘못된 정보를 믿고 따르다 보면 그야말로 패가망신할 수도 있어요. 불교에 "일체유심조一切唯心造"라는 말이 있습니다. 종교적으로 여러 깊은 뜻이 있습니다만, 우리가 보고 듣고 느끼는 모든 것들은 마음이 지어내므로 자기 주체성을 가지고 살라는 정도로 이해하면 좋습니다. 자신의 의지대로 뜻을 세워 삶을 만들어 가는 주체성이 절실한 시대입니다.

주체성은 '나답게 살라'는 메시지와도 통하는 듯합니다. 간혹 내 마음대로, 하고 싶은 대로 사는 것으로 왜곡되기도 하는데, 선생님께서 생각하는 '나답게 산다는 것'은 무엇인가요?

나답게 산다는 말은 곧 주체성 있게 산다는 말입니다. 내가 하고 싶은 대로 사는 것과는 다릅니다. 철학적으로 주체성은 '본질적인 나'를 내가 아는 거예요. 자각自覺이죠. 2천 년 전 소크라테스가 "너 자신을 알라"고 한 것도, 부처가 말한 "유아독존唯我獨尊"도 다 같은 맥락입니다. 보고 듣고 말하고 행동하는 나를 객관적으로 바라보는 것입니다. 우리가 다른 사람을 볼 때처럼 자신을 타자의 눈으로 보는 거지요. 소크라테스의 말을 하나 더 인용해 볼까요. "보고 싶은 대로만 보지 말고, 보고 싶은 대로만 보는 너 자신을 들여다보라." 주체성이 없는 삶은 기둥 없이 기와를 올리려고 하는 어리석음과 같습니다.

50년 가까이 많은 환자들을 치료하셨습니다만, 선생님 스스로는 어떻게 치유하시나요? 가령 외로울 때나 부정적인 감정이 떠오를 때가 있지 않으신가요?

의사라고 해서 항상 건강한 것만은 아니죠. 오히려 정신과 의사라서 다른 사람보다 더 예민하게 느낄 때가 많아요. 일생을 거쳐 사람 마음이 어떻게 변화하고, 어떤 증상 때문에 괴로움을 갖고 또 어떻게 풀려 하는지 학문적으로는 다 알죠. 예습 공부를 미리 마쳤다고 할까요. 그래서 더 힘들 때도 있다는 말이에요. 가령 의대생 때 노인학을 공부했으니, 노년에 접어들면서는 앞으로 나에게 닥쳐올 일이 걱정되더군요. 노인의 대표적 정신 증상이 건강 염려증이에요. 내 몸에 일어날 변화들을 지나치게 두려워해서 불안감을 키우는 거죠. 몸의 변화에 민감하게 반응하면 진짜 아픈 것처럼 느껴지기도 하거든요. 정신적인 증상이 분명하면, 일상 습관을 바꾸거나 재미있는 일에 집중해 보라고 조언합니다. 노년에는 내가 나를 잘 달래야 한다면서요. 나 스스로에게도 똑같이 적용해오고 있어요. 그래서 내가 재미있게 사는 것처럼 보이는지도 모릅니다.

외부 조건에 의한 외로움도 있지만, 인간의 근원적인 고독에 대해서 깊이 이해한다면, 일상에서 부딪히는 소소한 감정적 어려움을 잘 넘길 수 있지 않을까 싶은 생각도 듭니다.

맞아요. 부처는 태어나자마자 "천상천하유아독존天上天下唯我獨尊"이라고 외쳤습니다. 하늘 아래 오직 나뿐이다, '나'는 부처 개인을 가리키는 것은 아닙니다. 모든 존재가 하나뿐이라는 생명의 존귀함을 나타낸 말이죠. 여기에는 인간의 고독은 근원적이란 뜻이 조금은 들어있기도 합니다. 여럿이 어울려 있을 때는 고독해 보이지 않지만, 결국은 혼자입니다. 관계가 좁아지고 여러 이유로 심리적인 소외감을 느낄 때 외로움은 더 실감하게 됩니다. 부처가 화려한 왕궁에서 살면서 부딪힌 마음도 결국은 고독이었을 겁니다. 부처도 6년간의 수행 끝에 깨달은 진리를 나 같은 사람이 설명할 수는 없겠지요. 하지만 인간은 각각의 존재로 독립적으로 살아가는 듯 보여도 실상 혼자서는 절대 살아갈 수가 없다는 걸 알아야 해요. 당장 내 목숨을 부지해 주는 한 술의 밥을 생각해 보십시오. 밥 한 술이 나에게 오기까지 수많은 사람의 수고가 들어있지요. 반대로 내가 쌀을 구입함으로써 여러 사람이 득을 봅니다. 상호관계, 서로 연결되어 있음, 그러니까 불교에서는 이를 두고 "이것이 있으므로 저것이 있고, 저것이 있으므로 이것이 있다"고 합니다. 이런 진리를 안다면 고독은 우리에게 굉장히 의미 있는 삶을 살 수 있도록 합니다. 물론 내 발등에도 고독의 불덩이가 활활 타고 있습니다. 아내, 일가를 이룬 네 명의 자녀, 손주들과 한 집에 살고 있는 행운을 누리고 있으면서도 말입니다. (웃음)

정신과 전문의로서 죽음에 대한 질문을 종종 받으시지요? 한 인터뷰에서 선생님은 죽음에 대해 이렇게 말씀하셨습니다. "죽음은 두렵다. 그게 정상이다. 죽음을 대면하기 무서워 자살하기도 하고, 두려움에 맞서 보겠다며 관에 들어가는 체험도 하는데, 그조차 오만이다. 아무런 준비 없이 오는 게 죽음이다. 죽음이 나에게 올 때 경건하게 받아들이면 된다. 연습으로는 알 수 없는 게 죽음이다." 예측할 수 없기에 두렵기도 하고 다행인 것 같기도 합니다. 나이가 들어갈수록 자신의 죽음을 상상해 보기도 합니다만, 선생님이 상상하는 죽음의 모습이 있을까요?

2015년에 머리를 심하게 다쳐 병원에서 한 달 넘게 고생한 적이 있는데 그때 이후로 하루도 빼놓지 않고 죽음을 떠올립니다. 지난해에도 전립선 비대증으로 수술을 받았는데 이때 죽음에 대해 나름대로 정리를 했습니다. 첫째, 죽음은 우리 몸과 마음이 해체되어 하나의 원소로 돌아가는 현상입니다. 분해된 원소는 바람물 공기 중에 떠돌다가 다른 원소와 결합하여 또 어떤 물질로 변화될 수도 있겠지만, 일단 죽음 그 자체는 지금 이 육신의 삶을 끝내는 것뿐입니다. 둘째, 죽음은 이 세계에서 내가 모르는 어떤 세계로 가는 사이의 여정입니다. 옛날 노인들은 밤에 잠자다 죽으면 행복하겠다고 소원했지요. 수술 침대에 누워 있는 나에게 의사가 귀에 대고 말합니다. "마취 잘해 드릴 테니 마음 푹 놓으세요." 그 순간 '못 깨어나면 행복한 죽음이고, 다시 깨어나면 더 살수 있으니 이 또한 행복이다'라는 생각이 스치면서, '이게 죽음이로구나' 하는 깨달음이 왔습니다. 그때 갑자기 "선생님, 눈 떠 보세요!" 간호사 목소리가 들렸습니다. 시키는 대로 눈을 떴습니다. 수술이 끝났더군요. 마취과 의사와 간호사의 목소리 사이에 무슨 일이 일어났는지 나는 전혀 모릅니다. 암전, 깜깜한 어둠입니다. 죽음을 이 두 가지로 정리하고 나니 한결 마음이 놓이더군요.

이 책은 30~40대는 물론이고 20대의 청년들까지 독자층이 넓습니

다. 삶을 예습하려는 이유도 있지만, 부모님께 선물용으로 드리기도 한답니다. 이 책을 주면서 '엄마 아빠는 이렇게 늙으세요'라는 의미를 전한다는 거예요. '나이 듦의 철학'은 우리 사회의 화두가 된 듯합니다.

내 나름의 나이 듦의 철학이라면, '수용과 용서'라고 생각합니다. 받아들이는 거지요. 만약 인생의 어느 시점에서 지난 시간들이 자꾸 후회되고 불안하다면 이제 삶을 수용하고, 용서할 때가 되었구나 생각하세요. '이제부터는 지나온 세월을 이해하고, 불만족스러운 나를 받아들여야겠구나' 하고요. 과거와 현재를 끊임없이 비교하고 가지 못한 길에 대한 아쉬움은 접어야 합니다. 오늘 딱 하루를 산다면 어떤 삶을 살겠습니까. 수시로 물어보세요. 나는 어떤 답을 하는지.

이 책이 '나이 듦의 현대 고전'으로 자리 잡기를 바라는 마음입니다. 책의 저자로서, 또 우리 사회의 어른으로서, 특별히 남기고 싶은 메시지가 있을까요.

오직 감사하다는 말뿐입니다. 종종 이 책을 다시 펴보면서 10년 전과 나는 어떻게 변해왔는지 살펴보곤 합니다. 책은 시간의 흐름과 함께 새롭게 읽히면서, 깨달음이 더해지는 듯합니다. 이 책이 대단한 진리를 담고 있지는 않습니다. 다만 일상을 살아가는 소소한 방편으로 삼아, 독자 스스로 마음과 생각의 변화를 짚어보는 계기가 되면 좋겠습니다. 우리가 살면서 이런저런 어려움에 처할 때 부정적으로 변하는 나 자신을 바로바로 알아차리고 방향 전환을 할 수 있다면 그것이야말로 깨달음이 아닐까 싶습니다. 이 책이 그 여정에 작은 도움이 된다면 나로서는 매우 큰 영광입니다.

마지막으로 선생님은 지금 어떤 시간을 지나고 계신가요.

차 한 잔 앞에 놓고 여러분과 이야기를 하고 있으니 행복한 시간을 지나고 있지요. (웃음) 네팔에서는 100세를 기준으로 삶을 사계절로 나누고, 각 시기마다 어떻게 살아야 할지 가르칩니다. 태어나서 25세까지는 봄, 배우는 시기입니다. 부모에게 배우고 학교에서 공부하고 경전을 읽습니다. 50세까지는 여름, 생산하는 삶입니다. 지금까지 배운 것을 실행하며, 사랑하는 사람을 만나 자녀를 낳고 돈을 법니다. 인생에서 가장 바쁜 시기이지요. 그 다음 가을, 50을 넘어 75세까지는 참회의 시기입니다. 이즈음이면 자녀들도 독립하여 나름대로 삶을 꾸리니 많은 걱정에서 해방됩니다. 열심히 살아오는 가운데 실수도 많을 터이니, 이 시기에는 내가 의도하지는 않은 잘못까지 돌아보며 참회를 합니다. 75세가 넘으면 겨울입니다. 자연의 모든 빛나는 것들이 쇠락하는 계절입니다. 비로소 모든 것에 자유로워지는 시기입니다. 한편으로 아무리 명예가 높고 돈이 많은 부자여도 이 시기의 '나'는 세상에서 잊힙니다. 사라질 준비를 해야 합니다. 슬픈 것만은 아닙니다. 경쟁하고 다투는 삶에서 벗어나 나를 비우면 진정한 자유를 누리게 됩니다. 우리가 사계절을 아름답게 여기듯, 여러분이 지금 어느 단계를 지나고 있든지, 우리는 가장 빛나는 황금기를 살고 있는 것입니다. 우리는 언제나 지금을 살 뿐이기에 그렇습니다.

✳ ✳ ✳

인터뷰는 끝났다. 선생님이 먼저 일어서고 남은 단상을 수첩에 적고 있는데, 일순 눈앞이 확 밝아졌다. 선생님의 중얼거림이 들렸다. "불도 안 켜고 있었네." 해가 지면서 서서히 깃든 어둠을 전혀 느끼지 못했다. 시간의 속도, 세월의 속도가 이런 것인지, '넋 놓고 살지 말자!'라는 작은 깨달음을 하나 얻었다. 생각해 보면 선생님을 만날 때마다 나는 이렇게 깨달음을 몇 개씩 주워(?) 가곤 했다.

선생님은 다음 일정이 있었다. 예띠 시 낭송회 모임. 한 달에 한 번, 시를 좋아하는 사람들이 모여 자작시와 좋아하는 시를 낭송한다. 회비는 1만 원, 커피값이다. 회칙은 없다. 누구나 올 수 있다. 매번 안 와도 된다. 시를 좋아하는 마음만 있으면 누구나 회원이다. 단, 이 모임에서는 덕담만 할 수 있다. 모두 선생님이 세운 규칙이다. 1999년에 첫 모임을 했으니 올해 24년째이다. 누구에게나 열려 있고, 내키는 대로 들락날락하고, 느끼는 만큼 즐거움을 챙겨 가고, 돈도 별로 들지 않는 모임. 그 덕에 선생님은 한국문인협회에서 주는 상을 받았다. 상 이름은 '문학인이 아닌데 가장 문학적인 사람.' 선생님은 이제껏 받은 상 중에서 가장 마음에 든다고 했다. 시인이 아닌데 시인이 아닌 아류에게 상을 주었으니 그 의미가 남다르다는 것이다.

정신의학계에 쌓아온 본업의 성취는 물론 선생님이 그려온 삶의 궤적은 놀랍다. 대학교수로서 후학 양성, 가족관계를 연구하는 가족아카데미아 재단설립, 등반가, 은퇴 후 사이버대학교 문화학과 수석 졸업, 과학과 영화와 천문학 공부, 50년 넘게 해온 국내외 봉사, 20여 권의 저술과 수천 회의 강연, 24년째 거의 매달 열어온 시 모임, 해외문화교류, 불교에 대한 깊은 조예로 불교계에서 활약……. 보통 사람 두세 명 몫의 삶이다. 양적인 활동만이 아니라 어느 하나 의미 없는 활동은 없다. 《나는 죽을 때까지 재미있게 살고 싶다》가 그 증거다. 한 인간의 삶을 대하는 태도가 다음 세대에게 물려주는 유산이 될 수 있다면, 선생님의 삶은 우리가 기려야 할 귀한 유산이 아닐는지.

단지 차선의 삶을 선택하며 야금야금의 정신으로 살아왔을 뿐이라고 했지만, 선생님은 언제나 100퍼센트의 삶을 살아왔다. 100퍼센트의 삶. 지금 여기에 집중하라는 선생님의 말에 그 비결이 있다.

나는 죽을 때까지 재미있게 살고 싶다

초판   1쇄 발행 2013년   2월   1일
개정판 1쇄 발행 2023년   4월 17일
개정판 7쇄 발행 2024년   7월 29일

지은이 이근후
엮은이 김선경

발행인 이봉주
단행본사업본부장 신동해
편집장 김경림 편집 김하나리
디자인 Design co•kkiri
마케팅 최혜진 백미숙 홍보 반여진 허지호 송임선
제작 정석훈

브랜드 갤리온
주소 경기도 파주시 회동길 20
문의전화 031-956-7350(편집) 031-956-7129(마케팅)
홈페이지 www.wjbooks.co.kr
인스타그램 www.instagram.com/woongjin_readers
페이스북 https://www.facebook.com/woongjinreaders
블로그 blog.naver.com/wj_booking

발행처 ㈜웅진씽크빅
출판신고 1980년 3월 29일 제406-2007-000046호

ⓒ 이근후, 2013
ISBN 978-89-01-27036-4 (03810)